insel taschenbuch 2178

Matthias Claudius

Der Mond ist aufgegangen

Matthias Claudius
Der Mond ist aufgegangen

Gedichte und Prosa

Eine Auswahl von Reinhard Görisch

Insel Verlag

Umschlagabbildung: ZEFA

insel taschenbuch 2178
Erste Auflage 1998
Originalausgabe

Textnachweise am Schluß des Bandes
Vertrieb durch den Suhrkamp Taschenbuch Verlag
Umschlag nach Entwürfen von Willy Fleckhaus
Satz: Hümmer GmbH, Waldbüttelbrunn
Druck: Nomos Verlagsgesellschaft, Baden-Baden
Printed in Germany

1 2 3 4 5 6 – 03 02 01 00 99 98

Der Mond ist aufgegangen

EINFÜHRUNG

Matthias Claudius ist heutzutage ein unbekannter Bekannter aus dem 18. Jahrhundert. Viele kennen seinen Namen allenfalls vom Hörensagen oder gar nicht, aber sein »Abendlied«: »Der Mond ist aufgegangen« ist unglaublich populär. Das ist sein Markenzeichen, und damit wirbt auch der Verlag durch den Titel dieser Auswahl, den sie sich zwar mit anderen Publikationen teilen muß, der aber an Vertrautes anknüpft; und warum soll man damit nicht Leserinnen und Leser anregen, sich auf mehr von diesem Autor einzulassen!

Im holsteinischen Reinfeld, nahe bei Lübeck, kommt Matthias Claudius am 15. August 1740 als Sohn eines Pfarrers zur Welt. In Jena studiert er 1759-62 zunächst Theologie, dann Rechts- und Staatswissenschaften, beendet beide Studien ohne Examen, findet aber durch die dortige »Teutsche Gesellschaft« zur Literatur und publiziert sein erstes, freilich noch epigonal anakreontisches Büchlein »Tändeleien und Erzählungen« (1763). Von einem Intermezzo als Sekretär in Kopenhagen 1764/65 abgesehen, lebt er nach der Rückkehr aus Jena wieder im Elternhaus, anscheinend unproduktiv und introvertiert, vermutlich gerade da zu sich selbst findend.

1768, mit 28 Jahren, wird Claudius Journalist in Hamburg; bei den »Adreß-Comtoir-Nachrichten« kündigt man ihm nach zwei Jahren aus unklaren Gründen, doch avanciert er kurz darauf zum Redakteur eines neuen Blattes in Wandsbeck (damals ein holsteinisches Gutsdorf vor den Toren Hamburgs) mit dem Titel »Der Wandsbecker Bote«. Diese vom 1. Januar 1771 an erscheinende Zeitung, speziell ihr origineller Feuilleton-Teil, macht Claudius zwar bald in ganz Deutschland berühmt, aber als ihre ohnehin geringe Auflage weiter sinkt, wird er im Juni 1775 entlassen (trotzdem geht die Zeitung noch im selben Jahr ein). – In Wandsbeck findet Claudius seine Frau fürs Leben, Rebekka Behn, eine Handwerkerstochter; um 14 Jahre jünger als Matthias, hat sie ein Talent zum Praktischen und Zupackenden, das ihm abgeht, organisiert den Alltag der Familie, schafft ihm verständnisvoll den Freiraum für seinen Lebensstil und seine Schriftstellerei. Claudius liebt Rebekka zeitlebens als ebenbürtige Partnerin, deren Herzensbildung übrigens auch von vielen Zeitgenossen gerühmt wird.

Berufsbedingt verbringt die junge Familie 1776/77 ein Jahr in Darmstadt; der befreundete Herder vermittelt Claudius dorthin auf einen trockenen Beamtenposten bei der Regierung, der dessen Wunschvorstellungen nicht im geringsten entspricht – das konnte nicht gutgehen! Claudius kehrt endgültig nach Wandsbeck zurück, nun ganz als Dichter, Schriftsteller und Übersetzer tätig und nicht zuletzt liebevoller Hausvater mit einer großen Kinderschar. »Homme de Lettres« nennt er sich lange Zeit, ist vielseitig gebildet und belesen. Seine materielle Existenz wird erst 1788 durch eine vom dänischen Kronprinzen (Holstein ist damals Teil des dänischen Gesamtstaats) vermittelte Bankrevisorstelle in Altona dauerhaft gesichert, die ihn nur wenige Tage im Jahr in Anspruch nimmt. Claudius stirbt am 21. Januar 1815, 74 Jahre alt; auf dem alten Wandsbecker Friedhof liegt er begraben.

Den Titel der Zeitung, die ihn berühmt gemacht hat, übernimmt Claudius als Pseudonym für die zwischen 1775 und 1812 publizierten acht Teile (sieben Bände) seiner »Sämtlichen Werke des Wandsbecker Boten«, und im Botenamt findet er seine Berufung. Die Botschaft, die er den Menschen auf seine Weise bringen will – nicht in jedem Text, aber in der Hauptsache –, ist der überlieferte Christenglaube als Lehre und tagtägliche Praxis (und mit erstaunlichem Interesse an anderen Religionen). Er habe, schreibt er 1802/03 im »Valet an meine Leser« bescheiden, aber nur scheinbar anspruchslos, »als *einfältiger Bote*, nichts *Großes* bringen wollen, sondern nur etwas Kleines, das den *Gelehrten* zu wenig und zu geringe ist. Das aber habe ich nach meinem besten Gewissen gebracht; und ich sage in allen Treuen, daß ich nichts Bessers bringen konnte. – Das meiste ist *Einfassung und Spielewerk*, das als ein Blumenkranz um meinen ›*Becher kaltes Wassers*‹ gewunden ist, daß er desto freundlicher ins Auge falle.« Damit erklärt Claudius ja selbstbewußt, seinen Lesern das denkbar Beste gebracht zu haben, und beruft sich dafür mit dem »Becher kaltes Wassers« sogar auf ein Wort Jesu bei der Aussendung der Apostel!

Dieses Selbstverständnis gilt im Ansatz schon für den Redakteur des »Wandsbecker Boten«. Natürlich findet sich überhaupt in jüngeren Jahren noch mehr »Einfassung und Spielewerk«, wie er es nennt; er erklärt damit auch die im engeren Sinn literarischen Elemente seines Werks generell zu Vermittlungsweisen seiner Botschaft. Sozusagen methodisch gehört dazu der Einsatz verschiedener (fiktiver) Brief- und Dialogpartner, mittels deren Erkenntnis als gemeinsam erarbeitete Einsicht (auch des Lesers), nicht als Belehrung dargeboten wird.

Mit zunehmendem Alter und in Anbetracht der Zeitläufte präsentiert Claudius seine Botschaft konzentrierter und direkter, wo nötig auch polemisch, vor allem in seiner Gegnerschaft zum Rationalismus der Spätaufklärung und zur Französischen Revolution. Seine Orientierung an konservativen Werten verfestigt sich, aber in diesem Rahmen ergreift er zeitlebens sozialkritisch Partei. – »Man kann nicht dafür, daß man nicht mehr jung ist, wenn man alt ist«, schreibt Claudius 1812 (Vorrede zum VIII. Werke-Teil) lakonisch doppelsinnig, weniger um sich zu entschuldigen als vielmehr das Recht auf persönliche Entwicklung zu beanspruchen, wenn er seine Auffassungen in »Wort und Weise« anders vorträgt als früher. Schon zu seinen Lebzeiten und bis heute hat man immer wieder versucht, den ›launigen‹ und den ›frommen‹ Claudius auseinanderzudividieren, statt die innere Einheit von beidem und die durchgängigen roten Fäden als das seiner Person und seinem Werk Eigentümliche wahrzunehmen.

In diesem Werk fehlen große literarische Formen wie Roman und Drama, vielleicht weil Claudius vom Journalismus herkommt, gewiß aber auch weil Gedichte, Betrachtungen, Dialoge und Aufsätze die ihm gemäßeren Vermittlungsformen sind. Er propagiert immer wieder (auch in späteren Jahren), die Natur und die vielerlei Gaben des Lebens mit allen Sinnen zu genießen und sich des Daseins in seiner ganzen Fülle zu freuen. Ebenso bestimmt zeigt er (auch schon in jüngeren Jahren) alles Irdische und besonders den Menschen als hinfällig und vergänglich, weist auf das viele Leid in der Welt hin, gibt den Tod zu bedenken, aber auch eine Hoffnung über das Erdendasein hinaus. In alledem sieht Claudius keine unversöhnlichen Gegensätze, sondern das von Gott empfangene, im Glauben begriffene Sinnganze menschlicher Existenz.

Die kunstbewußte Simplizität, mit der Claudius seine Themen meist gestaltet, am liebsten im Alltag des mitmenschlichen Zusammenlebens verankert, in dem sich jedoch Allgemein-Menschliches offenbart, macht bis heute diesen Schriftsteller unverwechselbar eigenständig gegenüber anderen und auch bedeutenderen seiner Zeit. Claudius wurzelt literarisch in der Empfindsamkeit und theologisch im Luthertum und einer gemäßigten Neologie. Dem Sturm und Drang ist er durch Freundschaften, aber nicht wesentlich geistig verbunden. Die ästhetisierte Welt der Weimarer Klassiker muß ihm fremd bleiben; indessen wird er zur Bezugsperson vieler Romantiker und zum Wegbereiter der Erweckungsbewegung.

Jeder Herausgeber einer Claudius-*Auswahl* macht sich zwangsläufig strafbar gegenüber Matthias Claudius; denn der hat großen Wert auf seine Zusammenstellung der Beiträge als innere Struktur in jedem Werke-Teil gelegt und sich ausgebeten, sein »Büchel« müsse »so beisammen bleiben« (Vorrede zum IV. Teil). Das ist hier nun leider nicht möglich, aber die vorliegende Auswahl ist bemüht, im vorgegebenen Umfang den Gesamtcharakter des Claudiusschen Werkes zu erhalten. So mußten einige an sich liebenswerte und bekannte Texte aus Lyrik und Prosa zurückstehen, um auch weniger Bekanntes und ausführlicher als üblich sonst meist vernachlässigte, gleichwohl in vieler Hinsicht interessante Altersschriften einzubeziehen.

Alle sieben Bände der »Sämtlichen Werke« sind in dieser Auswahl quantitativ ungefähr gleich vertreten, mit einer Ausnahme: Der umfangreiche Text »Paul Erdmanns Fest« hätte dieses Prinzip gesprengt, ihr zuliebe mußten sich andere Bände gleichmäßig verteilte Abstriche gefallen lassen. Das daraus resultierende Übergewicht des IV. Werke-Teils ist jedoch sachlich gerechtfertigt, er ist aufs Ganze gesehen der bedeutendste.

Reinhard Görisch

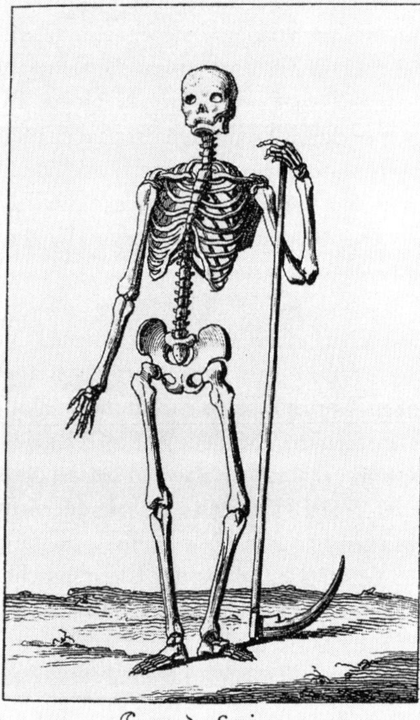

Freund Hain.

siehe Seite 31.

Asmus omnia sua secum portans,

oder

Sämmtliche Werke

des

Wandsbecker Bothen,

I. und II. Theil.

Hamburg, gedruckt bey Bode. 1775.

Das *erste* Kupfer ist *Freund Hain*. Ihm dedizier ich mein Buch, und Er soll als Schutzheiliger und Hausgott vorn an der Haustüre des Buchs stehen.

DEDIKATION

Ich habe die Ehr Ihren Herrn Bruder zu kennen, und er ist mein guter Freund und Gönner. Hätt' auch wohl noch andre Adresse an Sie; ich denk' aber, man geht am besten grade zu. Sie sind nicht für Adressen, und pflegen ja nicht viele Komplimente zu machen.

's soll Leute geben, heißen starke Geister, die sich in ihrem Leben den *Hain* nichts anfechten lassen, und hinter seinem Rücken wohl gar über ihn und seine dünnen Beine spotten. Bin nicht starker Geist; 's läuft mir, die Wahrheit zu sagen, jedesmal kalt über'n Rücken wenn ich Sie ansehe. Und doch will ich glauben, daß Sie 'n guter Mann sind wenn man Sie genug kennt; und doch ist's mir als hätt' ich eine Art Heimweh und Mut zu dir, du alter *Ruprecht* Pförtner! daß du auch einmal kommen wirst, meinen Schmachtriemen aufzulösen, und mich auf beßre Zeiten sicher an Ort und Stelle zur Ruhe hinzulegen.

Ich hab da 'n Büchel geschrieben, und bring's Ihnen her. Sind Gedichte und Prosa. Weiß nicht, ob Sie 'n Liebhaber von Gedichten sind; sollt's aber kaum denken, da Sie überhaupt keinen Spaß verstehen, und die Zeiten vorbei sein sollen wo Gedichte mehr waren. Einiges im Büchel soll Ihnen, hoff' ich, nicht ganz mißfallen; das meiste ist Einfassung und kleines Spielewerk: machen Sie 'mit was Sie wollen.

Die Hand, lieber *Hain*! und, wenn Ihr 'nmal kommt, fallt mir und meinen Freunden nicht hart.

Die Alten soll'n ihn anders gebildet haben: als 'n Jäger im Mantel der Nacht, und die Griechen: als 'n »Jüngling der in ruhiger Stellung mit gesenktem trüben Blicke die Fackel des Lebens neben dem Leichname auslöscht«. Ist 'n schönes Bild, und erinnert einen so tröstlich an *Hain* seine Familie und namentlich an seinen Bruder: wenn man sich da so den Tag über müde und matt gelaufen hat und kommt nun den Abend endlich so weit daß man's Licht auslöschen will – hat man doch nun die Nacht vor sich wo man ausruhen kann! und wenn's denn gar den andern Morgen Feiertag ist!! 's ist das würklich ein gutes Bild vom *Hain*; bin aber doch lieber beim Knochenmann geblieben. So steht er in unsrer Kirch', und so hab ich 'n mir immer von klein auf vorgestellt daß er auf'm Kirchhof über die Gräber hinschreite, wenn eins von uns Kindern 's Abends zusammenschauern tat, und die Mutter denn sagte: der Tod sei über's Grab gangen. Er ist auch so, dünkt mich, recht schön, und wenn man ihn lange ansieht wird er zuletzt ganz freundlich aussehen.

SPEKULATIONS AM NEUJAHRSTAGE

'n fröhlichs Neujahr, 'n fröhliches Neujahr für mein liebes Vaterland, das Land der alten Redlichkeit und Treue! 'n Fröhlichs Neujahr, für Freunde und Feinde, Christen und Türken, Hottentotten und Kannibalen! für alle Menschen über die Gott seine Sonne aufgehen, und regnen lässet! und für die armen Mohrensklaven, die den ganzen Tag in der heißen Sonne arbeiten müssen! 's ist ein gar herrlicher Tag, der Neujahrstag! ich kann 's sonst wohl leiden, daß einer 'n bißgen patriotsch ist, und andern Nationen nicht hofiert.

Bös muß man freilich von keiner Nation sprechen; die Klugen halten sich allenthalben stille, und wer wollte um der lauten Herren willen 'n ganzes Volk lästern? wie gesagt, ich kann 's sonst wohl leiden, daß einer so 'n bißgen patriotisch ist, aber Neujahrstag ist mein Patriotismus mausetot, und 's ist mir an dem Tage, als wenn wir alle Brüder wären und Einer unser Vater der im Himmel ist, als wären alle Güter der Welt Wasser, das Gott für alle geschaffen hat, wie ich mal habe sagen hören usw.

Ich pflege mich denn wohl alle Neujahrsmorgen auf einen Stein am Weg' hinzusetzen, mit meinem Stab vor mir im Sand zu scharren und an dies und jen's zu denken. Nicht an meine Leser; sie sind mir aller Ehren wert, aber Neujahrsmorgen auf dem Stein am Wege denk' ich nicht an sie, sondern ich sitze da und denke dran, daß ich in dem vergangnen Jahr die Sonne so oft hab' aufgehn sehen, und den Mond, daß ich so viele Blumen und Regenbogen gesehn, und so oft aus der Luft Odem geschöpft und aus dem Bach getrunken habe; und denn mag ich nicht aufsehn, und nehm' mit beiden Händen meine Mütz' ab, und kuck h'nein.

So denk ich auch an meine Bekannte die in dem Jahr starben, und daß sie nun mit *Sokrates*, *Numa*, und andern Männern sprechen können, von denen ich so viel Gutes gehört habe, und mit Johann Huß; und denn ist's als wenn sich rund um mich Gräber auftun, und Schatten mit kahlen Glatzen und langen grauen Bärten heraussteigen, und 'n Staub aus'm Bart schütteln. Das muß nun wohl der *ewige Jäger* tun, der übern *Zwölften* sein Tun so hat. Die alten frommen Langbärte wollen wohl schlafen, aber eurem Andenken und der Asch' in euren Gräbern ein fröhlichs fröhlichs Neujahr!!!!

*

KUCKUCK

Wir Vögel singen nicht egal;
Der singet laut, der andre leise,
Kauz nicht wie ich, ich nicht wie Nachtigall,
Ein jeder hat so seine Weise.

AM KARFREITAGMORGEN

'Bin die vorige Nacht unterwegen gewesen. Etwas kalt schien einem der Mond auf den Leib, sonst war er aber so hell und schön, daß ich recht meine Freude dran hatt', und mich an ihm nicht konnte satt sehen. Heut nacht vor tausendachthundert Jahren schienst du gewiß nicht so, dacht' ich bei mir selbst; denn es war doch wohl nicht möglich, daß Menschen im Angesicht eines so freundlichen sanften Mond's einem gerechten unschuldigen Mann Leid tun konnten! – *

WAS ICH WOHL MAG

Ich mag wohl Begraben mit ansehn, wenn so ein rotgeweintes Auge noch einmal in die Gruft hinabblickt, oder einer sich so kurz umwendet, und so bleich und starr sieht und nicht zum Weinen kommen kann. 's pflegt mir denn wohl selbst nicht richtig in'n Augen zu werden, aber eigentlich bin ich doch fröhlich. Und warum sollt' ich auch nicht fröhlich sein; liegt er doch nun und hat Ruhe! und ich bin darin 'n närrischer Kerl, wenn ich Weizen säen sehe, so denk' ich schon an die Stoppeln und den Erntetanz. Die Leut fürchten sich so vor einem Toten, weiß nicht warum. Es ist ein rührender heiliger schöner Anblick, einer Leiche ins Gesicht zu sehen; aber sie muß ohne Flitterstaat sein. Die stille blasse Todsgestalt ist ihr Schmuck, und die Spuren der Verwesung ihr Halsgeschmeide, und das erste Hahnengeschrei zur Auferstehung.

*

DER SCHWARZE IN DER ZUCKERPLANTAGE

Weit von meinem Vaterlande
Muß ich hier verschmachten und vergehn,
Ohne Trost, in Müh und Schande;
Ohhh die weißen Männer!! klug und schön!
Und ich hab den Männern ohn' Erbarmen
Nichts getan.
Du im Himmel! hilf mir armen
Schwarzen Mann!

– PARAPHRASIS EVANGELII JOHANNIS – etc.

Ich habe von Jugend auf gern' in der Bibel gelesen, für mein Leben gern. 's stehn solche schöne Gleichnis und Rätsel d'rin, und's Herz wird einem darnach so recht frisch und mutig. Am liebsten aber les' ich im *Sankt Johannes*. In ihm ist so etwas ganz Wunderbares – Dämmerung und Nacht, und durch sie hin der schnelle zückende Blitz! 'n sanftes Abendgewölk' und hinter dem Gewölk der große volle Mond leibhaftig! so etwas Schwermütiges und Hohes und Ahndungvolles, daß mans nicht satt werden kann. 's ist mir immer beim Lesen im *Johannes*, als ob ich ihn beim letzten Abendmahl an der Brust seines Meisters vor mir liegen sehe, als ob sein Engel mir's Licht hält, und mir bei gewissen Stellen um den Hals fallen und etwas ins Ohr sagen wolle. Ich versteh lang nicht alles was ich lese, aber oft ists doch als schwebt' es fern vor mir was *Johannes* meinte, und auch da, wo ich in einen ganz dunkeln Ort h'neinsehe, hab ich doch eine Vorempfindung von einem großen herrlichen Sinn den ich 'nmal verstehen werde, und darum greif' ich so nach jeder neuen Erklärung des *Johannes*. Zwar die meisten kräuseln nur an dem Abendgewölke, und der Mond hinter ihm hat gute Ruhe.

Des Herrn Verfassers Erklärung ist sehr gelehrt, dünkt mich, und ich glaube, daß man wohl zwanzig Jahr studieren muß, eh man so eine schreiben kann. *

ALS ER SEIN WEIB UND'S KIND AN IHRER BRUST SCHLAFEND FAND

Das heiß' ich rechte Augenweide,
's Herz weidet sich zugleich.
Der alles segnet, segn' euch beide!
Euch liebes Schlafgesindel, euch!

EIN BRIEF, VON C. AN D.

Sie sind ja doch so ein Tausendkünstler mein lieber D., machen Sie mir geschwinde eine Maschine, die ohne Aufhören rundgeht, und wissen Sie wozu? ich will sie nach England schicken, daß sie in einem marmornen Monument auf Harveys Leichenstein gesetzt werde. Dieser Harvey hat, wie ich neulich in einem Buche gelesen habe, gefunden, daß das Blut in unserm Körper ohne Aufhören zirkuliere, und daß der Tropfen der itzt in der Spitze meiner Nase ist, nach einiger Zeit durch meinen ungestalten großen Zehen laufe. Denken Sie, wie wunderbar es ist, daß ein Mann in England mir sagt, was in meinem Körper vorgeht, und ich weiß nichts davon. Auf die Weise kann darin noch allerlei passieren. – Das Zirkulieren des Bluts gefällt mir ganz außerordentlich, und ich denke dabei an den ewigen Jäger, der auch ohne Aufhören durch die Welt reitet. Aber daher mag's auch wohl kommen, daß wir Menschen so wunderlich sind, unser Blut ist immer auf der Reise, und kann nie recht zur Besinnung kommen. Ich denke itzo darauf hie und da in meinem Körper Schlagbäume anzulegen – coelum non animum mutant, qui trans mare currunt. Schicken Sie mir die Maschine bald, ich bin nicht ruhig, bis ich dem Herrn Harvey eine Ehre angetan habe.

Ihr Diener,
in dem das Blut bis dato noch immer zirkuliert.

AN – ALS IHM DIE – STARB

Der Säemann säet den Samen,
Die Erd' empfängt ihn, und über ein kleines
Keimet die Blume herauf –

Du liebtest sie. Was auch dies Leben
Sonst für Gewinn hat, war klein Dir geachtet,
Und sie entschlummerte Dir!

Was weinest Du neben dem Grabe,
Und hebst die Hände zur Wolke des Todes
Und der Verwesung empor?

Wie Gras auf dem Felde sind Menschen
Dahin, wie Blätter! Nur wenige Tage
Gehn wir verkleidet einher!

Der Adler besuchet die Erde,
Doch säumt nicht, schüttelt vom Flügel den Staub, und
Kehret zur Sonne zurück!

HINZ UND KUNZ

H. Was meinst du, Kunz, wie groß die Sonne sei?
K. Wie groß, Hinz? – als'n Straußenei.
H. Du weißt es schön, bei meiner Treu!
Die Sonne als'n Straußenei!
K. Was meinst denn du, wie groß sie sei?
H. So groß, hör' – als'n Fuder Heu.
K. Man dächt kaum, daß es möglich sei;
Potz tausend, als'n Fuder Heu!

IM JUNIUS

Aber die Lenzgestalt der Natur ist doch wunderschön; wenn der Dornstrauch blüht und die Erde mit Gras und Blumen pranget! So 'n heller Dezembertag ist auch wohl schön und dankenswert, wenn Berg und Tal in Schnee gekleidet sind, und uns Boten in der Morgenstunde der Bart bereift; aber die

Lenzgestalt der Natur ist doch wunderschön! Und der Wald hat Blätter, und der Vogel singt, und die Saat schießt Ähren, und dort hängt die Wolke mit dem Bogen vom Himmel, und der fruchtbare Regen rauscht herab –

Wach auf mein Herz und singe
Dem Schöpfer aller Dinge etc.

's ist, als ob Er vorüberwandle, und die Natur habe Sein Kommen von ferne gefühlt und stehe bescheiden am Weg' in ihrem Feierkleid, und frohlocke! *

EIN SONDERLICHER KASUS VON HARTEN TALERN UND WALDHORN

Musik! O ja, Musik ist eine herrliche Sach; auch die heiligen Engel im Himmel sind Freunde davon, ich habe sie mehr als einmal auf Schildereien blasen sehen. Und die Musik ist lieblich zu hören, und hat würklich Gewalt auf's Herz. Ich habe wohl hundertmal wieder d'ran gedacht, wie sie mich 'nmal erweicht hat, als *Paul* mir meine harten Taler gestohlen hatte. Der *Paul* Dieb der! Hatt' ihm so oft aus der Not geholfen, und stahl mir doch meine harten Taler; meine Mutter hatte sie mir noch auf ihrem Todbette gegeben. Die Mütter haben's denn so an sich, daß sie harte Taler haben, und meine hatte von jeher viel von mir gehalten: ich hab ihr auch mein Tage nichts in'n Weg gelegt, und, als sie merkte daß sie schwach ward, rief sie mich ans Bett' und gab mir neun Stück harte Taler, zwei Tage eh sie starb, nun Gott habe sie selig, sie war eine gute Frau – aber wieder auf die Musik zu kommen, so wollt' ich erzählen, wie sie mich 'nmal erweicht hat, denn ich war recht ärgerlich über meine Taler und über den untreuen, undankbaren Kerl. Wo ist

Paul? »in den Wald gangen«; ich nach, blickte wild durch Busch und Baum, und wollt' ihn schlagen, wo ich'n träfe, und das Blut kochte mir in den Adern – da fingen in der Ferne des gnädigen Herrn seine Jäger an zu blasen. So hatt's mir niemals noch gedaucht; ich hörte, stand still, und sah um mich. Ich war grad' an dem Schmerlenbach, und Pferd' und Küh' und Schafe standen am Ufer und tranken alle aus dem Bach, und die Jäger bliesen. – »Harte Taler hin, harte Taler her! will *Paul* nicht schlagen«, und ich vergab ihm in meinem Herzen am Schmerlenbach, wo ich stand, und ging wieder zu Hause. Wenn aber das nicht von ohngefähr so gekommen wär', und die Musik 's würklich getan hätte, da wäre sie ja Gottesgab', und man sollte sie zu so was brauchen. Aus dem ewigen Quinkelieren wird so nicht viel. *

PHIDILE

Ich war erst sechszehn Sommer alt,
Unschuldig und nichts weiter,
Und kannte nichts als unsern Wald,
Als Blumen, Gras, und Kräuter.

Da kam ein fremder Jüngling her;
Ich hatt' ihn nicht verschrieben,
Und wußte nicht wohin noch her;
Der kam und sprach von Lieben.

Er hatte schönes langes Haar
Um seinen Nacken wehen;
Und einen Nacken, als das war,
Hab ich noch nie gesehen.

Sein Auge, himmelblau und klar!
  Schien freundlich was zu flehen;
So blau und freundlich, als das war,
  Hab ich noch kein's gesehen.

Und sein Gesicht, wie Milch und Blut!
  Ich hab's nie so gesehen;
Auch, was er sagte, war sehr gut,
  Nur konnt' ichs nicht verstehen.

Er ging mir allenthalben nach,
  Und drückte mir die Hände,
Und sagte immer O und Ach,
  Und küßte sie behende.

Ich sah' ihn einmal freundlich an,
  Und fragte, was er meinte;
Da fiel der junge schöne Mann
  Mir um den Hals, und weinte.

Das hatte niemand noch getan;
  Doch war's mir nicht zuwider,
Und meine beide Augen sahn
  In meinen Busen nieder.

Ich sagt' ihm nicht ein einzig Wort,
  Als ob ichs übelnähme,
Kein einzigs, und – er flohe fort;
  Wenn er doch wiederkäme!

DIE MUTTER BEI DER WIEGE

Schlaf, süßer Knabe, süß und mild!
Du deines Vaters Ebenbild!
Das bist du; zwar dein Vater spricht,
Du habest seine Nase nicht.

Nur eben itzo war er hier
Und sah dir ins Gesicht,
Und sprach: Viel hat er zwar von mir,
Doch meine Nase nicht.

Mich dünkt es selbst, sie ist zu klein,
Doch muß es seine Nase sein;
Denn wenn's nicht seine Nase wär,
Wo hätt'st du denn die Nase her?

Schlaf, Knabe, was dein Vater spricht,
Spricht er wohl nur im Scherz;
Hab' immer seine Nase nicht,
Und habe nur sein Herz!

DIE LEIDEN DES JUNGEN WERTHERS.

Erster und zweiter Teil. Leipzig, in der Weygandschen Buchhandlung. 1774.

Weiß nicht, ob's 'n Geschicht oder 'n Gedicht ist; aber ganz natürlich gehts her, und weiß einem die Tränen recht aus'm Kopf herauszuholen. Ja, die Lieb' ist 'n eigen Ding; läßt sich's nicht mit ihr spielen, wie mit einem Vogel. Ich kenne sie, wie sie durch Leib und Leben geht, und in jeder Ader zuckt und stört, und mit'm Kopf und der Vernunft kurzweilt. Der arme *Werther*! Er hat sonst so feine Einfälle und Gedanken. Wenn er doch eine Reise nach *Pareis* oder *Peking* getan hätte! So aber wollt' er nicht weg von Feuer und Bratspieß, und wendet sich so lange dran herum, bis er kaputt ist. Und das ist eben das Unglück, daß einer bei so viel Geschick und Gaben so schwach sein kann, und darum sollen sie unter der Linde an der Kirchhofmauer neben seinem Grabhügel eine Grasbank machen, daß man sich drauf hinsetze, und den Kopf in die Hand lege, und über die menschliche Schwachheit weine. – Aber, wenn du ausgeweinet hast, sanfter guter Jüngling! wenn du ausgeweinet hast; so hebe den Kopf fröhlich auf, und stemme die Hand in die Seite! denn es gibt Tugend, die, wie die Liebe, auch durch Leib und Leben geht, und in jeder Ader zuckt und stört. Sie soll, dem Vernehmen nach, nur mit viel Ernst und Streben errungen werden, und deswegen nicht sehr bekannt und beliebt sein; aber wer sie hat, dem soll sie auch dafür reichlich lohnen, bei Sonnenschein und Frost und Regen, und wenn *Freund Hain* mit der Hippe kommt. *

VON MEINEM FREUND VIRGILIUS

Er hat, außer manchen andern Gaben, auch sonderlich eine gute Gabe die Gedankenstriche à propos anzubringen; und 'n Gedankenstrich am rechten Orte hat sein Verdienst. So sagt er z. E.

Speluncam devenere eandem –

's soll Dichter geben, die sich in solchen Fällen nicht an dem Strich begnügen können und weitersprechen müssen, die ihren Kopf von Geschmack und Schöngeisterei so voll haben, sagt mein Vetter, daß sie wähnen, man dürf' alle Sitt' und Ehrbarkeit aufopfern, dürfe der ohnehin mit mancherlei Lüsten beladenen Weiblein auf keine Weise schonen, und ihre Schamhaftigkeit und Tugend frech und ungescheut irremachen, wenn's nur in schöner Prosa oder in schönen Versen geschieht.

Solltens nicht tun; 's ist doch nicht übel, schamhaftig und tugendhaft sein. *

GRABSCHRIFT DER TUGEND

Elendstal, den 12. Jan.

Zu Anfang dieses Monats verstarb allhier die Tugend und wurde tags darauf auf Kosten des Hospitals in aller Stille zur Erde bestattet. Ein Einsiedler, der in einer Steinkluft ohnweit dieser Stadt wohnet, hat ihr seitdem aus seinem Felsen einen Grabstein gehauen, und folgende Inschrift darauf eingegraben:

Wenige nur *kannten* sie;
Wenige nur *liebten* sie;
Leichtfertig buhlte spat und früh
Ein *Petismaiter* Heer um sie
Mit lautem falschen Ungestüm.
Wer ungesehn hier eine Träne weint
Ist ihrer wert, und dem erscheint
Ihr Genius und lohnet ihm.

ODEN.

Hamburg, bei J. J. C. Bode.

Nein, Verse sind das nicht; Verse müssen sich reimen, das hat uns Herr *Ahrens* in der Schule gesagt. Er stellte mich vor sich hin, als er's uns sagte, und zupfte mich an 'n Ohren und sprach: Hier 'n Ohr, und hier 'n Ohr, das reimt sich; und Verse müssen sich auch reimen. Ich kann auch wohl zweihundert Vers' in einer Stund lesen, und 's ficht mich sehr oft nicht mehr an, als wenn ich durch Wasser wate, auch spielen ein'm die Reime wie Wellen an 'n Hüften; hier aber kann ich nicht aus der Stell', und 's ist mir, als ob sich immer Gestalten vor mir in 'n Weg stellten, die ich ehedem im Traum gesehn habe. Zwar ist 's gedruckt, wie Verse, und 's ist viel Klang und Wohllaut d'rin, aber 's können doch keine Verse sein. Ich will 'nmal meinen Vetter fragen. –

's sind doch Verse, sagt mein Vetter, und fast 'n jeder Vers ist ein kühnes Roß mit freiem Nacken, das den warmgründigen Leser von fern reucht und zur Begeistrung wiehert. Ich hatte von Herr *Ahrens* gehört, Verse wären so 'n brausendes Schaumwesen, das sich reimen müßte; aber, Herr *Ahrens*, Herr *Ahrens*! da hat Er mir was weisgemacht. Mein Vetter sagt, 's muß gar nicht schäumen, 's muß klar sein, wie 'n Tautropfen, und durchdringend, wie 'n Seufzer der Liebe, zumal in dieser Tautropfenklarheit und in dem warmen Odem des Affekts das ganze Verdienst der heutigen Dichtkunst bestehe. Er nahm mir 's Buch aus der Hand und las S. 41 aus dem Stück, *Der Erbarmer*:

– O Worte des ewigen Lebens!
So redet Jehova:

Kann die Mutter vergessen ihres Säuglings,
  Daß sie sich nicht über den Sohn ihres Leibes erbarme?
Vergäße sie sein;
  Ich will dein nicht vergessen!

Preis, Anbetung, und Freudentränen und ewiger Dank,
  Für die Unsterblichkeit!
Heißer inniger herzlicher Dank,
  Für die Unsterblichkeit!

Halleluja in dem Heiligtume!
  Und jenseits des Vorhangs
In dem Allerheiligsten Halleluja!
  Denn so hat Jehova geredet!

»Schäumt das, Vetter? und wie wird Euch dabei?« – Wie mir wird? 's rührt sich auch ein *Halleluja* in mir, aber ich darf's nicht aussprechen, weil ich nur so 'n gemeiner schlechter Kerl bin; ich möchte die Sterne vom Himmel reißen und sie zu 'n Füßen des Erbarmers hinstreuen und in die Erd sinken. So wird mir! »Bravo! Vetter. Das sind eben Verse, die Euch so das Sternreißen eingeben. Lest 's Buch ganz, 's wird Euch schmecken, und übrigens schämt Euch des *Halleluja* nicht, das sich in Euch rührt. Was gemein? bei Oden gilt kein Ansehn der Person; du oder ein König, einer wie der andre! Und, Vetter, der schönste Seraph in der feierlichen schrecklichen Pracht seiner sechs Flügel ist nur ein gemeiner schlechter Kerl, wenn er vor Gott steht! Aber, wie gesagt, lest 's Buch ganz.« Hab 's getan, und will erzählen, wie 's mir gangen ist. Wenn man 'n Stück zum erstenmal liest, kömmt man aus dem hellen Tag in eine dämmernde Kammer voll Schildereien; anfangs kann man wenig oder nichts sehen, wenn man aber d'rin weilt, fangen die Schildereien nach und nach an, sichtbar zu werden und affizieren einen recht, und denn macht man die Kammer zu und beschließt sich darin, und geht auf und ab und erquickt sich an den Schildereien und den Rosenwolken und schönen Regenbogen und leichten Grazien mit sanfter Rührung im Gesicht usw. Hie und da bin ich auch auf Stellen gestoßen, bei denen 's mir ganz schwindlicht worden ist, und 's ist mir gewesen, als wenn 'n Adler nach 'm Himmel fliegen will, und nun so hoch aufsteigt, daß man nur noch Bewegung sieht, nicht aber, ob der Adler sie mach', oder ob's nur 'n Spiel der Luft sei. Da pfleg ich denn 's Buch hinzulegen, und mit Onkle *Toby* 'n Pfiff zu tun.

Auch über die Wortfügung in diesen Oden hab' ich oft meine eigne Gedanken, und über 's Metrum, und ich wollte drauf wetten, daß besondre Kniffe d'rin stecken, wer sie nur recht verstünde. 's Metrum ist nicht in allen Oden einerlei; ja nicht; in einigen ist 's wie 'n Sturm, der durch 'n großen Wald braust, in andern sanft wie der Mond wallt, und das scheint nicht von ohngefähr so gekommen zu sein. S. 204:

Die frühen Gräber

Willkommen, o silberner Mond,
    Schöner, stiller Gefährt der Nacht!
Du entfliehst? Eile nicht, bleib, Gedankenfreund!
    Sehet, er bleibt, das Gewölk wallte nur hin.

Des Maies Erwachen ist nur
    Schöner noch, wie die Sommernacht,
Wenn ihm Tau, hell wie Licht, aus der Locke träuft
    Und zu dem Hügel herauf rötlich er kömmt.

Ihr Edleren, ach es bewächst
Eure Male schon ernstes Moos.
O, wie war glücklich ich, als ich noch mit euch
Sahe sich röten den Tag, schimmern die Nacht.

Das wollt' ich wohl gemacht haben, oder auch bei den andern, unter ein'm Mal mit ernstem Moos bewachsen, schlafen, und da so 'n Seufzer eines guten Jungen hören, den ich im Leben liebhatt. Mein bißgen Asche würde sich im Grab' umkehren und mein Schatten durch 's Moos zu dem guten Jungen heraufsteigen, ihm eine Patschhand geben, und 'n Weilchen im Mondschein an seinem Halse zappeln.

Und die Rubra über die Stücke! ja die sind immer so kurz und wohl gegeben, und 'n gut Rubrum über 'n Stück ist wie 'n Mensch, der 'n gut Gesicht hat. Auch die »Dedikation« ist brav, *»an Bernstorf«* und nichts mehr. Wozu auch so 'n langes Geleire von *Maecenas* und Gnad' und gnädig? 's schmeckt dem großen Mann nicht, und dem kleinen verdirbt's den Magen.

Überhaupt ist mir aus diesem Buch recht 'n Licht über Herr *Ahrens* und übers Versemachen aufgangen. Ich stelle mir den Dichter vor, als 'n schönen weichherzigen Jüngling, der zu gewissen Stunden plethorisch wird so desperat als wenn unsereinen der Nachtmoor reitet, und denn tritt 'n Fieber ein, das den schönen weichherzigen Jüngling heiß und krank macht, bis sich die Materia peccans in eine Ode, Elegie oder des etwas sezerniert; und wer ihm zu nah kommt, wird angesteckt.

Braga steigt herab durchs Laub der Eiche, zu schwängern die Seele des vaterländischen Dichters, daß sie zu seiner Zeit ans Licht bringe eine reife kräftige Frucht; wer aber leichtfertig ist und mit 'n Ausländern buhlt, der legt Windeier, und wird oft 'n Spiel der Franzosen.

Der Verfasser der Oden soll Klopstock heißen, möcht 'n doch wohl 'nmal sehen. *

AUS DEM ENGLISCHEN

Es legte *Adam* sich im Paradiese schlafen;
Da ward aus ihm das Weib geschaffen.
Du armer Vater *Adam*, du!
Dein erster Schlaf war deine letzte Ruh.

BRIEF AN ANDRES

Mein lieber *Andres*,
Seine Astronomie hat Er wohl mit Haut und Haar wieder vergessen? Ich weiß noch, 's pflegt' Ihm hart einzugehn, was Herr *Ahrens* uns von Triangeln und Zirkeln vormachte, und doch mocht' ich Ihn damals schon lieber leiden. Herr *Ahrens* wußte wohl alles auf 'n Fingern, und Er konnte nichts begreifen; aber dagegen konnt' Er auch in Seiner Einfalt so 'ne ganze halbe Stund' einen hellen Stern ansehn und sich so in sich darüber freuen, und das konnte Herr *Ahrens* nicht, und darum mocht' ich Ihn lieber leiden, sieht Er! und darum schreib' ich Ihm auch diesen Brief, weil übermorgen abend recht was Schön's am Himmel zu sehn ist. 's wird nämlich der Abendstern eine Stund nach Sonnenuntergang, wenn reine Luft ist versteht sich, groß und hell am Himmel dastehen, im Westen, und dicht unter ihm zur Linken der Jupiter und zur Rechten der Mond.

Wie das zusammenhängt, daß die drei schönen Himmelslichter so dicht nebeneinander stehen, das mag Herr *Ahrens* demonstrieren; Er aber soll vor Seine Tür heraustreten, und nach meinem lieben Mond und den beiden freundlichen Sternen hinsehn, und, was Ihm, wenn Er nun so vor Seiner Tür steht und hinsieht, *Andres*, was Ihm denn durch 'n Sinn fahren wird, sieht Er! das gönnt Ihm Sein alter Schulkam'rad, und davon weiß Herr *Ahrens* nichts.

Leb' Er wohl, *Andres*, und vergeß Er nicht die Tür zu riegeln, wenn Er wieder h'reingeht.

Den 11. Febr. 1774. *

FUCHS UND BÄR

Kam einst ein Fuchs vom Dorfe her,
Früh in der Morgenstunde,
Und trug ein Huhn im Munde;
Und es begegnet' ihm ein Bär.
»Ah! guten Morgen, gnäd'ger Herr!
Ich bringe hier ein Huhn für Sie;
Ihr Gnaden promenieren ziemlich früh,
Wo geht die Reise hin?«
»Was heißest du mich gnädig, Vieh!
Wer sagt dir, daß ichs bin?«
»Sah Dero Zahn, wenn ich es sagen darf,
Und Dero Zahn ist lang und scharf.«

GRABSCHRIFT AUF DEN WINDMÜLLER JACKSON

Hier liegt der Müller *Jackson*!
Er lebte vom Winde mit lieben Weib und Knaben;
Es leben auch sonst noch viele davon,
Die keine Mühle haben.

AN EINE QUELLE. 1760

Du kleine grünumwachsne Quelle,
An der ich *Daphne* jüngst gesehn!
Dein Wasser war so still! so helle!
Und *Daphnes* Bild darin, so schön!
O, wenn sie sich noch mal am Ufer sehen läßt,
So halte du ihr schönes Bild doch fest;
Ich schleiche heimlich denn mit nassen Augen hin,
Dem Bilde meine Not zu klagen;
Denn, wenn ich bei ihr selber bin,
Denn, ach! denn kann ich ihr nichts sagen.

UNIVERSALHISTORIE DES JAHRS 1773; ODER SILBERNES ABC DEFEKT

Am Firmament in diesem Jahr
Ists so geblieben wie es war.

Gelehrte setzten fort ihr Spiel
Mit dem bewußten Federkiel.

Prozesse hatten gut Gedeihn,
Und über Recht tät niemand schrein.

Stammbäume trieb man, groß und dick,
In Mistbeeten mit gutem Glück.

Theologie war leider krank
Durch Übersetzungen und Zank.

Ungläubig wurde jedermann,
Sir *Hagel*, und 'Squeir *Urian*.

Xanthippen fehlten ganz und gar;
Oft ist ein ganzer Vers nicht wahr.

Ysop wuchs wenig an der Wand,
Nach Hamburg kam ein Elefant. usw.

»VON SCHWEDENBORG,
nach Anleitung einer zu seinem Andenken von dem Bergrat und Ritter *Sandel* in einer Versammlung der Königl. Schwedischen Akademie der Wissenschaften zu Stockholm abgelesenen Rede.«

Herr *Schwedenborg* ist vielen Lesern nur aus seinen letzten Lebensjahren und aus seinen letzten Schriften bekannt. Vermutlich hat eben dies viel dazu beigetragen, daß man mit einem Urteil über diesen Schriftsteller und Menschen so bald fertig ist, und man würde, wenn man mit seinem Leben und mit seinen Schriften die vorhergingen bekannt gewesen wäre, allem Ansehn nach ihn, als er aus dem gewöhnlichen

Gleise heraustrat, mit mehr neugierigen und minder flüchtigen Blicken verfolgt haben. Wenigstens sollte man glauben, daß ein Herr Polyhistor oder sein Herr Auditor ihren Machtspruch bis weiter würden zurückgehalten haben und auf die Vermutung eines etwanigen Mißverständnisses geraten sein, wenn sie gewußt hätten, daß *Schwedenborg* die ganze Gelehrsamkeit des Herrn Polyhistors und des Herrn Auditors an den Kinderschuhen zerrissen hatte.

Also Herr *Schwedenborg* oder vielmehr *Schwedbergsen*, den Namen *Schwedenborg* erhielt er allererst im Jahr 1719 als er geadelt ward, ist geboren in Stockholm den 29. Januar 1688. Er war der zweite Sohn des *D. Jaspar Schwedberg* Bischofs von *Scara*, und hatte von Jugend auf gute Gelegenheit mit alledem bekannt zu werden, was man Gelehrsamkeit und Wissenschaften nennt. Er las in seiner Jugend die lateinischen Dichter gern und machte selbst einige Versuche die mit Beifall aufgenommen wurden. Als er in *Upsal* einige Jahre studiert und sich den Ruhm eines Mannes von Fleiß und Genie erworben hatte, ging er außer Landes, nach Deutschland, Frankreich und Holland, zu sehen ob er da etwas Neues für seine Wißbegierde fände. Die Abteilung der Gelehrten in Theologen Philosophen etc. wollte ihm nicht in den Kopf, und er glaubte, daß alle Wissenschaften für Einen Menschen und Ein Mensch für alle Wissenschaften sei. Indes war sein Lieblingsstudium, außer der Theologie und der Philosophie, die Physik, Chymie, und die mathematischen Wissenschaften. Durch seine Einsicht in die letztern war er in die Bekanntschaft des berühmten Kommerzrat *Pelhem* gekommen, und König *Karl* XII. machte ihn in seinem 28. Jahr zum Assessor, mit dem Beding, daß er diesen großen Mathematikus und Mechanikus bei allen seinen Unternehmungen begleite, und beständig um ihn sei. Wie wenig oder wie viel *Schwedenborg* in der Mechanik konnte, erhellet unter andern aus einem kleinen Manövre, nach welchem er im Jahr 1718 zur Belagerung von *Friedrichshall*, 2 Galeeren, 5 große Fahrzeuge und 1 Schaluppe anderthalb schwedische Meilen, von *Strömstadt* nach *Ilda-Fial*, mit Rollen über Berg und Tal fortschaffte. Im Jahr 1716 fing er an Schriftsteller zu werden, und gab nacheinander heraus: seinen Daedalus hyperboreus, einen Versuch zur Einrichtung der bequemsten Münze und Maße, eine Abhandlung von der Algebra, vom Gange und Stande der Erde und der Planeten, von der Höhe des Wassers und der Abnahme der Ebbe etc. und sonderlich 7 Abhandlungen vom Bergwerkswesen. Die Abhandlungen vom Bergwerkswesen schrieb er auf einer Reise, die er, nachdem er sich in dem Bergbau seines Vaterlandes umgesehen und unterrichtet hatte, nach dem Harz und den Bergwerken in Sachsen und Österreich vornahm, um auch das zu wissen was in andern Ländern in diesem Fach gang und gäbe sei; und darauf gab er 1743 seine großen Opera Philosophica und Mineralia heraus. Aus allen diesen Schriften leuchtet hervor, daß ihr Verfasser nicht zum Nachsprechen gemacht sondern ein Mann war, der selbst denkt und in jedem Fach, dahin er kommt, wie in seinem Eigentum und zu Hause ist. Sie machten ihn auch in und außerhalb Schweden sehr berühmt. Im Jahr 1724 ward ihm eine Professur der höhern Mathematik zu *Upsal* angeboten, die er aber ausschlug; in ebendem Jahr nahm ihn die Königl. Gelehrte Gesellschaft zu *Upsal* zu ihrem Mitglied auf, und 1734 die Petersburger zu ihrem Korrespondenten usw.

Als nun *Schwedenborg* in den Wissenschaften des Jahrhunderts sich umgesehen hatte, und von einzelnen Kennern und ganzen Akademien mit Beifall beehrt worden war, fing er an – Geister zu sehen. Sein Lobredner sagt: er habe die sichtbare Welt und den Verhalt ihrer Teile, als einen Fingerzeig auf die unsichtbare angesehen, und, da er mit der sichtbaren Welt sehr bekannt war, auf die unsichtbare Welt anfangs Mutmaßungen gewagt und nach und nach ein ganzes System aufgeführt. Wenn dem so wäre, so läßt sich absehen, daß dieses System, gesetzt auch es sei wahr, den Leuten, die von der einen Welt wenig und von der andern gar nichts wissen oder wissen wollen, sehr sonderbar in die Augen fallen müsse, und daß es seinen Verfasser mehr als lächerlich machen konnte.

Nil Sacri es, sagte *Herkules* unwillig, als er irgendwo in einem Tempel eine Statue des *Adonis* antraf. Man findet in *Schwedenborgs* Leben und Charakter eine solche Statue des *Adonis* nicht, der zu gefallen er, wie der gewöhnliche Lauf der Natur ist, andre und bequemere Meinungen gesucht hätte. Er ist von jeher ein sehr tugendhafter Mann gewesen, und konnte von der Schönheit und Majestät der sichtbaren Welt sehr gerührt werden.

Ob *Schwedenborg* würklich Geister oder sonst Neues gesehen, oder ob er ein Narr gewesen, bleibt freilich die Frage. Aber man kann doch nicht wohl umhin zu glauben, daß Geister sind, und Schwedenborg sagte ganz kalt und trokken in seinem Leben, und noch auf seinem Todbette in London, wo er den 24. Sept. 1771 starb, er könne sie sehen und habe sie gesehen.

Weil nun die Neue Welt doch schon vor Herrn Projektmacher *Kolumbus* ganz richtig und natürlich da war, ob man gleich in Europa kein Wort von ihr wußte, so könnte es auch vielleicht einen Weg zum Geistersehen geben, ob es gleich ein Geheimnis ist, wie die Brille dazu geschliffen werden muß. Und gesetzt auch einer schliffe und schiffte ganz ebenteurlich; nach der Meinung kluger Leute liegt viel Wahrheit im Verborgenen, vielleicht nahe bei uns, aber im Verborgenen, und so sollten uns alle Projekte eines guten Mannes, wenigstens als edles Ringen nach ihr, heilig sein.

(den Beschluß in den Elisaischen Feldern.)

ABHANDLUNG ÜBER DEN URSPRUNG DER SPRACHE, welche den von der Königl. Akademie der Wissenschaften für das Jahr 1770 gesetzten Preis erhalten hat, von Herrn Herder. Berlin, bei Chr. Fr. Voß, 1772, 14 Bogen in 8.

Es ist ungemein bequem über Abhandlungen zu urteilen, die von einer Akademie der Wissenschaften den Preis erhalten haben. Man weiß gleich, woran man ist und was man zu tun und zu lassen hat, und ist sicher, daß jemand, dem die Götter mehr Einsicht oder mehr Kredit gegeben haben, einen nicht von ohngefähr durch ein grade die Quere gestelltes Urteil um sein bißgen Ehre und guten Namen bringe, weil man sich nun im Fall der Not gegen ein solches die Quere gestelltes Urteil wenigstens mit Anstand sträuben, und es unter dem Flügel der Akademie, als wäre es eine Luftblase, vor sich hertreiben kann, wie *Rousseau* seine »Réflexion en puissance« vor sich hertreibt, bis sie ihm auf seinem Wege zerspringt, sagt *Herder*.

Zwar bei Schriftstellern wie der, von dem hier die Rede ist, brauchts keiner Sicherheit unter dem Flügel. Man darf sich nur fest an ihm halten, und er trägt einen auf dem Flügel seines Genies aus aller Gefahr, per fas & nefas, hoch mit dem Mond über Klotz und Stein, über Widersprüch' und Stoppeln hin, daß einem die Haare auf der Schädel sausen.

Man darf sich nur festhalten, wenn er etwa zuweilen, vom Überfluß des Lebenssafts der in ihm ist, den Flügel etwas mutwilliger schlüge.

Die Menschenkinder haben Sprache, wissen aber nicht, wie und woher? ob ein Engel vom Himmel sie gebracht habe? oder ob sie auf Erden ausgebrütet worden? aus der Bärmutter der warmen Empfindung und Leidenschaft? oder der kalten Verabredung? In Ermanglung eines Bessern bestieg ein jeder eine Hypothese die ihm die besten Knöchel zu haben schien, und schwang seinen Speer. Da forderte nun die Akademie der Wissenschaften in Berlin die Gelehrten weit und breit auf, diese Ritter zu erlegen und auf einer neuen Rosinante ins Feld zu kommen, oder auch einen von ihnen neu auszustaffieren und sein *Sancho Pansa* zu werden. Herr *Herder* kam, sammlete Halme aus der Natur der Seele des Menschen und seiner Organisation, aus dem Bau der alten Sprachen und dem Fortgange derselben, aus der ganzen menschlichen Ökonomie etc. band seine Garbe und stellte sie hin –: Schrei der Empfindung ist nicht Sprache, nicht ihr Blatt noch ihre Wurzel, sondern der Tautropfen der sich an Blätter und Blüten anhängt und sie belebt; das Tier ist immer auf einen Punkt, dicht an den sinnlichen Gegenstand, geheftet; der Mensch kann seinen Blick losreißen, wendet ihn von einem Bilde zum andern, weilet auf einem, sondert sich Merkmale ab, und hat nun schon ein Wort zur Sprache in sich, das er von sich gibt, nach dem Ton der sein Ohr dabei trifft, und nach dem Resultat der Gärung unter den Bebungen der übrigen Seelensaiten – und so bildet sich nach und nach eine Sprache analogisch, mit der übrigen Bildung des Menschengeschlechts etc.

Es steht übrigens dahin, ob Herr *Herder* im Ernst meine, daß alle Sprache diesen Weg rechtens entstanden sei, oder ob er eine Sprache ausnimmt, der *Moses* erwähnt, die den Weg der Güte kommt, und eine warme Übersetzung ist aus der Originalsprache, darin ein milder unerschöpflicher Schriftsteller den großen Kodex Himmels und der Erden en Bas Relief und ronde Bosse für seine Freunde geschrieben hat. Dem sei nun wie ihm wolle, *Herder* hat seinen Weg rechtens beweisen wollen, und die Akademie hat ihm den Preis zuerkannt.

DER FRÜHLING. AM ERSTEN MAIMORGEN

Der Gr. A. L. -g.

Heute will ich fröhlich fröhlich sein,
Keine Weis' und keine Sitte hören;
Will mich wälzen, und für Freude schrein,
Und der König soll mir das nicht wehren;

Denn *er* kommt mit seiner Freuden Schar
Heute aus der Morgenröte Hallen,
Einen Blumenkranz um Brust und Haar
Und auf seiner Schulter Nachtigallen;

Und sein Antlitz ist ihm rot und weiß,
Und er träuft von Tau und Duft und Segen –
Ha! mein Thyrsus sei ein Knospenreis,
Und so tauml' ich meinem Freund' entgegen.

DER TOD UND DAS MÄDCHEN

Das Mädchen

Vorüber! Ach, vorüber!
Geh wilder Knochenmann!
Ich bin noch jung, geh Lieber!
Und rühre mich nicht an.

Der Tod

Gib deine Hand, du schön und zart Gebild!
Bin Freund, und komme nicht, zu strafen.
Sei gutes Muts! ich bin nicht wild,
Sollst sanft in meinen Armen schlafen!

EMILIA GALOTTI.

Ein Trauerspiel in fünf Aufzügen. Von *Gotthold Ephraim Lessing*. Berlin, bei Christian Friedrich Voß, 1772.

Ich habs gelesen und wiedergelesen, aber heute mache ich nur wie der Maler *Conti*. Er lehnte anfangs das Gemälde der Emilia verwandt gegen einen Stuhl. Denn ich muß Platz haben wenn ich's umwenden soll. Vieles von dem Anzüglichsten der Schönheit liegt ganz außer den Grenzen der Kunst.

Der Bote.

EMILIA GALOTTI,
ein Trauerspiel von Gotthold Ephraim Lessing.
Berlin, bei Voß etc.

Wollt's wohl machen, wie der Maler *Conti*; er lehnte anfangs das Gemälde der *Emilia* verwandt gegen einen Stuhl, aber die Leser haben wohl nicht so viel Gedult als der Prinz, will's also lieber gleich umwenden, daß sie die runden hervorliegenden Figuren sehn, den rauhen biedern *Odoardo*, den feinen guten *Appiani*, den Engel *Emilia*, den schönen frechen infamen Sünder *Angelo*, und den noch infamern Filou und Hofschranzen *Marinelli*. »Der Künstler scheint mit dem Auge gemalt zu haben, weil so wenig auf dem langen Wege aus dem Auge durch den Arm in den Pinsel verlorengegangen ist; alles wie aus dem Spiegel gestohlen; das Stück soll nicht aufgehangen werden, soll bei der Hand bleiben, nicht wahr?«

Das erste also was ich von diesem Trauerspiel zu sagen habe, ist, daß es mir gefallen hat. Das heißt nun wohl eben nicht viel gesagt, aber es ist auch nie meine Sache gewesen, viel zu sagen; und wer da sagte, daß es ihm nicht gefallen habe, der hat doch noch weniger gesagt. Freilich wenn ich verstünde was zu einem guten Trauerspiel gehört, so könnt' ichs alles weitläuftig mit Gründen belegen, und sagen so und so und dies und das und darum. So aber kann ich nur schlechthin sagen was mir sonderlich gefallen hat, und das will ich frei tun, damit mich der Maler *Conti* nicht ins Kloster schicke. Sonderlich denn hat mir gefallen der Stolz des Malers *Conti* in seinem Gespräch mit'm Prinzen, sonderlich daß *Camillo Rota* das Todesurteil doch wohl nicht mitgenommen hatte, sonderlich der Morgenbesuch des alten *Odoardo*, sonderlich *Pirro und Angelo*, sonderlich *Odo-*

ardo und Claudia, sonderlich daß *Emilia* nichts vor dem Grafen *Appiani* auf dem Herzen behalten wollte, sonderlich die melancholische Schwärmerei des Grafen *Appiani*, sonderlich sein Gespräch mit dem Hofschranzen, sonderlich *Angelo und Marinelli*, sonderlich *Emilia*, sonderlich *Marinelli und Claudia*, sonderlich *Orsina und Marinelli*, sonderlich *Odoardo und Orsina*, sonderlich *Marinelli der Prinz und Odoardo*, sonderlich das ganze Stück von der »Kunst die nach Brot geht« bis zu *Odoardos* schönem »Zieh hin«. Der Schuß im 1. Auftritt des 3. Akts hat mich recht erschreckt; ich war mir auf hundert Meile noch keinen Schuß vermuten. Auch die *Orsina* hat mich ein paarmal recht surpreniert; der Henker erwarte so viel Geist, Entschlossenheit und feste Wut von einer solchen Nickel; 's ist gar ein verteufeltes Weib, aber meisterhaft wie die andern.

Ein Ding hab ich nicht recht in Kopf bringen können, wie nämlich die *Emilia* S. 149 sozusagen bei der Leiche ihres *Appiani* an ihre Verführung durch einen andern Mann und an ihr warmes Blut denken konnte. Mich dünkt, ich hätt' an ihrer Stelle nackt durch 'n Heer der wollüstigsten Teufel gehen wollen, und keiner hätt' es wagen sollen mich anzurühren. Doch das kommt mir wohl nur so vor, und ich habs bloß gesagt, damit ich mich ganz ledig sagte. Wollt's auch für viel nicht mit Herrn *Lessing* verderben. Er fackelt nicht; zwar er gäb sich auch mit'm schlichten Boten wohl nicht ab, er ists so mit Geheimden Räten gewohnt. *

BRIEF AN ANDRES
DIE ILLUMINATION BETREFFEND

Wir haben hier heint nacht Illumination gehabt, mein lieber *Andres*. Sieht Er, da hangen denn Lampen in allen Hecken und Bäumen, und sind solche Bogen und Säulen mit Lampen, und so 'n S. Michael der nach dem Lindwurm stößt, und die Gartenhäuser sind voll Lampen über und über, und dicht am Wasser sind Lampen, daß man die Fische kann spielen sehen, und gehn so viel Leut' aus Hamburg im Garten hin und her, sieht Er, und das heißt denn Illumination und ist recht kuriös zu sehen, und kostet viel Öl. Ja, *Andres*, wir beide hätten unser Lebelang daran zu brennen gehabt, aber damit wär keine Illumination geworden, *Andres*, und wer 'n Öl denn so hat, sieht Er, der läßt 'n denn so brennen.

Dergleichen Jlluminations nun sind nur für große Herren und Potentaten, doch kann unsereiner 's auch sehen, und Er hätt's auch sehen können wenn Er nicht immer am unrechten Ort wär. Ich hätt's Ihm wohl vorher melden können, aber ich dachte, 's wäre auch noch Zeit, wenn Er's nur nachher erführe. 's ist hier ein Prinz gewesen und eine Prinzessin, sieht Er, und darum hat's der gnädige Herr auch so schön gemacht, und die Kanonen auch lösen lassen. Wollte doch, daß ich's Ihm vorhergeschrieben hätte, so hätt' Er die Kanonen auch hören können. Doch, wenn Er leben soll, hat Er ja wohl noch Gelegenheit Kanonen zu hören. Ich wills Ihm sonst auch schreiben wenn wieder Illumination ist.

Sapperment, *Andres*, das waren 'nmal viele Lampen! auch stand der Mond am Himmel und schien – für den Prinzen, und für uns alle. Leb Er wohl. etc. *

BEI DEM GRABE MEINES VATERS

Friede sei um diesen Grabstein her!
Sanfter Friede Gottes! Ach, sie haben
Einen guten Mann begraben,
Und mir war er mehr;

Träufte mir von Segen, dieser Mann,
Wie ein milder Stern aus bessern Welten!
Und ich kann's ihm nicht vergelten,
Was er mir getan.

Er entschlief; sie gruben ihn hier ein.
Leiser, süßer Trost, von Gott gegeben,
Und ein Ahnden von dem ewgen Leben
Düft' um sein Gebein!

Bis ihn *Jesus Christus*, groß und hehr!
Freundlich wird erwecken – ach, sie haben
Einen guten Mann begraben
Und mir war er mehr.

SERENATA,
im Walde zu singen

Solo

Wenn hier nur kahler Boden wär,
Wo itzt die Bäume stehn,
Das wäre doch, bei meiner Ehr!
Ihr Herr'n nicht halb so schön.

Denn wäre um uns her kein Baum,
Und über uns kein Zweig,
Denn wäre hier ein kahler Raum,
Und ich marschierte gleich.

So bin ich wie ein Fisch im Meer,
Und bleibe gerne hier.
Vivant die Bäume um uns her!
Der Zweig hier über mir!

a due voci

Und zählen kann ein Mensch sie nicht,
Sind ihrer gar zu viel;
Und jeder macht es grün und dicht,
Und jeder macht es kühl.

a tre voci

Und jeder steht so stolz und kühn,
Und streckt sich hoch hinan,
Dünkt sich, die Stelle sei für ihn,
Und tut sehr wohl daran.

Recitativo

Es pflegen wohl die reichen Leut
   Auch Wald zu machen gern;

Fugato

Da pflanzen denn, die Läng' und Breit,
   Die klug- und weisen Herr'n
In eine lange Reihe hin
   Gar künstlich Baum und Strauch;
Und meinen denn in ihrem Sinn,
   Sie hätten's wirklich auch.

Recitativo

Noch kömmt ihr Gärtner Lobesan,
   Den sie zu ha'n geruhn,
Und schneidet mit der Schere d'ran,
   Wie Schneidermeister tun.

Tutti

Jedoch ihr Wald ist Schneiderscherz,
   Trägt nur der Schere Spur,
Und nicht das große volle Herz
   Von Mutterlieb Natur!

Tuttissimi

Und nicht das große volle Herz
   Von Mutterlieb Natur!
Ist purer puter Schneiderscherz,
   Trägt nur der Schere Spur!

Choral

Hoch sitzt im Sofa der Baron,
Der Schweizer an der Tür,
Die Fürsten sitzen auf dem Thron,
Und wir, wir sitzen hier,

Auf bloßer Erde, feucht und kalt!
Und wir, wir sitzen hier,
Und freun uns über diesen Wald,
Und danken Gott dafür.

*

AUCH EINE PHILOSOPHIE DER GESCHICHTE ZU BILDUNG DER MENSCHHEIT ETC. 1774

Die *Geschichte* des Menschengeschlechts und der Gang Gottes mit ihm sind, wie fast alles in der Welt, ein verschlossenes Rätsel, das zu seiner Zeit auch wohl wird aufgeschlossen werden. Die Menschenkinder konnten aber bis so lange nicht Gedult haben; sie drückten am Schloß und kehrten am Schloß und kuckten ins Schlüsselloch hinein, und gaben denn ihr Videtur unmaßgeblich ab, als ob sie etwas Rechtes gesehen hätten. Nun ergibt aber die Vernunft, daß im Schlüsselloch nicht viel zu sehen ist, und also die Methode: daraus zu weissagen, etwas mißlich sei. Der Verfasser hat dies weitläuftiger erörtert und hierüber und über manches mehr, sonderlich auch über den Einfluß der Akademien, Sozietäten der Wissenschaften etc. etc. vieles gesagt, das nicht allgemein angenommen wird. Er ist überhaupt ein Fisch der gegen den Strom angeht, und will auch, was von der Erleuchtung und den Vorzügen unsers, und dem Gehalt und den Mängeln eines jeden andern Jahrhunderts und Volks gewöhnlich vorgetragen wird, nicht so alles gradezu für bares Geld annehmen.

Einige Gelehrte, die zwischen Volk und Volk, Jahrhundert und Jahrhundert richten, haben die Gewohnheit an sich, daß sie ihre eigene Einsichten und Gaben zur Elle machen, und darnach, zum Exempel das morgenländische und ägyptische Drapdor, das schöne griechische Wassergewand usw. ausmessen, und eben daher ereignet sich das Milchgesichtlein, das verschiedentlich oben auf ihren Urteilen sitzt und selbstklug umherlächelt. Unser Verfasser wäre diesem Mißbrauch gern aus dem Wege gegangen.

Sein Gemälde von der Patriarchalwelt ist so geraten, daß man sich dabei des Wunsches nicht erwehren kann: es möchte doch von einer ganzen Nation wahr gewesen sein, und noch von uns und von allen Völkern wahr sein! Auch die ganze Galerie der *verschiedenen Alter des Menschengeschlechts* ist blendend gemalt, und die Meinung: als ob unser Geschlecht nach dem Plan Gottes seit der Patriarchenzeit immer zu größerer Vollkommenheit fortgehe, gegen die andre: daß wir nur zu einem neuen Zustande fortrücken mit dessen etwanigen Vorteilen andre Vorteile notwendig wieder verlorengehen, sehr glücklich umgesetzt worden.

Sonst aber dürfte in dem allen noch viel Ideal mit unterlaufen; denn alles, was man von Vervollkommung oder Fortrückung und den damit verbundenen Vor- oder Nachteilen behaupten mag, kann nur sehr von ohngefähr zutreffen, weil alles was man von einem jedweden Volk und Zeitalter halb und halb weiß, immer nur von einem kleinen Ausschuß gilt.

Vielleicht ist auch gar der Plan Gottes nicht der *Länge* sondern der *Quere* nach zu suchen. Es ist nämlich die Wahrheit zu aller Zeit in der Welt gewesen, so oder anders gekleidet.

Übrigens gehört dies Büchlein zu den Gewächsen, die auf eignen Grund und Boden gewachsen sind, und der Verfasser scheint, bei einem überflüssigen Maß von Geist, ein Herz im Leibe zu haben, das würklich zum Guten geneigt ist, und urteilt selbst: »daß das große göttliche Werk, Menschheit zu bilden, mit kleiner Eitelkeit nicht grenzen könne.«

GELEHRTE SACHEN

Ja, gelehrte Sachen – wenn ich sonst nichts zu tun hätte – – –

»Ein jeder lern sein Lektion,
So wird es wohl im Hause stohn!«

Das tun aber die Gelehrten nicht immer. Sie lassen mich oft leer, und da soll ich auftischen. Ich nun täte das am Ende zwar gerne, ich bin nur so grämlich um der Leute willen denen ich mein albernes Geschwätz für gute Ware bringe. Indes will ich darum keinesweges auf die Gelehrten schmälen, wer unter dem Monde lernte wohl immer seine Lektion? –

Es geht mit uns großen Leuten wie mit den Kindern; sie könnten immer gute Tage in der Schule haben und einen freundlichen Schulmeister, und es geht selten ein Tag hin, an dem nicht Tränen vergossen würden – an dem nicht Tränen vergossen würden – und der Vater im Himmel hat den Menschen gewiß nicht zum Weinen erschaffen, er schuf sie ja ein Männlein und ein Fräulein – – – –

Ich habe als Knabe schon oft gedacht daß der Spruch

nicht von ohngefähr in der Bibel stehe, und ich habe ihn meiner Mutter mehr als einmal angeführt, wenn sie mich schalt, daß ich unsers Nachbars Tochter so gerne Äpfel und Nüsse brächte. Und würklich ich denke noch, er soll uns lehren, wenn so *ein* Fräulein mit ihren Taubenaugen oder mit ihrer Halsspangen einer solch' einen Unfug in uns anrichtet, daß wir uns des nicht schämen, und unsern Blick vom Fräulein grade zum Himmel aufwenden dürfen, denn Gott hat das Fräulein mit den Taubenaugen erschaffen. Ihn jammerte des Menschen, der im Schweiß seines Angesichts sein Brot essen und mit viel Mühe und Widerwärtigkeiten im Tal der Verwesungen ringen muß, und Gott beschloß ihm einen Trost zu schenken und Vorempfindungen eines bessern Lebens – da hieß er die zarten Lispel durch Mark und Bein wandeln, da schlug die Liebe die Flügel und seine Engel tanzten zum Klange des ersten Flügelschlags.

Was mich in dieser Vermutung bestärkt ist das Sonderbare und Unbegreifliche bei der Liebe. Da steht man und zittert und verstummt und das Herz fängt einem an zu schlagen und die Wange zu glühen, und man weiß nicht wie und warum. Und grade da wo die Philosophie scheitert und die Vernunft sich hinter den Ohren kratzen muß, wo man ein Sausen hört aber nicht weiß woher es kommt und wohin es fähret, grade da vermute ich Gottes Finger. Und wenn ich vollends den sonderbaren Handel ganz bedenke –

– – –

O ihr schützenden Mächte des Himmels, wacht über das Geschöpf dem ich's einst tun werde oder schon getan habe!

Der Bote.

»ER SCHUF SIE EIN MÄNNLEIN UND FRÄULEIN«
1. B.M.v. 27

Ich hab' immer gedacht, daß der Spruch nicht umsonst in der *Bibel* stehe, und ich denk' es noch. Er soll wohl unter andern zu verstehen geben, wenn so 'n Fräulein uns mit ihren Taubenaugen überlistet, daß wir uns des ceteris paribus nicht schämen dürfen, denn Gott hat das Fräulein mit den Taubenaugen erschaffen. Ihn jammerte des Menschen, daß er so im Schweiß seines Angesichts dahinging bis er wieder zur Erde würde davon er genommen war, und gedachte ihm wohlzutun – da wandelten die zarten Lispel vom Himmel herab, da schlug die Liebe die Flügel, und seine Engel tanzten zum Klange des ersten Flügelschlags. Aber der Feind kam auch hier bei der Nacht und säete giftige häßliche Drachen, und Ungeheuer mit Pumphosen und goldenen Klauen. Die kamen und verheerten die schönen Jünglinge und Mädchen im Lande, und die heilige Liebe des Fräuleins floh' und verbarg sich in den Felsklüften und auf den Scheidebergen, und selig ist wer sie findet! *

EINE KORRESPONDENZ ZWISCHEN MIR UND MEINEM VETTER, DAS STUDIUM DER SCHÖNEN WISSENSCHAFTEN BETREFFEND

Hochgelehrter

Hochzuehrender Herr Vetter,

Hätte wohl Lust, mich auf die schönen Wissenschaften zu legen; damit, wenn sich bei der oder jener Gelegenheit 'n Vers oder eine Prosa in meinem Herzen rührt und h'raus will, ich doch dem Dinge ein fein gedeihlich Ansehn und

Grazias, wie sie sagen, geben könnte. Ersuche den Herrn Vetter um seinen Rat, und wie ich das anzufangen habe, samt welche Bücher ich mir dazu anschaffen und lesen muß. Vom *Batteux* hat mir Herr *Ahrens* schon in prima gesagt; aber das ist so lange her, und ich denke, 's sind seitdem wohl andre Moden aufkommen. Das Neuste, weiß der Herr Vetter wohl, ist doch immer das Beste, und man kommt doch nicht gern mit einer Zippelprücke angestochen, wenn in allen Nacken Haarbeutel hängen.

Den Meerrettich erhält der Herr Vetter künftige Woche mit dem Fuhrmann *Grumpenhagen*, womit ich die Ehre habe zu verbleiben

Meines Hochgelehrten

Hochzuehrenden Herrn Vetters

gehorsamer Diener und Vetter

Asmus.

ANTWORT

Seid kein Narre, Vetter, und laßt die schönen Wissenschaften ungeschoren. Ich will Euch aber meinen Rat nicht verhalten.

1) Wenn's Euch mit dem und jenem wirklich Ernst ist, und es Dir so recht durch Mark und Bein geht, so lasse Du's durchgehen, und danke Gott dafür, und sage niemanden davon; und
2) Wenn es frommet, davon zu verlautbaren, und zu schreiben; so schreibe hin was und wie Du's fühlst.
3) Fühlst Du aber nichts, und möchtest doch gerne vor dem geehrten Publiko das Gesicht machen; so lies den *Batteux* und seine Kollegen vom *Longin* bis an den der an die Wand und in die Zeitungen und Bibliotheken pißt.

Magst sie auch ungelesen lassen, denn Du machest doch nur närrisch Zeug in Versen und in Prosa. Lebt wohl Vetter.

Sein Diener etc.

N. S. Du kannst auch statt des *Batteux* den Meerrettich reiben, kommt alles auf eins hinaus. Vale.

DER GROSSE UND DER KLEINE HUND,
oder Packan und Alard

Ein kleiner Hund, der lange nichts gerochen
Und Hunger hatte, traf es nun
Und fand sich einen schönen Knochen
Und nagte herzlich dran, wie Hunde denn wohl tun.

Ein großer nahm sein wahr von fern:
»Der muß da was zum Besten haben,
Ich fresse auch dergleichen gern;
Will doch des Wegs einmal hintraben.«

Alard, der ihn des Weges kommen sah,
Fand es nicht ratsam, daß er weilte;
Und lief betrübt davon, und heulte,
Und seinen Knochen ließ er da.

Und *Packan* kam in vollem Lauf
Und fraß den ganzen Knochen auf.

Ende der Fabel

»Und die Moral?« Wer hat davon gesprochen? –
Gar keine! Leser, bist du toll?
Denn welcher arme Mann nagt wohl an einem Knochen,
Und welcher reiche nähm' ihn wohl?

ANSELMUCCIO

Ist gar ein holder Knabe, er!
Als ob er's Bild der Liebe wär.
Sieht freundlich aus, und weiß und rot,
Hat große Lust an Butterbrot,
Hat blaue Augen, gelbes Haar,
Und Schelm im Nacken immerdar,
Hat Arm' und Beine, rund und voll!
Und alles, wie man's haben soll.
Nur eines fehlt dir, lieber Knabe!
Eins nur: Daß ich dich noch nicht habe. *

[AUS] GÖRGELIANA
NO. 15. SCHREIBEN VON GÖRGEL AN SEINEN HERRN, D. D. 1777

Ich komme morgen nicht zu Hause. »*Warum nicht Görgel?*« Darum nicht, mein lieber Herr! ich komme nicht und kann nicht kommen.

's wird Ihm bekannt sein, daß unser lieber Erbprinz sich morgen vermählt, und daß alle Leute im Lande, Vornehme und Geringe so was machen und tun wollen, so 'n Carmina, oder Illumination, oder Musik, Tanz und dergleichen, ein jeder nach seiner Art und wie ihm der Schnabel gewachsen ist, alles aber damit der Erbprinz sehen soll, wie lieb sie ihn und seine Braut haben. Und da wollen wir alten Invaliden auch was tun, sieht Er, mein lieber Herr! und da wollen unser etliche zusammenkommen in unsern Sonntagsröcken und mit weißen Vorärmeln, und denn will ich vor ihnen hintreten und eine Rede halten.

Er kann leicht denken, was das für eine Rede werden, und daß es nicht gehauen und nicht gestochen sein wird. Aber 'n jeder macht's so gut er kann, und kurz ich werde ohngefähr so sagen: »Kam'raden, wir haben alle graue Haare und sollen bald sterben; hofieren und schmeicheln steht uns nicht an. Aller Welt Lust und Herrlichkeit ist eitel und vergänglich, und am Ende besteht nichts, als wenn man Gott fürchtet und recht tut! Kam'raden, auch die besten Fürsten sind Menschen, und darum muß man bei aller Gelegenheit für sie beten. Glück zu denn heute unserm geliebten Erbprinzen und seiner Braut! wenn sie der Pfarrer einsegnet und sie einander die Hände geben, so segne sie Gott ein, und die Sonne scheine milde und freundlich vom Himmel herab! – Und wenn er einst, wir erlebens nicht, wir liegen denn alle schon im Grabe, aber wenn er einst die Regierung seines Landes übernimmt, so erfülle Gott unsre Hoffnung, und gebe, daß er ein *guter Regent* werde, damit er in Himmel zu uns komme.«

Wenn ich das sage, »daß er ein guter Regent werde etc.« dann sollen alle Kam'raden die Hüte und Kappen abtun, und denn wollen wir 'n »Vater Unser« beten, und hernach uns hinsetzen und unsers gnädigen Herrn Landesfürsten, des Erbprinzen, der Erbprinzessin und aller F. Herrschaften, und des Herrn Präsidenten seine Gesundheit trinken, in 66er wenn uns der Wirtsmann nicht betriegt. Addies lieber Herr, schreib Er mir doch 'nmal, Er hat mir so lange nicht geschrieben, und schenk' Er mir einen krummen Kamm in meine Haare.

Sein Diener etc.
Görgel

ANTWORT AN ANDRES AUF SEINEN LETZTEN BRIEF

Ich hätte mir eher des Himmels Einfall vermutet, als daß Du eine Astrologie schreiben würdest. Du hast zwar von jeher mit den Sternen Dein Fest gehabt, und pflegtest es immer als eine besondre göttliche Wohltat anzusehen, wenn 's Abends der Himmel helle und so recht voll Sternen war; aber das, glaubt' ich, stecke so in Dir, sei Rührung und Freude über den großen herrlichen Anblick, weiter aber denkest Du nichts, und von Deinen Projekten und Deiner Astrologia puriore und sublimiore ist mir niemals 'n Wörtlein in den Sinn kommen. Du hast aber recht, *Andres*, ich habe dem Dinge nachgedacht, und die Astrologie fängt an, mir einzuleuchten.

Wenn alle Sandkörner auf der Erde Augen wären, so würden alle die Augen jedweden Stern über sich am Himmel sehen, und also fließen beständig aus jedwedem Stern Strahlen auf jedes Sandkorn der ganzen Erdfeste herab: nun ist es aber allerdings sehr unwahrscheinlich, daß eine so große Menge einer Materie, die so schnell so weit herkommen kann und aus so schönen unvergänglichen Körpern kommt, ohne alle Würkung sein sollte. Mich dünkt, der bloße Eindruck in einer heitern Nacht lehrts einen auch schon, daß die, mit so unbeschreiblicher Freundlichkeit leuchtenden, Sterne nicht kalte müßige Zuschauer sind,

sondern Angehörige der Erde, und Freunde vom Hause.

Was Du aus den Sternen sehen willst und was Du von ihren Kräften und Einflüssen vorbringst, das sind vor mir lauter Böhmsche Dörfer, kommt mir aber alles doch sehr gründlich vor, und ich wünsche mir von Herzen Deine andächtige fromme Empfindung, mit der Du von den Sternen sprichst, und darin alle Deine Ideen schwimmen wie Blumen im Morgentau und wie die Inseln im Meer. Die Himmelslichter sind doch würklich, wie die Augen am Menschen, offnere oder zarter bedeckte Stellen der Welt, wo die Seele heller durchscheint.

Sehr anmutig ist's mir in Deinem Brief zu lesen gewesen, daß Deine Braut auch so an den Sternen hängt und in Deine Ideen entriert, und daß Ihr beide oft stundenlang den all um funkelnden Sternhimmel anseht, ohne durch Eure Liebe in Eurer Andacht gestört zu werden. Sie muß gar eine gute Person sein, und Du bist 'n lieber *Andres*.

Es freut mich jedesmal in die Seele, wenn ich von einem Menschen höre, der bei einer Leidenschaft den Kopf immer noch oben behält, und Braut und Bräutigam für etwas Bessers vergessen kann. Addies Herr Zoroaster.

Sonst tu ich Dir noch berichten, daß ich itzo, Gott sei tausendmal Dank! drei Kinder hab' und auf's andre halbe Dutzend losgehe. Du kannst nicht glauben, *Andres*, was ein Fest es für mich ist, wenn der *Adebär* ein neues Kind bringt, und die Sach nun glücklich getan ist und ich 's Kind im Arm habe. Kann sich keine Truthenne mehr freuen, wenn die Küchlein unter ihr aus den Eiern hüpfen. »Da bist du, liebes Kind! sag ich denn, da bist du! sei uns willkommen! – es steht dir nicht an der Stirne geschrieben, was in dieser Welt über dich verhängt ist, und ich weiß nicht wie es dir gehen

wird, aber gottlob daß du da bist! und für das übrige mag der Vater im Himmel sorgen.« Denn herz' ichs, beseh's hinten und vorn und bring's der Mutter hin, die nicht mehr denket der Angst! und denn die alten Kinder auf die Erde gelegt, und in Gottes Namen oben darüber weg, und über Tisch und Bänke. Leb wohl Andres. Dein

Seindiener etc.

*

TÄGLICH ZU SINGEN

Ich danke Gott, und freue mich
  Wie's Kind zur Weihnachtsgabe,
Daß ich bin, bin! Und daß ich dich,
  Schön menschlich Antlitz! habe;

Daß ich die Sonne, Berg und Meer,
  Und Laub und Gras kann sehen,
Und abends unterm Sternenheer
  Und lieben Monde gehen;

Und daß mir denn zumute ist,
  Als wenn wir Kinder kamen,
Und sahen, was der heil'ge Christ
  Bescheret hatte, amen!

Ich danke Gott mit Saitenspiel,
  Daß ich kein König worden;
Ich wär geschmeichelt worden viel,
  Und wär vielleicht verdorben.

Auch bet' ich ihn von Herzen an,
  Daß ich auf dieser Erde
Nicht bin ein großer reicher Mann,
  Und auch wohl keiner werde.

Denn Ehr' und Reichtum treibt und bläht,
  Hat mancherlei Gefahren,
Und vielen hat's das Herz verdreht,
  Die weiland wacker waren.

Und all das Geld und all das Gut
  Gewährt zwar viele Sachen;
Gesundheit, Schlaf und guten Mut
  Kann's aber doch nicht machen.

Und die sind doch, bei Ja und Nein!
  Ein rechter Lohn und Segen!
Drum will ich mich nicht groß kastei'n
  Des vielen Geldes wegen.

Gott gebe mir nur jeden Tag,
  Soviel ich darf zum Leben.
Er gibt's dem Sperling auf dem Dach;
  Wie sollt' ers mir nicht geben! *

NACH DER KRANKHEIT. 1777

Ich lag und schlief; da fiel ein böses Fieber
  Im Schlaf auf mich daher,
Und stach mir in der Brust und nach dem Rücken über,
  Und wütete fast sehr.

Es sprachen Trost, die um mein Bette saßen;
  Lieb Weibel grämte sich,
Ging auf und ab, wollt sich nicht trösten lassen,
  Und weinte bitterlich.

Da kam Freund *Hain*: »Lieb Weib, mußt nicht so grämen,
  Ich bring' ihn *sanft* zur Ruh:«
Und trat ans Bett, mich in den Arm zu nehmen,
  Und lächelte dazu.

Sei mir willkommen, sei gesegnet, Lieber!
  Weil du so lächelst; doch
Doch, guter *Hain*, hör' an, darfst du vorüber,
  So geh' und laß mich noch!

»Bist bange, *Asmus*? – Darf vorübergehen
  Auf dein Gebet und Wort.
Leb' also wohl, und bis auf Wiedersehen!«
  Und damit ging er fort.

Und ich genas! Wie sollt' ich Gott nicht loben!
  Die Erde ist doch schön,
Ist herrlich doch wie seine Himmel oben,
  Und lustig drauf zu gehn!

Will mich denn freun noch, wenn auch Lebensmühe
  Mein wartet, will mich freun!
Und wenn du wiederkömmst, spät oder frühe,
  So lächle wieder, *Hain!* *

ÜBER DAS GEBET,
an meinen Freund Andres

Es ist sonderbar, daß Du von mir eine Weisung über's Gebet verlangst; und Du verstehst's gewiß viel besser als ich. Du kannst so in Dir sein, und auswendig so verstört und albern aussehen, daß der Priester *Eli*, wenn er Dein Pastor loci wäre, Dich leicht in bösen Ruf bringen könnte. Und das sind gute Anzeigen, *Andres*. Denn wenn das Wasser sich in Staubregen zersplittert, kann es keine Mühle treiben, und wo Klang und Rumor an Tür und Fenstern ist, passiert im Hause nicht viel.

Daß einer beim Beten die Augen verdreht etc. find' ich eben nicht nötig, und halte ichs besser: natürlich! Indes muß man einen darum nicht lästern wenn er nicht heuchelt; doch daß einer groß und breit beim Gebet tut, das muß man lästern, dünkt mich, und ist nicht auszustehen. Man darf Mut und Zuversicht haben, aber nicht eingebildet und selbstklug sein; denn weiß einer sich selbst zu raten und zu helfen, so ist ja das kürzeste daß er sich selbst hilft. Das Händefalten ist eine feine äußerliche Zucht, und sieht so aus als wenn sich einer auf Gnade und Ungnade ergibt und's Gewehr streckt etc. Aber das innerliche heimliche Hinhängen, Wellenschlagen und Wünschen des Herzens, das ist nach meiner Meinung beim Gebet die Hauptsache, und darum kann ich nicht begreifen was die Leute meinen, die nichts von Beten wissen wollen. Ist ebensoviel als wenn sie sagten, man solle nichts wünschen oder man solle keinen Bart und keine Ohren haben. Das müßte ja 'n hölzerner Bube sein der seinen Vater niemals etwas zu bitten hätte, und erst 'n halben Tag deliberierte, ob er's zu der Extremität wolle kommen lassen oder nicht. Wenn der Wunsch inwendig in Dir Dich nahe angeht, *Andres*, und warmer Komplexion ist; so wird er nicht lange anfragen, er wird Dich übermannen wie 'n starker gewappneter Mann, wird sich kurz und gut mit einigen Lumpen von Worten behängen und am Himmel anklopfen.

Aber das ist eine andre Frage, was und wie wir beten sollen. Kennt jemand das Wesen dieser Welt, und trachtet er ungeheuchelt nur nach dem was besser ist; denn hat's mit dem Gebet seine gewiesene Wege. Aber des Menschen Herz ist eitel und töricht von Mutterleibe an. Wir wissen nicht was uns gut ist, *Andres*, und unser liebster Wunsch hat uns oft betrogen! Und also muß man nicht auf seinem Stück stehen, sondern blöde und diskret sein, und dem lieber alles mit anheimstellen der's besser weiß als wir.

Ob nun das Gebet einer bewegten Seele etwas vermag und würken kann, oder ob der Nexus Rerum dergleichen nicht gestattet, wie einige Herren Gelehrte meinen, darüber lasse ich mich in keinen Streit ein. Ich hab' allen Respekt für den Nexus Rerum, kann aber doch nicht umhin dabei an *Simson* zu denken, der den Nexus der Torflügel unbeschädigt ließ und bekanntlich das ganze Tor auf den Berg trug. Und kurz, *Andres*, ich glaube, daß der Regen wohl kömmt wenn es dürre ist und daß der Hirsch nicht umsonst nach frischem Wasser schreie, wenn einer nur recht betet und recht gesinnt ist.

Das »Vater Unser« ist ein für allemal das beste Gebet, denn Du weißt, wer's gemacht hat. Aber kein Mensch auf Gottes Erdboden kann's so nachbeten wie der 's gemeinet hat; wir krüppeln es nur von ferne, einer noch immer armseliger als der andere. Das schadt aber nicht, *Andres*, wenn wir's nur gut meinen; der liebe Gott muß so immer das Beste tun, und der weiß wie's sein soll. Weil Du's verlangst, will ich Dir aufrichtig sagen, wie ich's mit dem »Vater Unser« mache. Ich denke aber, 's ist so nur sehr armselig gemacht, und ich möchte mich gerne eines Bessern belehren lassen.

Sieh', wenn ich's beten will, so denk' ich erst an meinen seligen Vater, wie der so gut war und mir so gerne geben mochte. Und denn stell' ich mir die ganze Welt als meines Vaters Haus vor; und alle Menschen in Europa, Asia, Afrika und Amerika sind denn in meinen Gedanken meine Brüder und Schwestern; und Gott sitzt im Himmel auf einem goldnen Stuhl, und hat seine rechte Hand über's Meer und bis ans Ende der Welt ausgestreckt, und seine linke voll Heil und Gutes, und die Bergspitzen umher rauchen – und denn fang' ich an:

Vater Unser der du bist im Himmel.
Geheiliget werde dein Name.

Das versteh' ich nun schon nicht. Die Juden sollen besondre Heimlichkeiten von dem Namen Gottes gewußt haben. Das lasse ich aber gut sein und wünsche nur, daß das Andenken an Gott, und eine jede Spur, daraus wir ihn erkennen können, mir und allen Menschen über alles groß und heilig sein möge.

Zu uns komme dein Reich.

Hiebei denk' ich an mich selbst, wie's in mir hin und her treibt und bald dies bald das regiert, und daß das alles Herzquälen ist und ich dabei auf keinen grünen Zweig komme. Und denn denk' ich, wie gut es für mich wäre, wenn doch Gott all Fehd ein Ende machen und mich selbst regieren wollte.

Dein Wille geschehe wie im Himmel also auch auf Erden.

Hiebei stell' ich mir den Himmel mit den heiligen Engeln vor die mit Freuden seinen Willen tun, und keine Qual rühret sie an, und sie wissen sich vor Liebe und Seligkeit nicht zu retten, und frohlocken Tag und Nacht; und denn denk' ich: wenn es doch also auch auf Erden wäre!

Unser täglich Brot gib uns heute.

'n jeder weiß was täglich Brot heißt, und daß man essen muß solange man in der Welt ist, und daß es auch gut schmeckt. Daran denk' ich denn. Auch fallen mir wohl meine Kinder ein, wie die so gerne essen mögen und so flugs und fröhlich bei der Schüssel sind. Und denn bet' ich, daß der liebe Gott uns doch etwas wolle zu essen geben.

Und vergib uns unsre Schuld
als wir vergeben unsern Schuldigern.

Es tut weh wenn man beleidigt wird, und die Rache ist dem Menschen süß. Das kömmt mir auch so vor, und ich hätte wohl Lust dazu. Da tritt mir aber der *Schalksknecht* aus dem Evangelio unter die Augen: und mir entfällt das Herz, und ich nehm's mir vor, daß ich meinem *Mitknecht* vergeben und ihm kein Wort von den *hundert Groschen* sagen will.

Und führe uns nicht in Versuchung.

Hier denk' ich an allerhand Exempel, wo Leute unter den und jenen Umständen vom Guten abgewichen und gefallen sind, und daß es mir nicht besser gehen würde.

Sondern erlöse uns von dem Übel.

Mir sind hier die Versuchungen noch im Sinn, und daß der Mensch so leicht verführt werden, und von der ebnen Bahn abkommen kann. Zugleich denk' ich aber auch an alle Mühe des Lebens, an Schwindsucht und Alter, an Kindesnot, Kalten Brand und Wahnsinn, und das *tausend*fältige Elend und Herzeleid das in der Welt ist und die armen Menschen martert und quält, und ist niemand der helfen kann. Und Du wirst finden, *Andres*! wenn die Tränen nicht vorher gekommen sind, hier kommen sie gewiß, und man kann sich so herzlich heraussehnen, und in sich so betrübt und niedergeschlagen werden, als ob gar keine Hülfe wäre. Denn muß man sich aber wieder Mut machen, die Hand auf den Mund legen, und wie im Triumph fortfahren:

Denn dein ist das Reich, und die Kraft und die Macht und
die Herrlichkeit in Ewigkeit,
Amen.

RHEINWEINLIED

Bekränzt mit Laub den lieben vollen Becher,
Und trinkt ihn fröhlich leer.
In ganz *Europia*, Ihr Herren Zecher!
Ist solch ein Wein nicht mehr.

Er kommt nicht her aus *Hungarn* noch aus *Polen*,
Noch wo man franzmännsch spricht;
Da mag Sankt *Veit*, der Ritter, Wein sich holen,
Wir holen ihn da nicht.

Ihn bringt das Vaterland aus seiner Fülle;
  Wie wär er sonst so gut!
Wie wär er sonst so edel, wäre stille
  Und doch voll Kraft und Mut!

Er wächst nicht überall im deutschen Reiche;
  Und viele Berge, hört,
Sind, wie die weiland *Kreter*, faule Bäuche,
  Und nicht der Stelle wert.

Thüringens Berge zum Exempel bringen
  Gewächs sieht aus wie Wein;
Ist's aber nicht. Man kann dabei nicht singen,
  Dabei nicht fröhlich sein.

Im *Erzgebürge* dürft Ihr auch nicht suchen,
  Wenn Ihr Wein finden wollt.
Das bringt nur Silbererz und Koboldkuchen,
  Und etwas Lausegold.

Der *Blocksberg* ist der lange Herr Philister,
  Er macht nur Wind wie der;
Drum tanzen auch der Kuckuck und sein Küster
  Auf ihm die Kreuz und Quer.

Am *Rhein*, am *Rhein*, da wachsen unsre Reben;
  Gesegnet sei der *Rhein*!
Da wachsen sie am Ufer hin, und geben
  Uns diesen Labewein.

So trinkt ihn denn, und laßt uns allewege
  Uns freun und fröhlich sein!

Und wüßten wir wo jemand traurig läge,
Wir gäben ihm den Wein.

MOTETTO,
als der erste Zahn durch war

Viktoria! Viktoria!
Der kleine weiße Zahn ist da.
Du Mutter! komm', und groß und klein
Im Hause! kommt, und kuckt hinein,
Und seht den hellen weißen Schein.

Der Zahn soll *Alexander* heißen.
Du liebes Kind! Gott halt ihn Dir gesund,
Und geb' Dir Zähne mehr in Deinen kleinen Mund,
Und immer was dafür zu beißen!

*

PARENTATION ÜBER ANSELMO,
gehalten am ersten Weihnachttage,

NB. nicht in der Kirche sondern nur
im Zimmer neben dem offenen Sarge,
und war niemand da als *Andres*.

Andres, hier liegt er! Aber er hört und sieht uns nicht mehr. *Anselmo* ist tot, unser lieber *Anselmo!* Wie ist Dir zumut, *Andres*?

Er pflegte, wie Du weißt, die Welt 'n Krankenhospital zu nennen, darin die Menschen bis zu ihrer Genesung verpflegt werden. Er ist nun genesen, und hat seinen Hospitalkittel ausgezogen. Und wir stehn neben dem Kittel, und haben ihn nicht mehr, und finden so einen *Anselmo* nicht wieder.

Wie ist Dir zumut, *Andres*?

Er war so fromm und gedultig, und die Engel haben seine Seele gewiß grade in *Abrahams* Schoß getragen.

Sieh' her! Er sieht noch aus, als da er lebte, nur hat ihn der Tod blaß gemacht. Der Tod macht blaß, *Andres*!

Hast Du wohl eher eine Leiche in voller Verwesung gesehen?

Solange noch die Gestalt da ist, dünkt's einen, als wäre der Freund noch nicht ganz verloren. Er wohnt zwar jenseit des Wassers, daß wir nicht zu ihm können; doch wohnt er noch da, und wir können doch seinen Schornstein rauchen sehn. Aber auch das darf nicht so bleiben eh' es wieder vorwärtsgehen kann; das hat Gott so geordnet. *Anselmo* muß ganz weg aus unsern Augen, muß Asche und Staub werden.

Ich bin so betrübt, *Andres*. Wollte Dich gerne trösten, aber ich kann nicht. Lehne Dich an die Wand oder in eine Ecke, und weine Dich satt; ich will mich hier hinsetzen, und 'n Kopf wider den Sarg stützen – – – – – – – – – – – – – – – – – –
– –

Es ist doch alles eitel und vergänglich, Sorge, Furcht, Hoffnung, und zuletzt der Tod! – – Die Zeit wird kommen, *Andres*, wo sie uns auch in Leinen wickeln und in einen Sarg legen. Laß uns tun, lieber Junge, was wir denn gerne möchten getan haben, und unser Vertrauen auf Gott setzen!

– Und nun Abschied nehmen, *Andres*. Wir können ihm doch nichts mehr helfen.

Ich habe hier einen Blumenstrauß, den will ich ihm noch in den Sarg legen; schenk' Du ihm Dein kleines Silberkreuz, und leg's ihm auf die Brust. Und denn wollen wir beide hintreten und ihn zu guter Letzt noch einmal ansehen.

Anselmo! Lieber *Anselmo* mit Deinen blassen gefaltenen Händen, schlafe wohl! Gott sei mit Dir ! ! O Du lieber Herzens-*Anselmo* ! ! ! Gott sei mit Dir ! ! ! !

– Wir werden uns wiedersehen –

Und komm', *Andres*, und gutes Muts! Mußt nun recht gutes Muts sein. Unser Herr CHRISTUS ist auch heute geboren.

MOTET

Der Mensch lebt und bestehet
Nur eine kleine Zeit;
Und alle Welt vergehet
Mit ihrer Herrlichkeit.
Es ist nur Einer ewig und an allen Enden,
Und wir in seinen Händen.

Und der ist allwissend.

Erstes Chor: Halleluja!

Und der ist heilig.

Zweites Chor: Halleluja!

Und der ist allmächtig.

Drittes Chor: Halleluja!

Und ist barmherzig.

Alle Chöre:

Ist barmherzig – Halleluja! Amen!
Halleluja ewig ewig ewig seinem Namen!
Ist barmherzig – Halleluja! Amen!

ÜBER EIN SPRICHWORT

Unter andern tiefsinnigen Sprichwörtern und Rätseln, dadurch die Alten unterrichten und bessern wollten, ist auch eins: *man soll auf einem Grabe nicht schlafen*! und eben von dem ist hier die Rede.

Wenn ein Spruch tiefsinnig ist, so schwimmt der Sinn nicht obenauf; und denn pflegt er ziemlich sicher zu sein.

Die Sprüche der Weisen sind dem Schiff *Royal Georg* zu vergleichen, das mit dem wackern Admiral *Kempenfeldt* seit dem 29. August a.p. bis an den Topmast bei *Portsmouth* in See steht. Das Fähnlein züngelt da über dem Wasser, daß man wohl sieht: es sei im Grunde etwas vorhanden; wer aber den 29. August nicht in *Portsmouth* war oder sonst des Wesens kundig ist, der wird dem Feind nicht viel von dem *Royal Georg* verraten. Indes hat doch ein jeder seine Vermutungen, und es kommt bei solcher Gelegenheit allerhand nützliche Auslegung und Lehre an den Tag; und so soll es auch sein. Ein Umstand ist bei solchen Auslegungen noch zu bemerken, der manchem sonderbar dünken möchte, der nämlich: daß der letzte Ausleger allemal der klügste ist, und daß seine Vorgänger immer herhalten müssen. Dafür muß er aber zu seiner Zeit wieder herhalten, und so ist das Gleichgewicht hergestellt. Wollen es denn auch so machen, und zu seiner Zeit wieder über uns ergehen lassen was recht ist.

Einige Vorgänger also haben das Sprichwort so gedeutet, als werde darin den Leuten, die von einem Vetter in Ostindien eine reiche Erbschaft getan haben, der Rat gegeben: sich nicht bloß neben dem gesammelten Honig hinzusetzen und in Wollust und Müßiggang zu verrosten, sondern nützlich und tätig zu bleiben. Dieser Rat ist allerdings sehr gut, und vielleicht bedauern einige Leser, daß sie nicht in dem Fall sind von einem so guten Rat Gebrauch zu machen. Übrigens gehen doch aber bei dieser Auslegung des Sprichworts alle, die keinen Vetter in Ostindien haben, leer aus, und warum sollen die leer ausgehen? Wir wollen lieber einige Auslegungen versuchen, dabei niemand leer ausgehen darf und dazu man nur braucht was ein jeder Mensch hat, wie folget:

a) Es sind freilich viele Gräber, um die sich niemand rote Augen weint; aber manchmal wird doch auch einer begraben, der einem andern nahe abgeht. Dieser andre denkt mit nassen Augen an den Begrabenen und sein *Grab* ist ihm ein *Heiligtum*. Du wärest wohl grausam, wenn du es entweihen und dich zum Schlafen darauf ausstrecken könntest! – und du sollst nicht grausam sein.

b) Wenn der Mensch im Grabe liegt und der Grabhügel ihm errichtet ist; so ist sein Los entschieden. Alea iacta est. Wir, die wir vorübergehen, können freilich dies Los nicht ändern, sondern bei dem, was geworfen ist, bleibts. Es wäre aber doch zu hölzern, wenn sich einer auf den Würfeln wollte schlafen legen.

c) Die Verwesung ist und bleibt immer eine sehr nachdenkliche und ernsthafte Sache. Gewißlich geht kein Engel gleichgültig einen Grabhügel vorbei! und der ist doch eigentlich über die Grabhügel weg, und hat für seine Person dabei nichts zu gewinnen noch zu verlieren. Der Mensch ist noch nicht so ganz darüber weg, und hat noch allerlei dabei zu bedenken daran ihm gelegen ist. Muß denn so ein alter guter Vater, der den Leichtsinn der Menschen kennt, muß denn der nicht das Gesetz machen: daß man auf einem Grabe nicht schlafen soll?

u. s. w.

SCHLUSSLIED

Brüder! streckt nun die Gewehre,
Unser Tagwerk ist getan.
O wer doch vollendet wäre,
Und ein wirklich freier Mann!
Tag und Nacht in Freud und Schmerzen
Such ein jeder es von Herzen,
Geb noch hier darauf sein Wort
Und geh dann in Frieden fort.

Gute Nacht, und fröhlich Leben!
Eh wir auseinandergehn;
Gute Nacht! – und Gott wird geben,
Daß wir uns hier wiedersehn!
Würde einer hingenommen,
Sollt er hier nicht wiederkommen,
Hätte Gott das so bedacht,
Auch dem Bruder gute Nacht.

PAUL ERDMANNS FEST

Mein Vetter und ich waren auf Reisen die Welt und ihre Berge und Gewässer zu sehen, und ich rekommandiere einem jeden Menschen so 'ne Reise; es kommen gar liebliche Berge und Gewässer mit vor. Gleich den dritten Tag in der Morgendämmerung trafen wir auf einen Fleck, der schier nicht schöner sein kann. Mein Vetter ließ halten und wir sahen überallhin.

»Da drüben am See, sagte mein Vetter zu mir, soll Euer Haus stehen; dort oben am Berge Freund ** seins, und hier wo wir stehen will ich wohnen. – – – Aber, was ist Euch, Vetter, Ihr werdet ja so heroisch aussehen?«

»– Ich bin willens, von dieser Gegend Besitz zu nehmen.«

»Dacht ichs doch, daß so etwas im Werk wäre! – Wie macht Ihr denn das?«

»Wie's gemacht wird. Ich zieh meinen Hirschfänger heraus, und haue in alle vier Winde, und rufe überlaut, daß ich hiemit Besitz nehme; und denn gehöret die ganze Gegend meine mit allem was darin ist. So haben es ja die Europäer in andern Weltgegenden gemacht, und es ist reüssiert.«

»Wohl wahr, Vetter; aber die Umstände waren doch verschieden. Dazu reisen wir; so könnt Ihr ja doch nicht dableiben.«

»Nun, so laßt uns denn reisen.«

»Aber bei der Gelegenheit wollen wirs miteinander absprechen, was wir denn eigentlich für eine Reise machen wollen. Was meint Ihr?«

»Ich meine, wir machen le grand tour.«

»Was nennt Ihr le grand tour?«

»Immer vorwärts so wie der Wagen da steht, bis wir herumkommen auf denselben Fleck; und denn zu Hause.«

»Der Vorschlag ist so übel nicht, auch in der Theorie ganz richtig; in der Praxis hat er denn freilich seine Schwierigkeiten, wie das wohl so zu sein pflegt. – Aber seht, da geht die Sonne auf!«

»Seht doch! – Vetter, sie ist nun alle Tage aufgegangen solang ich lebe; und doch, wenn ich sie des Abends sehe untergehen, kann ich immer nicht glauben, daß sie den andern Morgen wieder aufgehen werde. – Wie sie da nun wieder hervorkommt! – lieber Vetter! – Aber schau, es wallt und bewegt sich so in ihr; was ist das?«

»Sie haut nun in alle vier Winde, und nimmt von dieser Halbfläche der Erdkugel Besitz! – Und das, Vetter, ist dir doch ein rechter Besitznehmer! Er bringt, und nimmt nicht!

Doch sitzt auf; in ein paar Stunden sollt Ihr wieder was Schönes sehen, freilich keine Sonne wieder, denn die haben wir nur einmal in der Welt, aber doch was Schönes.«

Nach einigen Stunden befanden wir uns vor einer etwas hohen Gegend; und als wir hinaufkamen, da lag rundum vor uns die große offene blaue See. Wer die See gesehen hat, der weiß was das für ein Anblick ist. Wasser scheint lebendiger fürs Auge als das feste Land, es bringt dem Menschen so viel Gutes und ist für ihn so unentbehrlich; obs daher kommt, daß ein so großer Vorrat davon sich so sonderlich ansieht, aber wahr ist es, der Anblick der offenen See ist sonderlich.

»Nun, Vetter, was sagt Ihr zu dem Früh-Stück?«

»Ist zu viel zum Frühstück, und man hat den ganzen Tag genug daran.«

»Auch so gut.

Freilich hat man den ganzen Tag genug daran, und die Nacht dazu.

Hats Euch wohl eher von der See geträumt?«

»Einmal; und da hatte sie der liebe Gott so in der hohlen Hand mit allen Inseln und Schiffen und sah darauf, und die Schiffer merkten es nicht.«

»Gut geträumt, Vetter. Nun, seht noch einmal hin, und denn wollen wir auch weiterreisen. Indes vorwärts, seht Ihr, gehts nicht weiter, und wir müssen wohl linksum machen.«

Wir machten also linksum und fuhren nun 'n drei bis vier Wochen immer so vor uns hin, die Kreuz und die Quere, wo uns der Weg hinführte; und ich muß sagen, die Welt ist sehr groß und immer anders und anders. – Man kann denken, daß wir auf dieser Fahrt manchen angenehmen Tag gehabt haben. Ich darf mich aber nicht weitläuftig einlassen und muß machen, daß ich an den Tag komme, von dem ich hier eigentlich Nachricht geben will. Dieser Tag nun, oder vielmehr der Vortag fing sich eben nicht zum besten an. Wir waren kaum eine Meile vom Nachtquartier in einem großen langen Dorfe, da fiel der Fuhrmann unter die Pferde, und gleich war 'n Bein ab. Der arme Kerl dauerte uns; und wir nahmen einen andern und fuhren weiter.

Gegen Abend brachte uns der Weg in ein Dörflein, das ungemein freundlich aussah, und der Schwager hielt an und ließ uns sehr lange warten. Endlich kam er.

»Warum denn aber so sehr lange, Schwager?«

»Ja meine Herren, das ist von wegen des Jubilei. Hier im Dorfe ist morgen ein Jubilei, und das hab ich erst alles verkundschaften müssen. Die Frau Postmeistrin will das wissen.«

»Ah so! – das ist ein anders.«

Aber, sagte mein Vetter zu mir, ich denke, wir verkundschaften das Jubilei auch näher, ehe wir weiterfahren; und damit stiegen wir ab und hinein ins Haus, und erfuhren denn, daß ein Bauer im Dorfe, *Paul Erdmann* genannt, sein Erbe funfzig Jahr bewohnt habe, und morgen sein Jubiläum feiern wolle.

»Könnt Ihr bis morgen abend hier bleiben, Schwager?«

»Na.«

»Nun so reitet wieder zu Hause; wir bleiben hier.«

»Das dependiert von den Herren, aber ich muß Sie erst auf die nächste Station fahren. Dahin lautet mein Stundenzettel.«

»Narre, wir bezahlen Euch bis dahin, Ihr hört aber, daß wir hier bleiben wollen.«

Darauf ließ er sich aber nicht ein und blieb dabei, daß er laut seines Stundenzettels uns auf der nächsten Station abliefern müßte. Ich wollte also schon wieder einsteigen, weil es mir doch auch halb und halb vorkam, daß der Schwager nicht ganz unrecht habe; mein Vetter aber, der sich bei solchen intrikaten Fällen besser zu nehmen und herauszufinden weiß, schrieb dem Schwager einen Schein: »daß wir würklich in dem Wagen gewesen, daß wir aber auf dem Wege ausgestiegen und deswegen auf der Station nicht mehr darin wären« und damit war der Schwager zufrieden und fuhr weiter, und wir blieben da.

In der Wirtsstube saßen drei reisende Handwerksbursche, und fünf oder sechs Bauern. Die Handwerksbursche machtens wie ich, sie erzählten von ihren Reisen. Als es gebrechen wollte, fingen wir an die Bauern von dem Jubiläo zu fragen, und sie erzählten uns ein langes und ein breites von ihrem Nachbar *Paul Erdmann*; und sagten bei der Gelegenheit, alle aus Einem Munde, ausnehmend Gutes von ihrem Edelmann, und das alles so treu und herzlich, daß man sie und ihren Nachbar und ihren Edelmann unbesehends liebgewann.

Wir gingen darauf noch heraus ins Dorf bis an den Edelhof, der vorne daran liegt, und sahen uns um. Auf dem Rückwege sprachen wir bei dem *Paul Erdmann* vor, und fragten ihn: ob wir nur morgen mit auf seinen Ehrentag kommen dürften. Er sagte kurz zur Antwort: wir würden willkommen sein, gab sich aber weiter mit uns nicht ab, denn er hatte zu tun. – Die Nacht ging bald hin, und den folgenden Morgen machten wir uns bei guter Zeit wieder zum *Paul*, der uns schon im Feierkleide und weißem Halstuch auf der großen Diele entgegenkam. Er war nun viel gesprächiger als gestern, fragte uns wer wir wären und wohin wir wollten; erzählte uns: von seinem Vieh und Acker und wie ihn Gott gesegnet habe; von seiner seligen Frau; von seiner Freude über diesen Tag; und von seinem gottesfürchtigen Edelmann und was der durch seine Vorkehrungen und sonderlich durch sein eignes Exempel für gute und fromme Gesinnungen bei jung und alt ausbreite, und daß er heute selbst kommen und mit ihm und uns allen essen werde usw.

Paul hatte seine Kühe und Pferde und alle sein Vieh den Morgen in Stall bringen lassen, daß sie heute auch traktiert würden; denn, sagte er, sie habens mir verdienen helfen, und das Vieh hat keine Freude als essen und trinken.

Um neun Uhr schickte der Edelmann einen Bedienten: »es sei unvermutet großer Besuch gekommen, und *Paul* werde nicht übel nehmen wenn er sie alle mitbringe; weil er aber seine Gäste nicht alle kenne, so bitte er sich aus, daß er für sie dürfe zurichten und seinen Tisch dicht neben *Paul* seinen setzen lassen; er wisse wohl, daß *Paul* und Compagnie seine Kost und Gerichte verschmähten, er bitte aber, daß sie doch mit ihm trinken möchten.«

»Sag Er Seinem Herrn wieder: was mit i h m komme das komme mit i h m! Es werde uns eine große Gnade und Ehre sein und ich lasse mich untertänig bedanken.« Und damit ging der Bediente.

Gegen zehn kamen die Nachbaren, immer Mann und Frau zusammen, einer nach dem andern an; und *Paul* empfing jedweden mit einem Handschlag, und hieß sie niedersitzen. Einige brachten auch einen Sohn oder Töchter mit, zum Teil wohl schöne Mädchen, und alle so ehrbar und züchtig daß es eine Freude war sie anzusehen.

Die Bauern sahen alle nach der Reihe bieder und gut aus, doch stachen besonders zwei hervor, *Peter Unke* und *Hans Westen*. *Unke* ist ein Mann von etwa funfzig Jahren und sieht bräunlich und wie 'n General aus; *Westen* ist jung und hat ein milchweißes und gar gutmütiges Gesicht; er hatte den Herbst vorher Hochzeit gehalten, und seine Frau, die mit ihm kam und die *Liese* heißt, war hochschwanger. Zuletzt kam auch noch ein steinalter Mann, mit Namen *Jost*; seine Augen waren ihm schon dunkel worden, und er konnte kaum alleine stehen. *Paul* wollte ihn durchaus haben, weil er der älteste im Dorf ist; und so ließ *Jost* sich durch zwei Knechte herführen, und setzte sich oben gegen den Feuerherd, denn es friert ihn immer so.

Als nun die Gäste alle beisammen waren, trat *Paul* hin, tat seine Mütze ab und sagte:

»Nun willkommen, Ihr lieben Nachbarn! Willkommen, und Dank, daß ihr mir meinen Ehrentag mit wollet feiern helfen!

Es sind heute funfzig Jahr, als ich dies Erbe sehr wüste und verfallen antrat. Ich habe mit Gott angefangen und ihn oft hinterm Pflug um seinen Segen gebeten – und er hat mich gesegnet! Da steht mein Vieh und wiederkäut und wiehert, und in allen den funfzig Jahren hat mir nie nichts gemangelt. Ich bin nicht wert solcher Barmherzigkeit, das weiß ich – und ich möchte mich in mein Heu verkriechen. Aber Gott ist gnädig und verlangt nur von uns, daß wir seine Güte erkennen; und da hab ich euch heute hergebeten, Ihr lieben Nachbarn! daß Ihrs mir helfet tun. Helft mir denn heute Gott danken, Ihr lieben Nachbarn! und laßt uns hier miteinander fröhlich sein, Ihr lieben Nachbarn! Amen.«

Die lieben Nachbarn standen alle, andächtig wie in der Kirche, um den alten *Paul* und drückten ihm die Hand und sagten ihm was Liebes, so Mannsen als Weibsen; sonderlich stand die *Liese Westen* mit ihrem runden Leib und weinte ihre hellen Tränen.

Peter Unke: »*Paul*, Ihr habt ehrlich gesprochen. Wir wollen auch Gott gerne für Euch danken; aber seht, ein jeder von uns hat genug vor seiner Türe zu fegen.«

Anton Schmidt: »Jawohl, *Unke*! Ihr nehmt mir das Wort aus dem Munde. Ich habe heute früh noch meine Wintersaat angesehen; sie schlägt mir schon wieder übern Kopf zusammen, und ich habe erst voriges Jahr das neunte Korn gedroschen.«

Markus Körner: »Und mir hat Gott gestern abend Zwillinge gegeben, 'n Paar liebe Jungens, die schlagen mir übern Kopf zusammen.«

Liese Westen: »Und mir meinen *Hans*.«

Jost: »Und uns allen unsern gnädigen Herrn.«

Peter Unke: »Eben der lag mir vor sonderlich im Sinne; denn für den allein können wir Gott nicht genug danken.«

Albrecht Kühnert: »*Paul*, was würde doch Eure selige *Sophie* sagen, wenn sie uns so heute hier sehen sollte! Aber die ist bei Gott dem Herrn.«

Paul Erdmann: »Ja, wills Gott! ist sie bei Gott dem Herrn, und da mag sie auch bleiben. Sonst bin ich den Morgen in meinem Herzen schon 'n paarmal aufn Sprung gewesen, sie heute bei mir zu wünschen. Ich hätte sie gerne hier, das weiß Gott, und die alte Hausmutter würde auch einen guten Tag haben.«

Peter Unke: »Laßt sie, *Paul*; sie hat so einen bessern.«

Und so ging das unter den Leuten fort. Mein Vetter und ich waren wie vom Himmel gefallen, denn solche Bauern waren uns noch nicht vorgekommen. »Wir sind am rechten

Orte abgestiegen, sagte mein Vetter. Aber denkt, was der Edelmann für ein wahrhaftiger Wohltäter ist! Und was er selbst für 'n Leben haben muß!« Ich hatte das schon gedacht, und mir brannte die Stelle unter den Füßen, bis ich ihn gesehen hätte.

Um Mittag kam er mit seinen Gästen, und alle Bauern gingen heraus vor *Pauls* Hofe ihm entgegen, und führten ihn herein. Zu beiden Seiten auf dem Hofe standen eine Partie Knechte und strichen die Sicheln, und *Paul* stand in der Mitten.

Paul Erdmann: »Das ist unsre Feldmusik, gnädiger Herr! Sie müssen so vorliebnehmen.«

Hr. v. Hochheim: »Guten Morgen lieber *Paul*, und viel Glück!

Ihr seht ja heute recht jung aus.«

Paul: »Ist keine Kunst für Ihre Bauern, gnädiger Herr; Sie lassen uns nicht alt werden.«

Hr. v. Hochheim: »Hier kommen wir ein ganzes Hausvoll zu Euch.«

Paul: »Je mehr, je besser; immer herein.«

Paul bewillkommte sie nun alle nach seiner Art, und sie wünschten ihm Glück zu seinem Jubiläo; und so ging der Zug herein ins Haus.

Es mochten etwa zehn bis zwölf Personen sein, alle eines wirklich feinen und adlichen Ansehens. Sie waren schon 'n Weilchen im Hause gewesen, da kam noch ein großer dicker Herr nach und hatte eine alte dürre Frau am Arm.

Ich hatte mich bloß über den Herrn *v. Hochheim* und über die Leute die mit ihm kamen gefreut, und mich weiter um nichts bekümmert; mein Vetter aber hatte gleich alles befragt, und wußte mir zu sagen, daß der ältliche Mann ein Herr *v. Strahlen*, die runde freundliche Dame eine verwitwete Frau *v. Mecheln* und das schöne Fräulein ihre Schwester *Louise*, daß ferner die und die ein Herr *v. Holborn* und seine Gemahlin wären usw. Endlich daß der große dicke Herr, der allein nachkam, ein junger Herr *v. Saalbader* sei, neulich von Reisen zu Hause gekommen und der einzige Sohn seiner Mutter eben der kleinen alten dürren Frau die er am Arm hatte; »und, setzte mein Vetter hinzu, diese zwei gehören nicht zu den übrigen, oder ich hänge alle Physiognomie am Nagel. Gebt Ihr acht, Vetter.«

Der alte *Jost* saß noch gegen den Feuerherd, und rauchte eine Pfeife Tobak.

Herr *v. Hochheim*: »Schmeckt Euch der Tobak noch, *Jost*? – Was macht Ihr, wie ist Euch?«

Jost: »Müde, gnädiger Herr, ach so müde! Ich warte alle Tage, stopfe eine Pfeife nach der andern und denke bei jeder es soll die letzte sein, und der liebe Gott macht immer noch nicht Ende.«

Herr *v. Hochheim*: »Gedult, *Jost*, es wird Ende werden.«

Jost: »Ich bin am besten in meinem Lehnstuhl hinterm Ofen, aber ich sollte und mußte herkommen.«

Herr *v. Hochheim*: »Freilich! Ihr seid unser Großpapa, und unser Großpapa, muß ja bei uns sein solange er noch da ist.«

Ich hatte als die Gesellschaft kam mich schon mit vor dem Herrn *v. Hochheim* gebückt, und am meisten nach ihm gezielt; aber das gnügte mir doch nicht, ich wollte es noch vor ihm allein und absonderlich tun. Ich ging also zu ihm und bückte mich recht herzlich, und auch meinem Vetter glückte dasmal der Bückling über alle Maßen wohl. Herr *v. Hochheim* fragte uns: wer wir wären, und wir sagten ihm unsern Namen.

Wenn man ’n Buch herausgegeben hat, ist man fast in gleichem Fall mit einem der in Steckbriefen nach Rock und Weste beschrieben wird; das Inkognito ist mißlich. So gings auch hier, und der Herr *v. Hochheim* kannte uns; doch wars mir dasmal nicht leid. Er wunderte sich nicht wenig uns auf *Pauls* Jubiläo zu finden, und wollte uns dem alten *Paul* und der übrigen Gesellschaft präsentieren.

Frau *v. Mecheln*: »Halt! Halt! die Frau *von Holborn* soll erst ihre Kunst zeigen. Sie will allen Menschen ansehen, was sie für ein Metier haben.

Frau *v. Holborn*! Frau *von Holborn*! Kommen Sie doch einmal her. Was sind diese beiden Leute?«

Frau *v. Holborn*: – »Ein Paar Musiker.«

Herr *v. Saalbader*: »O que non, Madame: Vous vous trompez étrangement. Ce n’est pas l’air de musicien. Mais, je vous dirai. Voyez, je m’y connois, voyez. –«

Frau *v. Holborn*: »Nun was sind sie denn?«

Herr *v. Saalbader*: – »L’un: tailleur, et l’autre: apothicaire.«

Frau *v. Mecheln*: »Bravo! getroffen.«

Herr *v. Hochheim* wollte, daß wir mit an seinem Tisch essen sollten, und bat den alten *Paul*: »uns ihm zu überlassen«, wie er sich gnädig ausdrückte. *Paul* wollte auch gleich ja; wir aber konnten ihm unmöglich abtrünnig werden, und sagten zu dem Herrn *v. Hochheim*, daß wir es uns für eine Ehre schätzten mit seinen Bauern zu essen, und das war die Wahrheit.

Indes ward aufgetragen, und beide Gesellschaften setzten sich zu Tische. Hr. *v. Hochheim* hatte *den* Tag die Hälfte seiner Bedienten zur Aufwartung der Bauern beordert, und sein Kammerdiener mußte hinter *Pauls* Stuhl stehen.

Hr. *v. Hochheim* zu den Bauern: »Ihr Leute, die Gesellschaft erlaubt euch, eure Hüte aufzusetzen. Und noch eins: wir können uns nicht bequem übersehen; wählt ihr also an eurem Tisch einen Sprecher, an den man sich wende wenn wir etwas miteinander haben. Ich will hier euer Sprecher sein.«

Paul fing nun an, aus einer großen Kumme Reisbrei aufzuschüsseln und herumgeben zu lassen, und unterdes wählten die andern einmütig den *Peter Unke* zum Sprecher, der auch darauf vom alten *Paul* bestätigt und verkündigt ward.

Westen zu Unke: »Seht da, *Unke*, eine von unsern Schüsseln auf dem andern Tisch neben dem gnädigen Herrn!«

Unke: »Gnädiger Herr, es ist da eine Schüssel mit Reisbrei über die Grenze gekommen. Vergeben Sie, wir wollen sie gleich wieder abholen lassen.«

Herr *v. Hochheim*: »Nicht doch *Unke*; die Frau *v. Mecheln* hat darum gebeten.«

Paul Erdmann: »O Frau *v. Mecheln*, das ist –, das –«

Unke: »Laßts, *Paul*! wenn sie unsre Kost mag. Umsonst hat die gnädige Frau so rote Backen nicht.«

Herr *v. Saalbader*: »Monsieur l'orateur parle Phébus. Ma foi, c'est une pièce à figurer.«

Unke zu mir: »Das galt mich, ob ich's gleich nicht verstehe. Kann Er Französisch?«

Asmus: »Ja, Herr Sprecher, so etwas.«

Unke: »So setz Er sich her zu mir, und ich mache Ihn hiemit zu meinem Agenten für die französischen Angelegenheiten.«

Derweile war die Suppe am andern Tisch rundgegeben, und an unserm hatte ein jeder seine Schüssel mit Reisbrei vor sich.

Unke: »Nun, *Paul*, sprecht 'n Gebet.«

Und *Paul* legte den großen Löffel andächtig nieder, und sprach eins, und hieß darauf alle Gäste noch einmal von ganzem Herzen willkommen sein.

Herr *v. Saalbader*: »Wer mag doch wohl zuerst den Einfall gehabt haben, zu Tisch zu beten?«

Unke: »Doch wohl der zuerst gegessen hat.«

Herr *v. Saalbader*: »Wie könnte mir das einfallen!«

Unke: »Wenn Sie nur 'nmal recht hungrig wären, gnädiger Herr, und hätten nichts zu essen; es sollte Ihnen schon einfallen, Gott zu danken, wenn Sie was zu sehen kriegten.«

Herr *v. Strahlen*: »Sehr wahr, *Unke*; wenn's auch grade nicht laut geschähe und mit gefaltenen Händen. Das denkt Ihr doch auch?«

Unke: »Freilich, gnädiger Herr, Gebärde ist Gebärde. Doch hilfts nicht, so schadts auch nicht, und hier ist besser zuviel als zuwenig.«

Herr *v. Saalbader*: »En France on ne prie le bon Dieu jamais.«

Frau *v. Mecheln*: »Tant pis pour la France. Ich habe in Frankreich viel beten sehen.«

Herr *v. Saalbader*: »Aber hat Er von jeher zu Tische gebetet, Monsieur Paul?«

Paul: »Solang ich lebe, gnädiger Herr. Das Essen und Trinken ist ja eine Gabe; wie kann man die denn annehmen ohne an den Geber zu denken? Und es ißt sich auch besser darauf, Herr *v. Saalbader*.«

Unke: »Jawohl, *Paul*! und der Mensch ist ja keine Kuh und kein Pferd das nur käut und hinterschluckt.«

Herr *v. Hochheim*: »Lieber *Asmus*, so still übers Tischgebet?«

Asmus: »Hören ist immer die klügste Partie, gnädiger

Herr, und sonderlich hier. Ich denke auch, es ist schon gesagt was gesagt werden kann. Der Mensch ist keine Kuh und kein Pferd, er ist aber unter Kühen und Pferden und muß mit ihnen essen; da hebt er denn von Rechts wegen, jedesmal wenn vorgeschüttet wird, den Kopf zuvor auf und besinnt sich sein, damit er indes sein nicht vergesse.«

Hr. *v. Saalbader*: »Bien dit, ma foi.«

Hr. *v. Hochheim*: »C' est peu de chose, que d'être bien dit, Monsieur *de Saalbader*.«

Unke zu mir: »Wie heißt der dicke Herr eigentlich?«

Asmus: »Herr *v. Saalbader*.«

Unke: »Von *Saalbader*! von *Saalbader*! Den Namen hab ich nie gehört. Wo ist er her? Hier aus dem Lande kann der nicht sein.«

Asmus: »Ich denke auch nicht; aber mein Vetter sagt, daß die *v. Saalbaders* eine sehr alte Familie sind.«

Hr. *v. Saalbader*: »Ich besinne mich eines sehr schönen Bonmot übers Gebet, das mir ein Bettelknabe in *Genua* sagte.«

Hr. *v. Hochheim*: »Sie sind also in Italien gewesen, Hr. *v. Saalbader*?«

Hr. *v. Saalbader*: »Ja, ein ganzes Jahr.«

Frau *v. Mecheln*: »Auch in *Venedig*?«

Hr. *v. Saalbader*: »Oui Madame, à Venise, à Rome, à Naples, par tout.«

Frau *v. Mecheln*: »Haben Sie denn in *Venedig* auch des *Bragadino* seine Haut gesehen?«

Hr. *v. Saalbader*: »Oui Madame, sans doute. J'aime furieusement cette sorte de drogues, et je possède moi-même la peau d'une très belle moresse qui eut la fantasie de se couper la gorge. Ayez la grâce, Madame, vous et Mademoiselle Louise, de venir cette arrière-saison nous voir chez nous, et j'aurai l'honneur de vous montrer cette peau.«

Louise: »Je serois charmée, Monsieur, d'aller voir Madame de *Saalbader* chez elle, mais votre peau ne me tente guere.«

Fr. *v. Mecheln*: »Aber wer war der *Bragadino* eigentlich? Ich weiß von ihm nichts und habe nur sehr von ohngefähr einmal irgendwo gelesen, daß seine Haut in *Venedig* aufbewahrt wird.«

Hr. *v. Saalbader*: »Er war venezianischer Kommendant irgendwo, und brachte bei der Gelegenheit seine Haut zu Markt.«

Hr. *v. Holborn*: »Er war Kommendant von Cypern, und verteidigte diese Insel edel und meisterlich gegen die Türken, und als sie endlich doch kapitulieren mußte, ließ der türkische General ihm lebendig die Haut abziehen.«

Fr. *v. Mecheln*: »Das war grausam!«

Hr. *v. Hochheim*: »Und war noch dazu wider gegebenes Wort.«

Fr. *v. Holborn*: »Der Türke muß ein abscheuliches Gesicht gehabt haben. Aber Hr. *v. Saalbader*, erzählen Sie uns lieber von den Gemälden, die Sie in *Venedig* gesehen haben.«

Hr. *v. Saalbader*: »Welche Schule ziehen Sie vor, Madame, die *Venezianische* oder die *Römische* oder die *Lombardische*, dont le grand *Correggio* est le chef?«

Fr. *v. Mecheln*: »Was gehen uns die Schulen an; erzählen Sie nur. Z.E. von der berühmten Nacht des *Correggio*.«

Hr. *v. Saalbader*: »Nuit, la nuit de *Corregio*! je n'en sais rien, pas un mot.«

Hr. *v. Hochheim*: »Dies schöne Stück ist nicht in *Venedig* sondern in *Dresden*.«

Hr. *v. Saalbader*: »C' est donc peut-être le seul tableau de prix qui y manque. Car on y voit partout une infinité de chef-d'œuvres, surtout du grand *Titien*, qui mourut de la peste et qui fut créé Chevalier et Comte Palatin par l'Empereur *Charles* V.«

Fr. *v. Mecheln*: »Sie scheinen mit *Venedig* zufrieden zu sein, Hr. *v. Saalbader*?«

Hr. *v. Saalbader*: »Bis auf die wunderliche Grille, daß man von ihren Staatsangelegenheiten nicht laut sprechen darf.«

Hr. *v. Strahlen*: »Die Grille ist so wunderlich nicht, und erspart manchem ein Urteil, das ihn vielleicht gereuen könnte.«

Hr. *v. Saalbader*: »Pourtant ça gêne.

Venez Mr. *Asmus*, nous maudirons un peu les souverains.«

Asmus: »Ich nicht, Hr. *von Saalbader*.«

Hr. *v. Saalbader*: »Und warum? Wir sind ja nicht in *Venedig*?«

Asmus: »Aber *Venedig* ist in mir, und in jedem guten Untertan.«

Hr. *v. Saalbader*: »Ah nu, wir wollen auch loben was zu loben ist.«

Asmus: »Ich finde das eine so überflüssig als das andre.«

Hr. *v. Saalbader*: »So? Und wie denn das?«

Asmus: »Weil die Fürsten und Obrigkeiten unmittelbar unter Gottes Augen stehen und also für ihre gerechte und gute Handlungen viel was Bessers haben als Menschenlob, und, wenn je einer eine begehen könnte die nicht gerecht und gut wäre, so schon übel genug daran sind.«

Hr. *v. Saalbader*: »Ah, cette philosophie est très sublime.« – Während diesem Gespräch war die große Kumme mit Reisbrei weggenommen und eine noch größere mit Fleisch und Kartoffeln an ihre Stelle gesetzt worden.

Unke: »Gnädiger Herr, dürfen wir wohl unser Kartoffel-Lied singen?«

Hr. *v. Hochheim*: »Ihr habt alle Freiheit, *Unke*.«

Unke: »So fang an, *Westen*.«

Westen: Pasteten hin, Pasteten her,
Was kümmern uns Pasteten?
Die Kumme hier ist auch nicht leer,
Und schmeckt so gut, als bonne chère
Von Fröschen und von Kröten.

Und viel Pastet und Leckerbrot
Verdirbt nur Blut und Magen.
Die Köche kochen lauter Not,
Sie kochen uns viel eher tot;
Ihr Herren laßt euch sagen!

Schön rötlich die Kartoffeln sind
Und weiß wie Alabaster!
Sie däu'n sich lieblich und geschwind
Und sind für Mann und Frau und Kind
Ein rechtes Magenpflaster.

Hr. *v. Saalbader*: »Wo habt Ihr das alberne Lied her, Herr Sprecher?«

Unke: »Wir machen uns sonst unsere Lieder selbst, Hr. *v. Saalbader*, dies hat uns der gnädige Herr machen lassen.«

Hr. *v. Saalbader* zu dem Hn. v. Hochheim: »Cher ami, prenez garde à vous. Vous ferez perdre à ces gens tout le respect qu'ils doivent à la noblesse.«

Hr. *v. Hochheim*: »Craignez rien, Monsieur de *Saalbader*.«

Unke zu mir: »Was sagte der Herr *v. Saalbader*?«

Asmus: »Er lobt euch, und wünscht, daß alle Bauern ihre Herrschaft so lieben und ehren möchten.«

Hr. *v. Saalbader*: »Vous ne m'avez pas bien compris, Mr. *Asmus*.«

Asmus: »Er fürchtet, daß ihr mit dem Respekt für Pasteten auch den Respekt für euren gnädigen Herrn verlieret.«

Unke: »Gott segne unserm gnädigen Herrn und einem jeden andern seine Pasteten! Kann man denn aber auch Respekt für jemand haben, weil er Pasteten ißt; das ist ja keine Kunst. Ihre Güter, Hr. *v. Saalbader*, müssen ja im blinden Heidentum liegen.«

Hr. *v. Saalbader*: »Mr. *Asmus*, rappellez cet homme à la raison.«

Asmus: »Mais je ne sais comment. Ich finde seine Äußerungen sehr gegründet. Esse ein jeder, was er will und was er hat; aber mit wenig zufrieden sein und wenig bedürfen ist doch edler!«

Paul: »Das Lied ist auch so gemeint: daß wir einem jeden seine Kost von Herzen gönnen, aber mit unserer von Herzen zufrieden sind.«

Unke: »Versteht sich, *Paul*. Man singt ja nicht andern weh, sondern sich wohl zu tun.

Aber wir haben von Kartoffeln gesungen, nun schüsselt auch davon auf.«

Kühnert: »*Paul*, Ihr hättet aber doch heute eigentlich einen Kranz sollen aufhaben.«

Westen: »Jawohl, so eine Krone von Maien mit funfzig Ähren dran, für jede Ernte eine.«

Paul: »Nicht doch; die Kronen und Kränze sind nur für die Könige und Bräute.«

Unke: »Herr Agent, warum mögen doch die Könige wohl goldne Kronen tragen?«

Asmus: »Ich weiß nicht, *Unke*. Wenn dem König von Frankreich, hab ich 'nmal gelesen, bei der Krönung die Krone aufgesetzt wird, so betet der Erzbischof: ›er trage sie zur Barmherzigkeit!‹

Ich denke, die Krone bedeutet ja wohl: daß der König der erste Mann in seinem Lande, und das Gold: daß er auch der beste sein soll.

Fragt 'nmal am andern Tisch; der Adel ist den Fürsten näher als unsereiner, und weiß also natürlich mehr von ihren Angelegenheiten.«

Da kamen ein paar Handeljuden, kramten ihren Packen aus und boten ihre Waren feil. *Paul* kaufte ein seiden Tuch, und ging damit zu der Frau *v. Mecheln*: »Gnädige Frau, Sie müssen mir nicht verschmähen, ich wollte Ihnen dies Tuch verehren, weil Sie von meinem Reisbrei gegessen haben.«

Fr. *v. Mecheln*: »Ich danke Euch, lieber *Paul*; so müßt Ihr Euch aber auch von mir wieder etwas schenken lassen.«

Und nun ging das Ding weiter, und ein jeder kaufte dem alten *Paul* ein Geschenk zu seinem Ehrentag, und hing's ihm über die Schulter. Auch der eine Jude kam zuletzt noch mit einem rotgestreiften Halstuch: »dürf ich Paul? Ja ich dürf wohl; wir sind ja auf deutschem Boden!« Und es ward geklatscht.

Paul ließ sich alles geruhig aufhängen, und stand endlich da wie ein Hochzeitbitterstecken.

Hr. *v. Hochheim*: »Nun der Paul einmal in Pontificalibus ist, müssen wir gleich seine Gesundheit trinken.«

Das geschahe von allen Gästen, und *Paul* bückte sich demütig, nahm sein Glas und brachte wieder aus: »Alle gnädige hochadliche Herrschaften, die mir heute die Ehre tun in meinem Hause zu essen, und mich eben alle so gnädig beschenkt haben!« Und das tranken wir alle mit; und darauf legte *Paul* seine Geschenke beiseit, und schüsselte wieder Kartoffeln auf.

Hr. *v. Saalbader*: »Mais Monsieur *Asmus*, comme je vous vois grand Mécénas du genre humain, agréez ma félicitation sur la suppression des ordres religieux, qui se fait presque partout à present. C' est pourtant un manœuvre vraiment sage!«

Asmus: »Freilich können überhandnehmende Mißbräuche und Umstände eine Änderung notwendig, und zu einer sehr weisen und väterlichen Maßregel machen.«

Hr. *v. Saalbader*: »Aber die Orden und Klöster sind in sich Unsinn und Affenspiel.«

Asmus: »In sich? – Da sind wir nun verschiedener Meinung, Hr. *v. Saalbader*.«

Hr. *v. Strahlen*: »Wie wollten Sie wohl Orden und Klöster rechtfertigen, Hr. *Asmus*?«

Asmus: »Mich dünkt, gnädiger Herr, eine Gesellschaft von Menschen, die ihre Ruhe und ihr Glück in dieser Welt nicht finden und es deswegen in einer andern suchen, eine solche Gesellschaft, wenn sie mit Ernst und Wahrheit fährt, ist sehr respektabel; und wenn jemand, der Geld hat und es weggeben kann, einer solchen Gesellschaft eine Gelegenheit macht, wo sie abgesondert und um die notwendigen Bedürfnisse unbekümmert leben kann; so wüßte ich nicht, was dagegen zu sagen wäre.«

Hr. *v. Saalbader*: »Wenn nun alle Menschen ins Kloster gehen wollten?«

Asmus: »Wenn? – – Wenn nun allen Menschen statt des Odems ein Lohe zum Munde aus- und einführe? – So würden die Pulvermühlen vorderhand müssen stilleliegen.«

Hr. *v. Saalbader*: »Aber der Geschmack am Klosterleben ist doch ehmals ziemlich allgemein gewesen; *wenn* nun alle Menschen ins Kloster gehen wollten?«

Asmus: »So brauchte es gar keines Klosters, Hr. *v. Saalbader*; denn die Klöster sollen eben die Menschen, die Klostergesinnungen haben, von den übrigen absondern, die sie nicht haben.«

Hr. *v. Saalbader*: »Was sollen denn aber die dicken Bäuche?«

Asmus: »Die sollen arbeiten, Herr *v. Saalbader*. Wir reden hier aber von wahren Klosterleuten.«

Hr. *v. Saalbader*: »Auch die könnten bei Manufakturen gebraucht werden.«

Asmus: »Das könnten sie freilich. Aber unser Leben hier ist ja doch kein bloßes Manufakturwesen, und das Ende der Welt keine Frankfurter Messe.«

Hr. *v. Saalbader*: »Was wollen denn aber die Klosterleute eigentlich?«

Asmus: »Das werden sie vermutlich wissen, und ihre Stifter werden es gewußt haben.«

Hr. *v. Saalbader*: »Die waren ja alle die größten Narren von der Welt.«

Asmus: »Alle, meinen Sie, Herr *v. Saalbader*? Wer wollte so hart sein. Es möchten doch einige Ordenstifter gewesen sein, die keine Narren waren.«

Hr. *v. Saalbader*: »Ja, was wollten denn die Narren? was suchen sie?«

Asmus: »Ich habe Ihnen schon gesagt: Ruhe und Glück für sich.«

Hr. *v. Saalbader*: »Die liegen ihnen ja vor der Nase. Qu'ils jouissent de la vie, qu'ils goûtent les douceurs que la nature nous offre de toutes parts, qu'ils boivent, qu'ils mangent, qu'ils se livrent aux transports de l'amour et des autres belles passions et cetera; mais notabene avec de la modération c. a. d. sans se dégoûter et sans nuire à la santé. Voilà le vrai bonheur, il n'y a pas d'autre! Et c'est l'avis des hommes les plus éclairés en France.«

Asmus: »Es gibt in Frankreich sehr verständige Leute, Hr. *v. Saalbader*; die Ihnen das aber gesagt haben, das sind nicht die rechten gewesen. Übrigens liegt das Glück, das Sie im Sinne haben, würklich wie Sie sagen vor der Nase, und ist nicht zu vermuten daß irgendein Mensch es übersehen werde, noch übersehen habe.«

Hr. *v. Strahlen*: »Der alte Mann da wird so blaß aussehen. Alter, wie gehts? Ist Euch kalt?«

Jost: »Ja, gnädiger Herr, ja, kalt! Das Fleisch hab ich alles herabgelebt, und nun frieren die Knochen mir immer so.«

Hr. *v. Saalbader*: »Und nun vollends die Nonnenklöster! Quelle bêtise, de maltraiter ainsi les plus belles et les plus aimables créatures!

Ah, que je serois prêt à rendre justice à leur beauté!«

Asmus: »Sprechen Sie nicht so, Herr *v. Saalbader*. Vielleicht sind Sie darum ein Edelmann, weil Ihr Urgroßvater seinerzeit ein unschuldiges Mädchen großmütig vom Verderben gerettet und im Guten erhalten hat.«

Hr. *v. Saalbader*: »Ha ha ha, un gentilhomme pour avoir sauvé – –! C' est drôle.«

Asmus: »Ich glaube, daß Ihnen das in Ernst lustig dünkt;

aber das ist eben der Fehler Herr *v. Saalbader*, und ist für Sie nicht gut, glauben Sie mir.

Ihnen behagt das Gefühl der groben sinnlichen Liebe so sehr. Sie sollten die bessere Liebe kennen, und das Gefühl von Großmut und Edelmut; das kommt noch ganz anders! Und es hält länger. Wenn Ihnen 'nmal, wie dem alten *Jost*, die Knochen erst immer so frieren; sehen Sie, denn gelten Ihre Bonmots nicht mehr. Aber, edel und gut gewesen sein das gilt denn noch, und wärmt und ölt die Knochen von innen heraus.

Verführen Sie nie ein Mädchen, Herr *v. Saalbader*. Sie sind ein Edelmann; und so muß Ihnen ein jedweder Vater 'n Freund sein, und ein jedes Mädchen ist die Tochter Ihrer Freundin! Wofür wären Sie sonst ein Edelmann?«

Hr. *v. Saalbader*: »Zum Henker, was ist denn ein Edelmann?«

Asmus: »Es war in einem Lande ein Mann, der sich durch hohen Sinn, durch Rechtschaffenheit, Uneigennützigkeit und Großmut über alle seinesgleichen erhob, und um alle seine Nachbaren verdient machte; dieser Zirkel war aber nur klein, und weiter hin kannte man ihn nicht, sosehr man sein bedurfte. Da kam der Landesherr, der mit der goldnen Krone an seiner Stirn, und nannte diesen Edlen öffentlich seinen Angehörigen, und stempelte ihn vor dem ganzen Lande als einen Mann, bei dem niemand je gefährdet sei, dem sich ein jedweder, Mann oder Weib, mit Leib und Seele sicher anvertrauen könne – und das ganze Land dankte dem Landesherrn, und ehrte und liebte den neuen *Edelmann*.

Und weil der Apfel nicht weit vom Stamme fällt, und der Sohn eines edlen Mannes auch ein edler Mann sein wird; so stempelte der Landesherr in solchem Vertrauen sein ganzes

Geschlecht in ihm mit, legte ihm auch etwas an Land und Leuten zu, wie Eisenfeil an den Magneten, daß seine wohltätige Natur, bis er ihn etwa selbst brauche, daran zu tun und zu zehren habe.«

Hr. *v. Saalbader*: »Auf die Weise konnte ja ein Bürgerlicher ein edler Mann sein?«

Asmus: »Haben Sie denn daran je gezweifelt?«

Hr. *v. Saalbader*: »Ich will sagen, es kann einer edel sein, und noch nicht adlich.«

Asmus: »Nicht allein das, sondern es kann auch einer noch adlich sein, und nicht mehr edel; denn bis der Landesherr den Stempel wieder tilgt, muß jedermann, aus Achtung für den Landesherrn, den Edelmann für einen edlen Mann ehren, er mags sein oder nicht.«

Hr. *v. Saalbader*: »Immer besser. So wäre also der Adel nur eine Fontange, die wieder abgenommen werden kann!«

Asmus: »Natürlich! Das geschieht ja auch in der Welt. Warum wird einem Edelmann auf dem Echafaud sein Wappen zerschlagen? Der Landesherr kann ja unmöglich einen Edelmann strafen, darum nimmt er zuvor sein Wort zurück und tilgt seinen Stempel wieder.«

Hr. *v. Saalbader*: »Am Ende hätte denn also ein Edelmann vor dem bürgerlichen edlen Mann nichts voraus?«

Asmus: »Sehr vieles. Dieser muß sich erst Achtung und Vertrauen erwerben, und gilt doch nur immer wo man ihn kennt, bleibt doch nur Privatgut; der Edelmann gilt überall, ist kurrente Münze unter Autorität des Landesherrn, ist öffentliches Gut, daran alle Menschen ein Recht, und zu dem sie alle Vertrauen haben.«

Hr. *v. Saalbader*: »Und Ahnen und Alter der Familie, die wären denn gar nichts.«

Asmus: »Sehr vieles; oder rechnen Sie das wenig, wenn ein Geschlecht von Vater auf Sohn viele hundert Jahre hindurch die Liebe und die Freude der Menschen, und ein Segen der ganzen Gegend gewesen ist?«

Hr. *v. Saalbader*: »Mais – alors il vaudroit mieux, se faire soldat.«

Asmus: »Grade da können Sie die Bestätigung von dem sehen, was ich Ihnen sage.

Sie wissen, alle Offiziers haben als Offiziers adliche Vorrechte. Nämlich weil, sonderlich in Kriegszeiten, Menschenleben und Glück und Unglück der armen Einwohner viel von ihnen abhängt, und oft ganz in ihrer Hand ist; so ordneten die Fürsten, daß solche Stellen nur einem edlen Manne verliehen werden könnten.«

Hr. *v. Saalbader*: »Il y a du héroique dans cette doctrine.

Mais chère Mama, vous, qu'en jugez-vous, et ce philosophe comment vous plait-il?«

Fr. *v. Saalbader*: »J'enrage, je frémis d'indignation, et je vous défends de l'honorer derechef de vos réponses. C'est un talmudiste incarné; il parle comme un ivre, comme un perroquet, comme un harang, comme un –«

Asmus: »Gnädige Frau, ich vermute aus Ihren Reden, daß Sie unwillig sind. Es wäre mir sehr leid, wenn ich Sie beleidigt hätte, und ich wollte Sie gerne wieder um Vergebung bitten. Aber ich habe weder Ihren Sohn noch Ihren Adel beleidigt, habe Sie auch nicht beleidigen wollen. Und so werde ich mich am Ende über Ihren Unwillen trösten müssen; es wäre mir aber doch lieber, wenn Sie nicht unwillig wären. Es ist das erstemal, daß ich die Ehre habe Sie zu sehen, und vermutlich werde ich diese Ehre nicht wieder haben; besinnen Sie sich gnädige Frau! Ich ehre Ihren Stand;

und wenn Sie ihn auch so ehrten, es würde Ihnen ein gut Teil besser zumut sein, als Ihnen itzo ist. Und mich dünkt, Sie sollten darum nicht zürnen, daß ich Ihnen das wohl gönnte.«

Hr. *v. Holborn*: »Appaisez-vous Madame, il ne mérite pas votre courroux, et ce qu'il dit est très raisonnable.«

Louise: »En vérité, très raisonnable.«

Hr. *v. Strahlen* etc.

Fr. *v. Mecheln* etc.

Etc. etc.

Etc. etc.

Unke zu mir: »Seine Gesundheit! Die Frau von *Saalbader* trinkt sie doch wohl nicht.«

Asmus: »Und wenn sie niemand trinkt, *Unke*! so trink ich sie selbst. Es gibt hier aber noch wohl andere Gesundheiten zu trinken. Seht, der *Paul* hat da was im Sinne.«

Paul zu Liese Westen: »Ihr rückt so *Liese*; Euch wird das Sitzen sauer, nicht wahr? – Nun helf Euch Gott, wenn Eure Stunde kommt!«

Körner: »Wie gesagt: Allen Schwangern und Säugern fröhliche Frucht und Gedeihen! Aber meine Frau mit eingeschlossen.«

Albrecht Kühnert: »Wie gesagt!«

Hans Westen: »*Liese*, helf dir Gott liebe *Liese*! – Aber steh auf, wenn du nicht länger sitzen kannst.«

Asmus: »Die armen Weiber. Kommt *Unke*, Ihr stößt doch auch mit an? Aber recht herzhaft.«

Unke: »Mir hält kein Glas bei solchen Gesundheiten.«

Hr. *v. Hochheim* zu den Bauern: »Ihr Leute, sollen wir nicht unser Bauernlied haben?«

Unke: »Gleich, gnädiger Herr.

Zu Westen: »*Westen*, sing vor.«

Sie sangen darauf das Bauernlied, wie folget. Ich weiß nicht, was dies Lied für Effekt tut, wenns gelesen wird; aber was es tat als es hier die Bauern sangen, das weiß ich wohl. Und deswegen rate ich einem jeden, es von solchen Bauern singen zu lassen. Die Musik, sagten sie, sei aus Italien. Ich habe sie da hergesetzt, so gut ich sie behalten habe; 'n jeder mag sie verbessern, oder sich eine andere machen.

DAS BAUERNLIED

Der Vorsänger *Hans Westen*

Im Anfang wars auf Erden
 Nur finster, wüst', und leer;
Und sollt was sein und werden,
 Mußt' es woanders her.

Coro. Alle Bauren

Alle gute Gabe
Kam oben her, von Gott,
Vom schönen blauen Himmel herab!

Vorsänger

So ist es hergegangen
  Im Anfang, als Gott sprach;
Und wie sich's angefangen,
  So geht's noch diesen Tag.

Coro

Alle gute Gabe
Kömmt oben her, von Gott,
Vom schönen blauen Himmel herab!

Vorsänger

Wir pflügen, und wir streuen
  Den Samen auf das Land;
Doch Wachstum und Gedeihen
  Steht nicht in unsrer Hand.

Coro

Alle gute Gabe
Kömmt oben her, von Gott,
Vom schönen blauen Himmel herab!

Vorsänger

Der tut mit leisem Wehen
  Sich mild und heimlich auf,
Und träuft, wenn wir heimgehen,
  Wuchs und Gedeihen drauf.

Coro
Alle gute Gabe etc.

Vorsänger
Der sendet Tau und Regen,
  Und Sonn- und Mondenschein,
Der wickelt Gottes Segen
  Gar zart und künstlich ein,

Coro
Alle gute Gabe etc.

Vorsänger
Und bringt ihn denn behende
  In unser Feld und Brot;
Es geht durch seine Hände,
  Kömmt aber her von Gott.

Coro
Alle gute Gabe etc.

Vorsänger
Was nah ist und was ferne,
  Von Gott kömmt alles her!
Der Strohhalm und die Sterne,
  Der Sperling und das Meer.

Coro
Alle gute Gabe etc.

Vorsänger
Von *Ihm* sind Büsch' und Blätter,

Und Korn und Obst von *Ihm*,
Von *Ihm* mild Frühlingswetter,
Und Schnee und Ungestüm.

Coro

Alle gute Gabe
Kömmt von oben her, von Gott,
Vom schönen blauen Himmel herab.

Vorsänger

Er, *Er* macht Sonnaufgehen,
Er stellt des Mondes Lauf,
Er läßt die Winde wehen,
Er tut den Himmel auf,

Coro

Alle gute Gabe etc.

Vorsänger

Er schenkt uns Vieh und Freude,
Er macht uns frisch und rot,
Er gibt den Kühen Weide,
Und unsern Kindern Brot.

Coro

Alle gute Gabe etc.

Vorsänger

Auch frommsein und vertrauen,
Und stiller edler Sinn,
Ihm flehn, und auf Ihn schauen,
Kömmt alles uns durch *Ihn*.

Coro
Alle gute Gabe etc.

Vorsänger
Er gehet ungesehen
Im Dorfe um und wacht,
Und rührt die herzlich flehen
Im Schlafe an bei Nacht.

Coro
Alle gute Gabe etc.

Vorsänger. Coro fällt ein
Darum, so woll'n wir loben,
Und loben immerdar
Den großen Geber oben.
Er ists! und Er ists gar!

Coro, Coro
Alle gute Gabe etc.

Unke: »Gnädiger Herr, wir haben noch etwas hintendran gemacht, auf heute; dürfen wir das auch singen?«

Hr. *v. Hochheim*: »Warum nicht, Unke?«

Vorsänger *Westen*
Und *Er* hat große Dinge
An Nachbar *Paul* getan;
Denn ärmlich und geringe
Trat *Paul* sein Erbe an.

Coro
Alle gute Gabe etc.

Vorsänger
Er hat bewahrt vor Schaden,
  Hat reichlich ihn bedacht,
Hat heute ihm aus Gnaden
  Ein Jubilei gemacht.

Coro
Alle gute Gabe
Kömmt von oben her, von Gott,
Vom schönen blauen Himmel herab.

Vorsänger
Und solche Gnad und Treue
  Tut er den Menschen gern.
Er segne *Paul* aufs neue,
  Und unsern lieben Herrn!

Unke: »Das noch einmal, *Westen.*«

Vorsänger *Westen*
Und solche Gnad und Treue
  Tut er den Menschen gern.
Er segne *Paul* aufs neue,
  Und unsern lieben Herrn!

Coro
Alle gute Gabe
Kömmt oben her, von Gott,
Vom schönen blauen Himmel herab!

Der alte *Paul* saß sehr bewegt, und sahe einen Nachbar nach dem andern an.

»Nachbarn! ich danke euch! Gott lasse einen jeden von euch den Tag auch erleben, und gebe ihm denn auch solche Nachbaren als er mir gegeben hat. – – – –

Aber laßt uns nun unsre beste Gesundheit trinken. Steht auf Kinder, und ruft den Knechten daß sie die Sicheln streichen.«

Herr *v. Hochheim* merkte, worauf es gemünzt war, und sahe *Paul* an und schüttelte mit dem Kopf. Der aber hörte nicht drauf.

Herr *v. Hochheim* zu den Bauern: »Laßts gut sein Leute, wenigstens bleibt sitzen.«

Paul: »Nein, gnädiger Herr! Sie sind es wert.

Steht alle auf Kinder, und nehmt die Hüte ab.

Wir wissen wohl, gnädiger Herr, daß Sie unsern Dank nicht verlangen; so sehen Sie weg. Wir wollen ihn hier vor Gott bringen, und der wird nicht wegsehen.«

Unke: »Aufgestanden wer sich rühren kann! Unsers gnädigen Herrn seine Gesundheit soll getrunken werden.«

Westen: »Es wird auch wohl schwerlich einer wollen sitzen bleiben, *Unke*.«

Unke: »Seht! *Jost* ist eingeschlafen! Laßt ihn. Gott gibts seinen Freunden schlafend, er wird den alten *Jost* auch schlafend hören. Laßt ihn, und gebt mir sein Glas in die linke Hand.«

Die Bauern standen nun alle, mit entblößtem Haupt. Auch am andern Tisch, als ob die Empfindung epidemisch würde und Recht 'nmal Recht bleiben wollte, stand einer nach dem andern auf, auch der Herr von *Saalbader* und seine Mutter. Und die Knechte strichen die Sicheln.

Paul mit dem Glas in der Hand: »Nun denn in Gottes Namen.

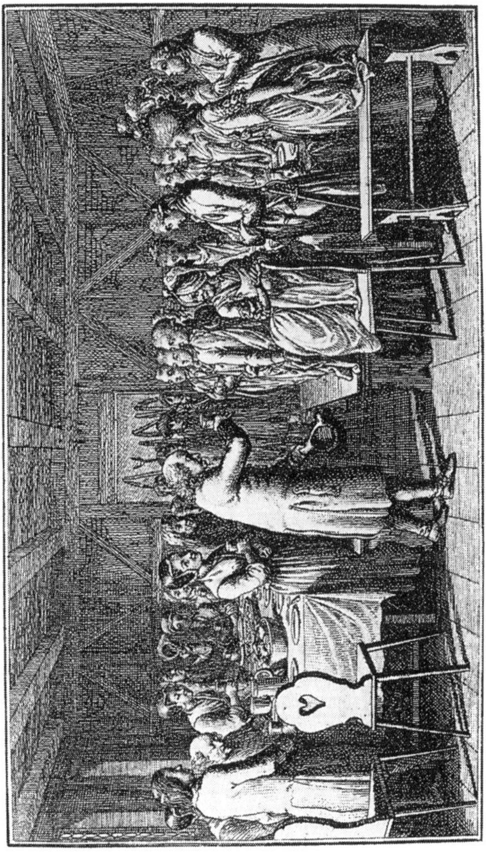

Unsers lieben, guten, frommen, gnädigen Herrn von *Hochheim* seine Gesundheit! – daß Gott ihm lohne! – – und daß Gott *ihn* segne! – wie *er* uns segnet! –

Gesundheit!	Unser lieber Herr!	Unser von *Hochheim*	Gesundheit	Der gnädige Herr	Freude und Segen
– –			und die		über
	Unser	und alles		soll leben!	von
Gesundheit!	gnädiger	was sein	ewige	Und wer	*Hochheim!*
	Herr!	ist, hier		rechtschaffen ist	und über
– –	Ich wollte	zeitlich	Seligkeit!		jeden
Gesundheit!	für ihn	und dort	– –	und Gott	wahren
	durchs	ewiglich.	– –	fürchtet!	Edelmann!
– –	Wasser	– –			etc.
– –	laufen.		– –		etc.

VORREDE DES ÜBERSETZERS. 1782

Das Buch: *Des Erreurs et de la Vérité* ist ein sonderlich Buch, und die Gelehrten wissen nicht recht was sie davon halten sollen, denn man versteht es nicht, und man soll doch eigentlich verstehen was man richten will.

Hin und wieder tut wohl der Verfasser seinen Mund auf und spricht, wie in der Erklärung von dem Ursprung des Bösen, von der Freiheit des Menschen und an verschiednen andern Orten; und da befriedigt er mehr, als was bisher über die Dinge im Umlauf war. Meistens aber geht er wie ein Geist, mit verschlossenem Munde und aufgehabenem Zeigefinger, auf etwas hinweisend da wir nicht von wissen; und seine Winke und Äußerungen sind allerdings groß und erfreulich wie die Gipfel der väterlichen Berge, aber zu gleicher Zeit so ex-zentrisch und wunderbar, daß unsre

Vernunft ihren Zirkel nirgend anlegen, und sie nicht zusammenhängen und reimen kann.

Dies nun hat, an und für sich, nichts zu sagen. Denn wenn unsre Vernunft nur in der Wüsten der materiellen Natur einigen Bescheid weiß und geben kann; so geht eigentlich da, wo sie die Zähne blöckt und die Hände übern Kopf zusammenschlägt, das Gelobte Land allererst an, und wenn auf dem Acker landesüblicher Gelehrsamkeit die Weisheit nicht wächset, wie das wohl schwerlich der Ackersleute einer in Ernst denken wird; so müssen natürlich Winke und Äußerungen von ihr wunderbar dünken. Indes bleibt immer doch vorher die Frage über die Authentizität solcher Winke und Äußerungen, und man muß freilich nicht gleich für Feuer vom Himmel nehmen, was auch vielleicht nur Irrlicht und Johanneswürmchen-Feuer sein kann.

Viele Leser wollen diesem Verfasser gar kein Feuer zugestehen sondern nur Rauch, und sie vergleichen sein Buch einem Gemälde wo der Himmel um und um mit Wolken bedeckt ist. Sie haben dazu ohne Zweifel ihre Ursachen; übrigens ist die Vergleichung mit dem Wolkengemälde gar nicht so übel, und gibt es einige Gemälde dieser Art wo aus den Wolken eine Hand vorkommt die etwas geben will.

Die Sinnesart eines Schriftstellers: was ihn treibt: was er will: ist über ihn der sicherste und beste Meilenzeiger, den auch gewöhnlich ein jeder, freilich sehr oft nicht zu seinem Vorteil und wider sein Wissen und Willen, für kundige Leser seiner Karte beifügt.

Ich verstehe dies Buch auch nicht; aber, außer dem Eindruck von Superiorität und Sicherheit, finde ich darin einen reinen Willen, eine ungewöhnliche Milde und Hoheit der Gesinnung, und Ruhe und ein Wohlsein in sich. Und das geht einem zu Herzen; wir wollen doch alle gerne wohl sein, suchen doch alle Ruhe und finden sie nicht! Auch gibt es keine Reinheit, keine Ruhe, und kein Wohlsein außer dem Guten.

Mit uns Gelehrten sieht es in diesem Stück sehr zweideutig aus. Die Gelehrsamkeit mag ehedem ein Ding gewesen sein, das den Menschen in sich zurechtsetzte, das ihn wandelte und züchtigte zu suchen und zu haben eine eigne innerliche Herrlichkeit, und zu verschmähen, würklich und von Herzen, die Herrlichkeit des Bassa von drei Roßschweifen; nach dem dermaligen Lauf der Dinge ist sie ein nützliches Hausgerät, ein honetter Filzhut auf dem Gelehrten ihn wider Frost und Kälte zu decken, viel oft auch ein Paradehut, und zuweilen gar ein Chapeaubashut mit dem er vor dem Bassa wedelt und sich beliebt macht. Unsre Bücherschreiberei ist eitles Selbstbedürfnis, aus den oder jenen Gründen, eine Kunst auf der Maultrommel zu spielen und das Publikum tanzt! und inwendig sehen Schriftsteller und Leser, Gelehrte und Ungelehrte sich einander ziemlich gleich; denn ob einer auf einen Schnurrbart oder auf eine Metaphysik und Henriade eingebildet und ein Narr ist, ob einer über einen größern Kürbis oder über die Erfindung der Differential- und Integralrechnung hasset und neidet; kurz, ob man sich von seinen fünf Jochochsen oder von seiner Polyhistorei am Seil halten und hindern läßt, das scheint im Grunde einerlei zu sein und nicht zweierlei.

Sonder allen Zweifel wird einer oder der andre Gelehrte bedacht sein, den Verfasser zu widerlegen. Einmal aber hat schon das Widerlegen an sich seine Schwierigkeiten bei einem Buch das man nicht ganz versteht; denn, wenn man hie und da einzelne Sätze heraushebt und sie nach seinem eignen Münzfuß deutet und wie die Worte lauten, so kann gar leicht ein Fehl miteinfließen und dem Verfasser ein unrechter Sinn angedichtet werden, zumal er selbst ausdrücklich erklärt, daß er oft eins sage und ein ganz anderes meine, und überhaupt viel im Sinne behalte; und denn so ist des Verfassers seine Hauptlehre: der Mensch mache, sich selbst gelassen und ohne die Leitung der allgemeinen zeitlichen tätigen und verständigen Ursache, wie ers nennt, eitel Irrtum und Torheit, wisse und vermöge gar nichts ohne sie, so wie mit ihr alles. Dadurch verlieren denn offenbar auch die allergründlichsten Widerlegungen der Gelehrten allen ihren Stachel, und der beste und zugleich einzige Weg etwas auszurichten wäre wohl der: daß man Fleiß anwendete, diese Ursache, wenn sie da ist, zu erkennen und von ihr geleitet zu werden. Denn alsdenn würde man au fait sein, wäre dem Verfasser gewachsen, und könnte über sein Buch richten und entscheiden, nämlich ob es sei ein taubes Wetterleuchten, oder ein milder Stern aus bessern Welten.

Doch, wie könnte der Verfasser recht haben, wie könnten seine mancherlei Äußerungen über die Wahrheit in facto gegründet sein; wir wissen ja von dem allen, was er äußert und zu verstehen gibt, so gar nichts, sehen auch den Zusammenhang nicht ein?

Man mag noch beßre Gründe dagegen haben, der allein tuts nicht. Denn, Lieber! siehe an die Sonne, wie sie so herrlich und so hell scheint! und kannst du eine Faustvoll Strahlen mit den Wurzeln herausreißen, und sehen wie sie hervorwachsen? Kannst du den Mond mit der Hand fassen, und seinen Saft in deinen Becher drücken? und siehe! er leuchtet in aller Welt und feuchtet die Erde und das Meer, und die Flut kommt die Elbe heraufgebraust, ob wir ihn sehen oder nicht? Ist uns aber in der materiellen Natur noch vieles verborgen, für die wir den Gebrauch von drei Sinnen haben; wie mögen wir über die immaterielle richten, für die wir nicht den Gebrauch von Einem haben, den der Verfasser die sinnliche Fähigkeit oder den Sinn des Geistes nennt?

Von den menschlichen Wissenschaften denkt und spricht er gar sehr kleinlich. Viel Gönner und Freunde wird er sich nun dadurch nicht machen; bekanntlich ist das aber auch eben kein erhabenes Projekt, und es gibt wohl noch etwas Klügeres zu tun. Der Schmeichler buhlt um Beifall, macht die Menschen groß in ihrem Sinn, und sie werden klein; der beßre Mann macht sie klein, auf daß sie groß werden. Ist also schon hier in dem Gange des Verfassers ein Edles, und wer kann sagen, ob er nicht recht hat? Was er von Isolierung der einzelnen Zweige unserer Wissenschaften und von Vereinerleiung der verschiednen Klassen der Dinge an Hand gibt, leuchtet augenscheinlich als wahr ein. Sein Grundsatz: daß das Resultat aus und durch das Prinzipium und nicht das Prinzipium durch und aus dem Resultat erklärt und erkannt werden müsse, und daß die menschlichen Wissenschaften grade darum weil sie umgekehrt verfahren so krüpplicht und leblos sind, dürfte mehr Widerspruch finden. Da indes das Prinzipium doch das erste und das Resultat allererst das zweite ist; so scheint: beim Resultat anfangen, würklich beim unrechten Ende angefangen zu sein, und übrigens verrät die so beliebte mathematische Lehrart, daß die Gelehrten selbst den Grundsatz des Verfassers glauben und annehmen, nach ihrer Art. Am Ende können wir Gelehrte wohl über den Wert unserer verschiedenen Wissenschaften untereinander, und über ihren mancherlei zeitlichen Nutzen urteilen; aber über ihren eigentlichen Wert können wir nicht urteilen, denn wir kennen ja nichts weiter als sie, und der urteilt und hält allemal zu hoch von seinem Landsee, wer noch nie das offene Meer gesehen hat.

Doch dies Buch sei, was es wolle; es läßt die Weltangelegenheiten und zeitlich Ding unangerührt, und predigt Verleugnung eignen Willens und Glauben an die Wahrheit, predigt die Nichtigkeit dieser Welt, die Blöde und Brechlichkeit der sinnlichen und körperlichen Natur im Menschen und die Hoheit seiner verständigen Natur oder seines Geistes, und leitet und treibt auf allen Blättern von dem Sichtbaren zu dem Unsichtbaren, von dem Vergänglichen zu dem Unvergänglichen! und das ist doch nichts Böses, und wer möchte das nicht gerne befördert haben?

Und so habe ich dies Buch übersetzt, und wer es dazu braucht, der tut sicherlich wohl; und wer es zu eitler und törichter Absicht braucht, der tut nicht wohl, und mag sich besinnen und klug werden.

Wir Menschen gehen doch wie im Dunkeln, sind doch verlegen in uns, und können uns nicht helfen, und die Versuche der Gelehrten es zu tun sind nur brotlose Künste. Auch ist das Gefühl eigner Hülflosigkeit zu allen Zeiten das Wahrzeichen würklich großer Menschen gewesen, ist überdem ein feines Gefühl, und vielleicht der Hafen, aus dem man auslaufen muß um die Nordwestpassage zu entdekken.

Der Mensch hat einen Geist in sich, den diese Welt nicht befriedigt, der die Treber der Materie, die Dorn und Disteln am Wege mit Gram und Unwillen wiederkäut, und sich sehnet nach seiner Heimat. Auch hat er hier kein Bleiben, und muß bald davon. So läßt es sich an den fünf Fingern abzählen, was ihm geholfen sein könne mit einer Weisheit die bloß in der sichtbaren und materiellen Natur zu Hause ist. Sie kann ihm hier auf mancherlei Weise lieb und wert sein, nachdem sie mehr oder weniger Stückwerk ist; aber sie kann ihm nicht gnügen. Wie könnte sie das, da es die körperliche Natur selbst nicht kann und sie ihn auf halben Wege verläßt, und, wenn er weggetragen wird, auf seiner Studierstube zurückbleibt, wie sein Globus und seine Elektrisiermaschine?

Was ihm gnügen soll, muß in ihm, seiner Natur, und unsterblich wie er sein; muß ihn, weil er hienieden einhergeht, über das Wesen und den Gang dieser körperlichen Natur und über ihre Gebrechen und Striemen weisen und trösten und ihn in dem Lande der Verlegenheit und der Unterwerfung in Wahrheit unverlegen und herrlich machen; und wenn er von dannen zieht mit ihm ziehen durch Tod und Verwesung, und ihn wie ein Freund zur Heimat begleiten.

Solch' eine Weisheit wird freilich in keinem Buch gefunden, wird nicht um Geld gekauft noch mit Halbherzigkeit zwischen Gott und dem Mammon. Zeuch deine Schuhe aus, denn da du auf stehest ist ein heilig Land! Aber sie *ist*, das wissen wir; und wer sich des Odems in seiner Nasen bewußt ist nimmt das zu Herzen, und wenn er sie in der sichtbaren und materiellen Natur und in seinem eignen Dünkel nicht findet, läßt er sich guten Rat warnen und sucht sie auf einem andern Wege.

ABENDLIED

Der Mond ist aufgegangen
Die goldnen Sternlein prangen
  Am Himmel hell und klar;
Der Wald steht schwarz und schweiget,
Und aus den Wiesen steiget
  Der weiße Nebel wunderbar.

Wie ist die Welt so stille,
Und in der Dämmrung Hülle
  So traulich und so hold!
Als eine stille Kammer,
Wo ihr des Tages Jammer
  Verschlafen und vergessen sollt.

Seht ihr den Mond dort stehen? –
Er ist nur halb zu sehen,
  Und ist doch rund und schön!
So sind wohl manche Sachen,
Die wir getrost belachen,
  Weil unsre Augen sie nicht sehn.

Wir stolze Menschenkinder
Sind eitel arme Sünder,
  Und wissen gar nicht viel;
Wir spinnen Luftgespinste,
Und suchen viele Künste,
  Und kommen weiter von dem Ziel.

Gott, laß uns *dein* Heil schauen,
Auf nichts Vergänglichs trauen,
  Nicht Eitelkeit uns freun!
Laß uns einfältig werden,
Und vor dir hier auf Erden
  Wie Kinder fromm und fröhlich sein!

* * *

Wollst endlich sonder Grämen
Aus dieser Welt uns nehmen
  Durch einen sanften Tod!
Und, wenn du uns genommen,
Laß uns in Himmel kommen,
  Du unser Herr und unser Gott!

So legt euch denn, ihr Brüder,
In Gottes Namen nieder;
  Kalt ist der Abendhauch.
Verschon' uns, Gott! mit Strafen,
Und laß uns ruhig schlafen!
  Und unsern kranken Nachbar auch!

NEUE ERFINDUNG

Hab' eine neue Erfindung gemacht, *Andres*, und soll dir hier so warm mitgeteilt werden.

Du weißt, daß in jeder gut eingerichteten Haushaltung kein Festtag ungefeiert gelassen wird, und daß ein Hausvater zulangt, wenn er auf eine gute Art und mit einigem Schein des Rechtes einen neuen an sich bringen kann. So haben wir beide, außer den respektiven Geburts- und Namenstagen, schon verschiedene andre Festtage an unsern Höfen eingeführt, als das *Knospenfest*, den *Widderschein*, den *Maimorgen*, den *Grünzüngel* wenn die ersten jungen Erbsen und Bohnen gepflückt und zu Tisch gebracht werden sollen, und so weiter.

Nun ist wohl wahr, daß der Sommer und sonderlich das Frühjahr viel schön sind. Gleich wenn der Winterschnee auftauet und man den bloßen Leib der Erde zum erstenmal

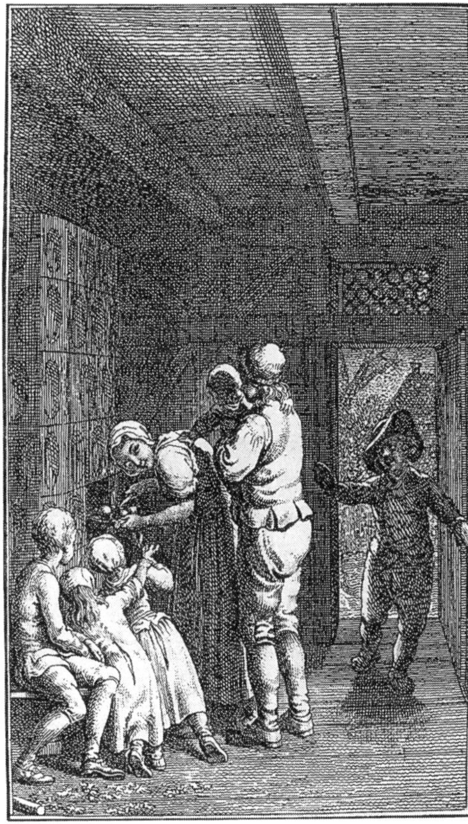

wiedersieht, fängt diese Viel-Schönheit an, und geht denn immer mit größern Schritten fort, bis Blumen und Blätter aufgeblühet sind und der Mensch vor dem vollen Frühling steht, wie *Gleims* Kind vor einem schönen Blumenkorb. Und gewiß lehret uns der Frühling Gott und seine Güte sonderlich; denn, wie Freund *Fritz* sagt, was so zu Herzen geht muß aus irgendeinem Herzen kommen. Und also sind die Frühlings- und Sommerfesttage gar sehr am rechten Ort, ich habe nichts dawider. Es ist mir aber doch immer schon vorgekommen, daß im Herbst und Winter auch was zu machen wäre, nur habe ich die Sache noch nie recht ins klare bringen können.

Gestern aber, wie das mit den Erfindungen ist: man findet sie nicht sondern sie finden uns, gestern als ich im Garten gehe und an nichts weniger denke, schießen mir mit einmal zwei neue Festtage aufs Herz, der *Herbstling* und der *Eiszäpfel*, beide gar erfreulich und nützlich zu feiern.

Der *Herbstling* ist nur kurz, und wird mit Bratäpfeln gefeiert. Nämlich: wenn im Herbst der erste Schnee fällt, und darauf muß genau achtgegeben werden, nimmt man so viel Äpfel als Kinder und Personen im Hause sind und noch einige darüber, damit wenn etwa ein Dritter dazukäme keiner an seiner quota gekürzt werde, tut sie in den Ofen, wartet bis sie gebraten sind, und ißt sie denn.

So simpel das Ding anzusehen ist, so gut nimmt sich's aus wenns recht gemacht wird. Daß dabei allerhand vernünftige Diskurse geführt auch oft in den Ofen hineingekuckt werden muß etc. versteht sich von selbst.

Und soviel vom *Herbstling*.

Der *Eiszäpfel* will nun wieder ganz anders traktiert sein, und hat seine ganz besondre Nücken. Mancher denkt wohl: wenn er Eiszapfen am Dach sieht könne er nur gleich anfan-

gen zu feiern; aber weit gefehlt, es wird mehr dazu erfordert. Der *Eiszäpfel* kann durchaus ohne einen Schneemann nicht gefeiert werden, und dazu muß erst Schnee sein und Tauwetter kommen daß der Schneemann gemacht werden kann, und wenn er gemacht ist und vor dem Fenster steht muß es wieder frieren daß Eiszapfen am Dach werden, einer halben Elle lang nicht länger und nicht kürzer usw. Das sind die Präliminarartikel und die conditio sine qua non.

Was sagst du nun? Gelte, das ist 'n intrikates Fest! Es geht auch mancher Winter darüber hin, ohne daß eins zustande kommen kann. Wenn nun aber obige Umstände alle eingetreten sind und sonst kein merkliches Hindernis im Wege ist, so kannst du denn zwischen drei und vier Uhr nachmittags das Fest angehen lassen, das NB von Anfang bis zu Ende mit trockenem Munde gefeiert wird. Nach vier, wenns dunkel worden ist, wird eine Laterne in den hohlen Kopf des Schneemannes getan, daß das Licht durch die Augen und den Mund herausscheint – und denn geht groß und klein auf und ab im Zimmer und sieht aus dem Fenster unter den Eiszapfen hin nach dem Schneemann, und denkt dabei an einen andern S c h n e e m a n n, ein jeder nach dem ihm der Schnabel gewachsen ist, und das ist der höchste Moment der Feier.

Lebe wohl, lieber *Andres*, und feire fleißig alle Festtage und Heilige Abende, bis der rechte Heilige Abend anbricht.

den 3. Oktober, 1782.

Dein etc.

AUF DEN TOD DER KAISERIN

Sie machte Frieden! Das ist mein Gedicht.
War ihres Volkes Lust und ihres Volkes Segen,
Und ging getrost und voller Zuversicht
Dem Tod als ihrem Freund entgegen.
Ein Welterobrer kann das nicht.
Sie machte Frieden! Das ist mein Gedicht.

KRIEGSLIED

'ʼs ist Krieg! ʼs ist Krieg! O Gottes Engel wehre,
Und rede du darein!
ʼs ist leider Krieg – und ich begehre
Nicht schuld daran zu sein!

Was sollt ich machen, wenn im Schlaf mit Grämen
Und blutig, bleich und blaß,
Die Geister der Erschlagnen zu mir kämen,
Und vor mir weinten, was?

Wenn wackre Männer, die sich Ehre suchten,
Verstümmelt und halb tot
Im Staub sich vor mir wälzten, und mir fluchten
In ihrer Todesnot?

Wenn tausend tausend Väter, Mütter, Bräute,
So glücklich vor dem Krieg,
Nun alle elend, alle arme Leute,
Wehklagten über mich?

Wenn Hunger, böse Seuch' und ihre Nöten
Freund, Freund und Feind ins Grab
Versammleten, und mir zu Ehren krähten
Von einer Leich' herab?

Was hülf mir Kron' und Land und Gold und Ehre?
Die könnten mich nicht freun!
's ist leider Krieg – und ich begehre
Nicht schuld daran zu sein!

DER BESUCH IM ST. HIOB ZU **

Der Aufseher des Stifts heißt *Bernard*, und unser fünf oder sechs, lauter reisende Leute, welche die Herberge versammlet hatte, gingen hin es zu besehen. Der erste war Herr *Tobel*, ein ernsthafter Mann, der wenig sprach; der zweite, Herr *Wange* Prediger in der Nachbarschaft, ein Verwandter des Herrn *Bernard* und der eigentliche Anfänger und Anführer der ganzen Unternehmung; der dritte, wenn er für einen vollen Mann gelten soll, sein Sohn *Fränzel*, ein feiner Knabe von etwa zehn bis dreizehn Jahren; der vierte, Herr *Sennert*, 'n Bruder Studio, dem äußerlichen Ansehen nach; etc.

Unterwegs erzählte uns Herr *Wange*, daß er einen alten Bekannten im Stift habe, Herrn *Cornelio*. Dem starb seine Frau und sein Freund, und darauf ging er in den *St. Hiob* als Krankenwärter.

Herr *Bernard* empfing uns sehr höflich und bewirtete uns mit Karawantee; zeigte uns auch sein Naturalienkabinett, das ziemlich vollständig ist, sonderlich an Konchylien.

Nach verschiedenen Gesprächen über dies und das,

kam's endlich zum Stiftbesehen und Herr *Bernard* ging voran.

Er führte uns zuerst zu den Wahnsinnigen, die gleich unten im Hofe am Eingang quartiert sind, ein jeder in einem kleinen Stübchen für sich.

So wie Leute, die noch zwischen Furcht und Hoffnung schweben, unglücklicher sind, als die schon Entscheidung haben; so scheinen einem die Wahnsinnigen, oder die zwischen Sinn und Unsinn schweben, unglücklicher zu sein als die Unsinnigen, und sie sind nicht so gräßlich, aber grauerlicher anzusehen. Wir sahen ihrer hier einige und dreißig, alt und jung, Männer und Weiber, und aus allen Ständen.

Herr *Bernard* wollte die Bemerkung gemacht haben, daß der Wahnsinn bei Weibsleuten sich immer auf Liebe oder Religion beziehe. Im *St. Hiob* fanden wir seine Bemerkung bestätigt, denn die Weibsleute sprachen alle wie Verliebte, oder predigten und prophezeiten. Bei den Männern trafen wir hier auch mancherlei andern Wahnsinn. Einer in einem grünen Schlafrock dünkte sich 'n Mohr und wusch sich emsiglich, kuckte ins Spiegel und wusch wieder, und seine weiße Comptoirmütze und eine Zitrone standen auf dem Tisch. Ein anderer stand mit verstörten Haaren und zeigte immer mit dem Finger nach einem Stundenglas das an der Wand hing, und seufzte dazu. Die merkwürdigsten von allen aber waren vier Brüder, die in Einem Zimmer beisammensaßen gegeneinander über wie sie auf dem Kupfer sitzen – Söhne eines Musikanten, und Vater und Mutter waren im *St. Hiob* gestorben. Herr *Bernard* sagte, sie säßen die meiste Zeit so und ließen den ganzen Tag wenig oder gar nichts von sich hören; nur sooft ein Kranker im Stift gestorben sei, werde mit drei Schlägen vom Turm signiert, und

sooft die Glocke gerührt werde, sängen sie einen Vers aus einem Totenliede. Man nenne sie auch deswegen im Stift die *Totenhähne*.

Von hier gings zu den Unsinnigen. Ihre Kojen sind rundum in einem Zirkel gebaut, und in der Mitte steht ein großer Ofen, der im Winter geheizt wird. Nur etwa zwei Drittel davon waren itzo besetzt, und die Unglücklichen darin saßen, wie gewöhnlich, mit zerrissenen Kleidern und halb nackt, und sagten Greuel. Einer von ihnen war neun Jahre in der Sklaverei zu *Algier* gewesen, und hieß *Hans Gumpert*, und der war der wütigste von allen und hatte ungeheure Kräfte. Er hatte itzo eben eine gute Stunde, und als wir vor seine Klappe kamen, trat er heran und streckte die Hand heraus. Herr *Tobel* legte ihm einen Dukaten hinein und wir andern etwas Silbergeld; er warf aber alles weg und bat flehentlich um ein ganz kleines Stückchen Zukker.

Weiter brachte uns Herr *Bernard* in verschiedene Zimmer mit allerlei bösartigen Patienten, und denn kamen wir endlich in die *große Krankenstube*. Sie ist hoch, beinahe ein Quadrat, und es stehen drei Reihen Betten darin. Wir gingen hier von Bette zu Bette, und sahen in jedwedem einen Menschen liegen der elend war, mehr oder weniger.

Nicht weit vom Eingange trafen wir den Herrn *Cornelio*. Er hat helle Augen und eingefallene Backen, und ist lang und blaß. Herr *Wange* bot ihm freundlich guten Tag, und wollte ihn umarmen; das wollte er aber nicht, und sagte: er habe sich das Umarmen abgewöhnt.

Herr *Bernard* bat ihn, uns hier herumzuweisen, weil er hier am besten Bescheid wisse; und das ließ er sich gefallen und ging mit uns durchs ganze Zimmer, und sagte uns bei jedem Bette, den Namen des Kranken, seine Krankheit, wie

lange er schon liege und sich quäle etc., auch allerhand Umstände aus ihrem Leben.

Am Ende des Zimmers war in einem Bette eine alte Frau eben gestorben, und Herr *Bernard* hieß sie herausnehmen und in die Leichenkammer tragen, und Herr *Cornelio* sagte uns indes wer sie gewesen und wie alt sie geworden, daß sie oft viel Schmerzen gehabt und immer so über die langen Nächte geklagt habe etc.

Aber *Cornelio*, sagte Herr *Wange*, wie können Sie alle Tage das Elend so ansehen?

Cornelio: »Ist es darum weniger, wenn ich es nicht sehe? Und sieht man es denn allein hier?«

Wir nahmen darauf Abschied und gingen weg, nicht ganz gleichgültig. Als wir wieder auf den Hof kamen, ward die Leiche signiert, und sowie der dritte Schlag gefallen war, fingen die vier Brüder an:

Ach Herr! laß dein' lieb' Engelein,
Am letzten End die Seele mein,
  In Abrahams Schoß tragen,
Den Leib in sein'm Schlafkämmerlein,
Gar sanft ohn' ein'ge Qual und Pein,
  Ruhn bis am Jüngsten Tage. etc.

DER MENSCH

Empfangen und genähret
  Vom Weibe wunderbar
Kömmt er und sieht und höret,
  Und nimmt des Trugs nicht wahr;
Gelüstet und begehret,

Und bringt sein Tränlein dar;
Verachtet, und verehret;
Hat Freude, und Gefahr;
Glaubt, zweifelt, wähnt und lehret,
Hält nichts, und alles wahr;
Erbauet, und zerstöret;
Und quält sich immerdar;
Schläft, wachet, wächst, und zehret;
Trägt braun und graues Haar etc.
Und alles dieses währet,
Wenn's hoch kommt, achtzig Jahr.
Denn legt er sich zu seinen Vätern nieder,
Und er kömmt nimmer wieder.

[AUS] BRIEFE AN ANDRES
ERSTER BRIEF

Du möchtest gern mehr von unserm Herrn Christus wissen. – – *Andres*! wer möchte das nicht?

Aber bei mir kömmst Du unrecht. Ich bin kein Freund von neuen Meinungen und halte fest am Wort. So gar hasse ich das Kopfbrechen an Religionsgeheimnissen; denn ich denke, sie sind eben darum Geheimnisse daß wir sie nicht wissen sollen bis es Zeit ist.

Wenn wir ihn nicht selbst sehen können, *Andres*; so müssen wir denen glauben die ihn gesehen haben. Mir bleibt anders nichts übrig.

Was in der Bibel von ihm steht, alle die herrlichen Sagen und herrlichen Geschichten sind freilich nicht er, sondern nur Zeugnisse von ihm, nur Glöcklein am Leibrock; aber doch das Beste was wir auf Erden haben, und so etwas das einen wahrhaftig freuet und tröstet, wenn man da hört und sieht, daß der Mensch noch was anders und Bessers werden kann, als er sich selbst gelassen ist.

Und was in der Bibel von ihm steht, das hab ich gelesen mehr als einmal, und nehme es, so wie es da steht, ohne zu noch ab zu tun. Willst Du also davon mit mir schreiben und sprechen, so gut ichs kann und salvo meliori judicio; von Herzen gern! Ich weiß für mich nichts Liebers und Erfreulichers als von Hülfe und Errettung, und wem's anders ist, der muß nie in Not gewesen sein, noch andre darin gesehen haben. Rufet doch ein Weib, das ihren verlornen Groschen wiederfunden hat, ihren Freundinnen und Nachbarinnen und spricht: »Freuet euch mit mir, denn ich habe meinen Groschen funden, den ich verloren hatte.« Und was ist das für eine Not, daraus man mit Geld errettet werden kann!

Besinnst Du Dich noch unsrer ersten Schiffahrt, als wir den neuen Kahn probierten und ich mitten auf dem Wasser herausfiel? – Ich hatte schon alles aufgegeben, und dachte nur daran, wie mir der Tod schmecken und was meine arme Mutter sagen würde; da sah ich Deinen ausgereckten Arm herkommen und hakte an! und ich seh ihn noch immer, *Andres*, wenn ich nur von ungefähr Deinen Namen lese oder oft nur auf ein großes A stoße. Im Grunde war Deine Hülfe nur ein Palliativ; denn was damals ohne Dich das Wasser würde getan haben, das werden nun die andern Elemente noch tun, und Du wirst mich nicht retten. Aber ich kann doch den Arm nicht wieder vergessen! und ich glaube, daß er bei unsrer innigen Freundschaft die Hand viel mit im Spiel habe. Das ist hier einmal mit uns nicht anders: Not lehrt beten, und Hülfe und Errettung erfreut!

Und nun ein Erretter aus aller Not, von allem Übel! Ein

Erlöser vom Bösen! Und nun ein Helfer, wie die Bibel den Herrn Christus darstellt, der umherging und wohltat, und selbst nicht hatte wo er sein Haupt hinlege; um den die Lahmen gehen, die Aussätzigen rein werden, die Tauben hören, die Toten aufstehen und den Armen das Evangelium geprediget wird; dem Wind und Meer gehorsam sind, und der die Kindlein zu sich kommen ließ und sie herzete und segnete; der bei Gott und Gott war und wohl hätte mögen Freude haben, der aber an die Elenden im Gefängnis gedachte und verkleidet in die Uniform des Elendes zu ihnen kam, um sie mit seinem Blut frei zu machen; der keine Mühe und keine Schmach achtete und geduldig war bis zum Tode am Kreuz, daß er sein Werk vollende; – der in die Welt kam die Welt selig zu machen, und der darin geschlagen und gemartert ward und mit einer Dornenkrone wieder hinausging! –

Andres, hast Du je was Ähnliches gehört, und fallen Dir nicht die Hände am Leibe nieder? Es ist freilich ein Geheimnis, und wir begreifen es nicht; aber die Sache kömmt von Gott und aus dem Himmel, denn sie trägt das Siegel des Himmels und trieft von Barmherzigkeit Gottes...

Man könnte sich für die bloße Idee wohl brandmarken und rädern lassen, und wem es einfallen kann zu spotten und zu lachen, der muß verrückt sein. Wer das Herz auf der rechten Stelle hat, der liegt im Staube und jubelt und betet an.

Sprich und schreibe also davon mit mir Du mein herzlieber *Andres*, wie und was Du willst, und ich will Dir keine Antwort schuldig bleiben.

Dein etc.

Es gibt einige Leute, *Andres*, die alles bekehren wollen, und mit der Bibel in der Hand hinter jeden hochfahrenden Geist und Taugenichts herlaufen. Das soll aber nicht sein, und ist ärgerlich anzusehen; wo auch der Fehler stecke. Die Lehre Christi, die nicht Einer wert ist zu hören, mag allerdings allen Menschen geprediget werden; aber sie soll nicht weggeworfen werden, und wers nicht besser haben will, der mags bleibenlassen.

Unser Herr Christus spricht auch gar anders über die Jüngerschaft. »Wer ist unter euch, der einen Turm bauen will, und sitzet nicht zuvor und überschlägt die Kosten, ob ers habe hinauszuführen? auf daß nicht, wo er den Grund gelegt hat, und kanns nicht hinausführen, alle die es sehen, fahen an seiner zu spotten, und sagen: dieser Mensch hub an zu bauen und kanns nicht hinausführen. – Also auch ein jeglicher unter euch, der nicht absaget allem das er hat, kann nicht mein Jünger sein.« Und in seiner Instruktion an seine ausgehenden Apostel: »Wo ihr aber in eine Stadt oder Markt gehet: da erkundiget euch, ob jemand drinnen sei, der es wert ist; und bei demselben bleibet, bis ihr von dannen ziehet – und wo euch jemand nicht annehmen wird, noch eure Rede hören: so gehet heraus von demselbigen Hause oder Stadt, und schüttelt den Staub von euren Füßen.«

Und nun erwarte ich Deine weitern Befehle.

DRITTER BRIEF

Du frägst: welche Geschichten mir die herrlichsten dünken?

Alle, *Andres*, alle! ... ein jedes Wort das aus seinem Munde gegangen ist, eine jede Bewegung seiner Hand .... seine Schuhriemen sind mir heilig. Und wer kann sich was wollen dünken lassen?

Wenn er sagt: »Friede sei mit euch«; so haben wir unser ganzes Leben zu tun und werden es wohl im Himmel erst verstehen lernen, was das einzige Wort Friede in seinem Munde heiße.

Andres, Du kannst denken, daß alles, was ihn angehet und was er gesagt und getan hat, viel Sinn und Bedeutung habe; und daß wir zu klein sind, über die Herrlichkeit der Geschichten zu richten.

Indes machen sie doch, wie sie da stehen, auf unser Herz verschiednen Eindruck; und da, muß ich sagen, freuen mich die am meisten, wo er vom ewigen Leben spricht und von einem Tröster den er senden will; wo er den Blinden die Augen auftut; wo er die Seinen liebt bis ans Ende und mit ihnen das Abendmahl hält, und wo er Tod und Teufel meistert.

Denk' einmal, *Andres*, wenn der Teufel, der so mächtig ist und der nur Freude daran hat zu quälen und alles um sich her elend zu machen, wenn der freie Hand und niemand über sich hätte; was würde aus der Welt und uns armen Menschen werden! Muß es einen denn nicht freuen, wenn man sieht, daß er einen Übermann hat, und daß grade der sein Übermann ist, der da half und gesund und selig machte alle die zu ihm kamen, und des Barmherzigkeit kein Ende hat? Und der Tod! Er ist doch schrecklich, *Andres*, und der

Wurm am Zaun krümmt sich vor ihm, denn er nimmt uns alles. Wenn Du nun siehst, daß unser Herr Christus zu *Nain* einen Toten erweckt, den sie zu Grabe trugen, und zu *Bethanien* einen der schon vier Tage im Grabe gelegen war etc.; wenn Du ihn nun von Hütten des Friedes sprechen hörest, wo wir unsern *Anselmo* wiedersehen sollen, und wo die guten und frommen Menschen aller Zeiten und Völker sollen versammlet werden; wenn Du ihn nun sagen hörest, daß wer an ihn glaubt nicht sterben soll ob er gleich stürbe; – freut Dich das nicht, *Andres*? und wünschest Du nicht von Herzen, an ihn zu glauben? Aber, »der Glaube ist nicht jedermanns Ding«, und er steht nicht so zu Gebot, *Andres*. Die Apostel selbst, die um ihn waren und die gesehen und gehört hatten, »sprachen zu dem Herrn: stärke uns den Glauben.« – Ich sehe an dem Kananäischen Weiblein und andern Exempeln: daß man wenig wissen kann und großen Glauben haben; und an den Pharisäern etc. daß man viel wissen kann und doch nicht glauben. – Christus sagte zu den Pharisäern: »wie könnet ihr glauben, die ihr Ehre voneinander nehmet«; und Paulus spricht von »Menschen von zerrütteten Sinnen, untüchtig zum Glauben« usw.

Daher sehe ich die Geschichten, wo vom Glauben die Rede ist, fleißig an, und merke auf den Sinn solcher Leute, um daraus zu lernen: nicht was ich noch wissen muß um glauben zu können, sondern was ich noch vergessen, mir aus dem Sinn schlagen und von mir abtun muß, damit der Glaube recht an mich haften könne.

Dein etc.

ÜBER DIE UNSTERBLICHKEIT DER SEELE

I

Wenn die Seele des Menschen unsterblich ist, Sire; so muß es davon Beweise geben, die keinen Zweifel übriglassen. Ich kann nur *vor der Tür* der Wahrheit fegen.

Die Natur hier bei uns auf Erden ist in beständiger Bewegung, und ihre Gebärde ist heute nicht wie gestern und ehegestern. Alles wandelt und wogt. Doch die verschiedenen Spezies in allen 3 Reichen bleiben unbeweglich, und stehen wie Fixsterne in diesem wogenden Meer. *Ulysses'* und *Tobias'* Hündlein wedelten schon mit dem Schwanze; der Kürbis rankte schon vor *Ninive*, und das Gold ist und bleibt 19mal schwerer als das Wasser. Weil die Natur, wie man spricht, keinen Sprung tut, so muß sie freilich durch allerhand Verwandlungen zum Ziel gehen, und läßt, auf dem Wege dahin, verschiedene Gestalten sehen; aber wenn die Spezies, die sie im Sinne hat, vollendet ist, so geht sie nicht weiter. Sich selbst gelassen geht sie nicht darüber hinaus, und bleibt, wenn sie nicht gestört wird, nicht diesseits stehen. Ist die Spezies vollendet, so macht sie Feierabend, und sorgt nur für ihre Erhaltung; und wenn sie die Individua derselben nicht erhalten kann, so substituiert sie, auf die wundervolle Art und Weise, immer andre Individua, um so der Spezies eine Art von Ewigkeit zu verschaffen.

Es gibt zwar berühmte Gelehrte, die anders meinen und der Natur einen andern Plan ausgedacht haben. Ihnen sind die Spezies nur Ruhepunkte und Stufen, wo die Natur sich, sozusagen, besinnt und ausruht, um von da weiter, und immer vom Geringern zum Bessern und Vollkommnern vorwärts zu gehen; so daß z. E. aus einer Auster ein Krokodil, aus einer Mücke ein Kolibri etc., und aus den vollkommensten Tieren endlich gar Menschen und Engel werden könnten.

Diese Meinung ist artig genug erfunden; nur das erste und Hauptsächlichste dagegen ist, daß sie nicht wahr ist. Aus den Hühnereiern kommen nimmer Fasanen, sondern immer wieder Hühner hervor. Das ist die Beobachtung neuer und alter Zeiten, und die Chineser* beweisen grade aus dieser Einrichtung das Dasein eines unendlichen Verstandes. Auch *Noah* muß die alte Meinung gehabt haben; er hätte sonst viel Mühe und Raum sparen können.

Die Natur schreitet so wenig von einer Spezies zu einer andern und vollkommnern fort, daß sie auch, wie gesagt, dieselbe Spezies nicht ändert und vollkommner macht. Die aufeinander folgenden Individua derselben sind und bleiben sich gleich, an Gestalt, Proportion, Talent und allen Eigenschaften und Neigungen, Sitten und Weisen. Die Herbstspinne spann schon bei den Römern ihr Gewebe in der wundersamen mathematischen Form mit Peripherien Radien und Centro, und *Aelianus* bemerkt schon, daß sie bei diesem Kunstwerk den *Euklides* nicht nötig habe; er erzählt weiter von ihr, sie sitze *in dem Centro* ihres Gewebes und laure dem Raub auf, grade wie wir sie nach tausend und mehr Jahren noch sitzen sehen. Die wunderliche Sitte des Kuckucks ist bekannt, er legt nämlich sein Ei in das Nest eines andern Vogels und fliegt denn davon, und läßt den

* Docent, ex admirabili nexu illo rerum & propagatione, qua fit ut tam *constanter* simile producat sibi simile, evidenter probari posse, dari quodpiam Ta Teu nao i. e. Magni Capitis cerebrum quod omnia illa tam aequabili cum vicissitudine conservet ac regat & ad finem cuique consentaneum perducat.

andern Vogel sein Ei ausbrüten und den jungen Kuckuck großfüttern; dies ist aber nicht etwa eine Erfindung der spätern Jahrhunderte unter den Kuckucks, sondern sie haben es schon immer so gemacht, wie eben der *Aelianus* erzählt. Die Krähen hassen schon die Eule im *Plinius*, und kreischen schon das Regenwetter her im *Virgil*; die Schwalben kommen schon im *Homer* zu den Menschen ins Haus; die *Ameise* ist schon fleißig im *Sirach*, und der Pfau trägt noch die funkelnden Edelgesteine*, damit ihn die *Juno* zu des uralten *Inachus* Zeiten aufstaffierte. So ist es immer gewesen und so wird es bleiben, und sicherlich war, in der langen Reihe von Elefanten, die von Anfang bis zum Ende durch die Natur hintereinander hergehen, der, der mit dem Rücken am Chaos steht, wie der, der seinen Rüssel in die Trümmer des Jüngsten Tages ausstrecken wird.

Sonach wären die Spezies vielmehr als Modelle anzusehen, die der Natur im Anfang von höherer Hand aufgegeben sind, sie unverändert durchzuführen. Sie läßt es auch an ihr nicht fehlen, und exekutiert diese Modelle immerhin mit dem größten Fleiß und der größten Genauigkeit. Ja, sie ist auf die unverletzte Erhaltung derselben so eifersüchtig, daß sie den Versuchen sie zu ändern und zu wirren ihren Segen versagt; denn es ist bekannt, daß die Maulesel und überhaupt alle Bastarde nicht weiter generieren können.

Wenn die Resultate von den verschiedenen Bewegungen der gebärenden Natur immer einerlei und dieselben sind; so sind es natürlich die Bewegungen selbst auch. Und, mit Einem Wort, in der ganzen Natur, so herrlich und so bewundernswürdig ihre Operationen sind, ist alles u n b e w e g l i c h und niet- und nagelfest. Alles in ihr ist einem Gesetz der

* Gemmis caudam stellantibus implet.

Notwendigkeit unterworfen, davon sie nicht abgeht und ohne eine fremde Hand nicht abgehen kann.

Der Mensch allein macht eine Ausnahme. Der ist **beweglich!** Und das gestehen ihm auch die zu, die eben nicht geneigt sind, ihn unsterblich sein zu lassen. Es fällt niemand ein, von der Aufklärung der Walfische etc. zu sprechen; aber sie sprechen alle von »Erziehung des Menschengeschlechts« von seiner *moralischen* Bildung und Veredelung, von finstern und erleuchteten Jahrhunderten usw. Und ob sie wohl, über diese **Beweglichkeit** und **Bewegung,** über diese Veredelung und Erleuchtung, nicht alle recht und einerlei berichtet zu sein scheinen; so ist doch über die Sache selbst nur Eine Stimme. Nun ein Teil vom Menschen gehört mit zu der Natur, und insoweit folgt er ihren Gesetzen. Es muß denn also in ihm zugleich noch *etwas anders* sein als in der ganzen Natur.

Schon **auswendig** übt der Mensch eine Art von Herrschaft über die Natur aus, und er scheint auch vor allen sichtbaren Geschöpfen dazu berufen zu sein. Er läßt nichts unversucht, so klein er ist, und ihm ist nichts unmöglich. Er umschiffet die ganze Welt, mißt Himmel und Erde, bändigt alle Tiere und Pflanzen, Feld und Wald, Berg und Tal, Bach und Strom, und die Wogen des Meers. Er macht in verschiedenen Operationen, z.E. den Einimpfungen und andern, die Natur mehr tun, als sie allein kann und allein je getan hätte, und disponiert also über ihr Gesetz. Es ist denn nicht allein *etwas anders* im Menschen als sonst in der ganzen Natur, sondern dies *anders* ist auch *mehr* als die Natur, und *über* dieselbe.

Wenn wir nun sichtbarlich keine Erfahrung von Tod und Sterben haben, als in und an der Natur; so ist wenigstens seine Sterblichkeit durch nichts erwiesen. Und wir, die wir ihn unsterblich glauben, haben den Beweis seiner Unsterblichkeit nicht zu führen, sondern die andre Partei muß beweisen, daß er sterblich sei.

II

Das wäre aber im Grunde wenig, und nur im Zeremoniell gewonnen; und wem daran noch gelegen ist, der hat Zeit bis es ihm näher kommt, und er den Kopf, der Sache wegen, krank und bekümmert stützen lernt.

Indes so ganz allein liegt, was bisher gewonnen ist, nicht im Zeremoniell.

Der Tod wird zwar als ein Knochenmann gemalt, aber er ist eigentlich kein Mann; sondern was wir Tod und Sterben in der Natur nennen, ist ein Effekt, eine Erscheinung, die, an dem Dinge das stirbt, durch andre Naturkräfte hervorgebracht wird. Soweit also der Mensch der Natur angehört, kann er freilich durch die Kräfte der Natur sterben, und sie läßt sich auch ihr Recht nicht nehmen. Aber das *etwas anders* im Menschen wie sollte das durch die Kräfte der Natur sterben können? Es ist ja *über* die Natur, und *etwas anders*.

Wir erfahren auch, auf mancherlei Weise, daß sie darauf keine unmittelbare Würkung habe. Finsternis und Licht, Kälte und Wärme, Stille und Sturm, Regen und Sonnenschein und andre ihre Kräfte, würken zwar mächtiglich auf unsre Sinne und Empfindung, aber auf das *andre Etwas* nicht unmittelbar. Wir können, ceteris paribus, im Dunkeln so gut denken als bei Licht, und einige Leute machen die Augen zu, wenn sie nachdenken wollen; im Regen so gut als bei Sonnenschein; wir können im Winter so gerecht sein als im Sommer, im Sturm das Gute so liebhaben als bei stillem

Wetter. Wenn also die Natur keine Würkung auf uns hat – denn das *andre Etwas* sind eigentlich wir, und das übrige von uns ist nur unser Gehäuse – wenn sie also keine unmittelbare Würkung auf uns hat; so haben wir von ihr nichts zu fürchten.

Doch der Mensch ist noch auf eine andre und nähere Art, in und durch seinen Körper, mit der Natur verbunden, und dadurch ihren übrigen Kräften mittelbar ausgesetzt. Und hier liegt der Sphinx! – und hier ist eigentlich die Arena für die Kämpfer um seine Unsterblichkeit.

III

Wir können zwar mit unsern Gedanken vom Nord- bis an den Südpol und bis an das äußerste Meer fliegen, aber das fühlen wir doch, daß die Quelle unsrer Gedanken in unserm Kopf ist; wir können zwar unsre Liebe bis an der Welt Ende und bis über die Sterne hin ausströmen, aber das fühlen wir doch, daß die Quelle unsrer Liebe in unserm Herzen ist. Also in unserm Körper sind wir mehr und anders, als an irgendeinem andern Ort. Wir müßten denn in uns hineinblicken, um der Heimlichkeiten etwas gewahr zu werden.

Wie es aber überhaupt beim Sehen sonderlich aufs Auge und den Seher ankömmt, und ein jedweder nicht nur seinen eignen Regenbogen sondern auch seine eigne Sonne und seinen eignen Mond sieht; so geht es auch hier, und geübte Seher sprechen von ganz andern Dingen, als die wir ungeübte sehen können. Zwar kann auch wohl in einzelnen Fällen ein anders zu sehen sein; das aber sind einzelne Fälle, und ist für sich.

Was gewöhnlich zu sehen ist, und was auch ein jedweder

sehen kann, ist: daß wir in unserm Inwendigen aus zwei Kräften bestehen die uneins sind, und sich einander bestreiten – *die eine* hoher Natur, die von Unsterblichkeit und dem Unendlichen, von einer höchsten, Vollkommenheit, Weisheit, Güte, Gerechtigkeit, Ideen und Ahndungen hat, und Lust hat nach dieser Regel einherzugehen, die aufwärts strebt, Wahrheit sucht, und alles ergründen will – aber unter dem Einfluß *einer andern* die sie überall hindert und ihr überall im Wege ist, die ihr Licht und Lust dunkelt und färbt, die ungestüm und unbändig ist, sich nicht sagen läßt, und auf dem Bauche kriechen und Staub essen *will*.

Der Funke wird von der Asche gedrückt! – Der Mond ist im Schatten der Erde!

Und sie stehen und schreien und klappen in den Kessel ihrer Philosophie und Moral, um ihm aus der Not zu helfen; indes er, nach ganz andern Gesetzen, bleibt oder herausgeht.

IV

Sire, wenn es nie keine *tugendhafte* Menschen gegeben hätte, ich wäre erlegen und hätte verzweifelt, bei der Übergewalt des Erdschattens in unsern Herzen. – Aber diese große Menschen haben mich gelehrt, daß die menschliche Seele unsterblich sei, und unüberwindlich wenn sie es sein will und nur den Mut hat sich ihrer edlen Haut zu wehren.

Und diese ihre Unsterblichkeit kommt uns nun überall entgegen, und an allen Ecken wo wir nur den Zipfel aufheben und sie berühren.

Sie hat einen innerlichen Trieb, ein angebornes Verlangen unsterblich zu sein. Dies Verlangen äußert sich freilich selten auf eine reine Art, und die Unsterblichkeit, nach der wir Menschen streben, ist die meiste Zeit sehr sterblich. Das aber ist nur ein Irrtum in der Anwendung, und das Verlangen ist nichtsdestoweniger da.

Allemal wo wir einen angebornen Trieb finden der nach einer Sache treibt, finden wir auch eine konveniente Disposition und Übereinstimmung zwischen beiden, so daß der Trieb befriedigt werden, oder eine Vereinigung geschehen kann. Wie könnte die Natur auch so irren, und Triebe zu unmöglichen und widersprechenden Dingen geben? Aber die Vereinigung *kann* nicht allein geschehen, sondern sie *soll* nach der Natur der Sachen auch geschehen, und *würde* geschehen, wenn ihr kein Hindernis im Wege wäre; und der Trieb ist im Grunde nichts anders als die Empfindung dieses Verhältnisses bei den Dingen die Empfindung haben, und das Verhältnis selbst bei denen die sie nicht haben.

Im Mittelpunkt der Erde z. E. haben die Körper keine Schwere; wenn ich aber eine Kugel an einem Faden aufhänge, auf die Hand oder auf sonst etwas lege, so drückt sie in grader Linie gegen den Mittelpunkt der Erde, denn sie wird gehindert dahin zu kommen. Ein Gewächs, eine Pflanze, die in freier Luft steht, wächst und steht aufrecht; stelle ich sie aber ins Zimmer, daß also die Einflüsse der Luft und Sonne gehindert werden, sie, wie es sein sollte, von oben frei zu treffen, so beugt sie sich gegen das Fenster. Wenn ein Fisch im Wasser ist, so hat er kein Verlangen nach dem Wasser, sondern läßt sichs wohl darin sein; wirft man ihn aber aufs Land, so fühlt er daß er nicht ist wo er seiner Natur nach sein sollte, und springt und zappelt.

Wenn also wir Menschen ein angebornes Verlangen nach Unsterblichkeit haben; so ist klar, daß wir, in unsrer itzigen Lage, nicht sind wo wir sein sollten. Wir zappeln auf dem Trocknen, und es muß irgendwo ein Ozean für uns sein.

V

Und dies setzt denn die Idee: von Unsterblichkeit und einem unendlichen Wesen etc., die in uns ist, vollends außer Zweifel. Der Mensch hat offenbar diese Idee, denn alle Völker sprechen von einem Gott! Und woher hat er sie? – Die ganze Natur mit allem was in ihr ist kann sie ihm nicht geben.

Man sagt zwar, der Mensch habe sich aus den tausend endlichen Halmen eine unendliche Garbe zusammengebunden, er steige auf den Begriffen endlicher Dinge, wie auf einer Leiter, zu dem Begriff des Unendlichen hinauf etc. Aber erstlich ist das gewiß, daß sich aus endlichen Halmen kein unendliches Ganze machen läßt, und was die Leiter anlangt, die, wie sie hier steht, ziemlich kurz und unsicher ist, so muß einer vorher schon wissen wo er hinsteigen will ehe er die Leiter ansetzt. Man zerstückele einmal den Äquator in 1 000 000 Teile, und gebe sie jemand hin der nie von einem Zirkel gesehen oder gehört hat, ob er wohl eine Peripherie daraus zusammenbringen sollte. Und das Gleichnis hinkt gewaltig.

Alle Bilder, die in die Sinne fallen und so in den Menschen kommen, *können* ihm jene Idee nicht geben; denn was einer nicht hat kann er auch nicht geben.

Aber, am Ende finden doch die Menschen Gott aus der Natur; die Philosophen beweisen ihn daraus, und andre Leute sehen die Sonne und Himmel und Erde an, und denken: das muß ein großer Herr sein der sie gemacht hat. Es muß also die Idee des Unendlichen durch das Endliche doch veranlaßt werden können.

Allerdings, Sire, allerdings kann der endliche sichtbare Vorhang *die Menschen* an einen unsichtbaren unendlichen, der hinter ihm steht, erinnern, und gewißlich ist er dazu niedergelassen, und gebe Gott, daß er für keinen Menschen umsonst niedergelassen sei. Aber darum bleibt es ewig wahr, daß die endlichen Dinge diese Idee nicht *geben* können.

Wenn das Bild eines Baums, eines Jägers, und andre Bilder der äußern Natur ins Wasser fallen, so veranlassen sie darin kein Bewußtsein; wenn aber dieselben Bilder in das Auge einer Ente die auf dem Wasser sitzt oder andern Tiers fallen, so veranlassen sie ein Bewußtsein dieser Bilder. Warum? – Das Tier hatte schon die Fähigkeit, und sie wird durch die Bilder nur bewegt und modifiziert. Die äußre Natur veranlaßt bei den Tieren die Idee des Unsterblichen des Unendlichen nicht etc. aber beim Menschen tut sie es. Also –

Es hat neulich ein sehr scharfsinniger Philosoph* gezeigt, wie nur das Bedingte eigentlich *demonstriert* werden könne, und wie: das Unbedingte demonstrieren wollen, gradesoviel sei, als die Perle erst ins Wasser hineinwerfen, um sie dann wieder herauszufischen; und er sagt sehr recht, »daß das Unbedingte auf keine andre Weise von uns angenommen werden könnte, als es uns gegeben ist, nämlich als Tatsache – *es ist.*«

Ich frage nun, *wie* ist es uns als Tatsache gegeben? – Entweder das Unbedingte muß es unsrer Seele selbst geben, oder sie muß die Idee in sich haben. In beiden Fällen steht es um ihre Unsterblichkeit sehr wohl. Ich will aus Bescheidenheit nur den letzten Fall annehmen.

* Über die Lehre des Spinoza. Neue Auflage, IV. Beilage.

Die Idee von Unsterblichkeit und dem Unendlichen etc. ist also inwendig im Menschen, und die sinnliche Welt, die sie ihm nicht geben konnte, kann sie ihm auch nicht nehmen; und da diese Idee in ihm von den Eindrücken der sinnlichen Welt nicht abhängt, so würde sie in ihm sein, wenn keine sinnliche Welt wäre, so wie sie in ihm sein könnte, ehe eine sinnliche Welt ward, und wenn keine mehr sein wird, usw.

Fangen Ew. Majestät nicht an, Land zu sehen, oder vielmehr das Land aus dem Gesicht zu verlieren und der offenen See gewahr zu werden?

Eine gleiche Bewandtnis hat es mit den andern Ideen: von einer höchsten Vollkommenheit, Weisheit, Gerechtigkeit, Güte. Alle diese Ideen, die im Grunde in eins zusammenfließen, können dem Menschen durch die Eindrücke der sinnlichen Natur nicht gegeben worden sein, und doch sind sie in ihm, und schlummern mehr oder weniger.

Wenn ein Weizenkorn, das zu Wurzel, Fasern, Halm, Blatt, Ähre etc. den Keim in seinem Wesen hat, wenn das Bewußtsein hätte, würde es denn nicht von Wurzel, Fasern, Halm, Blatt, Ähre etc. träumen, und sich aller dieser Dinge bewußt sein, nämlich des das in ihm ist und aus ihm werden kann?

Wenn also der Mensch Ideen und Ahndungen hat von Unsterblichkeit, Unendlichkeit, höchster Weisheit, Gerechtigkeit, Güte; muß denn nicht der Keim zu dem allen in seinem Wesen sein? –

VI

Ein Wesen das den Keim der Unsterblichkeit in sich hat, kann nicht sterben. Ob wir nun gleich diesen Keim nicht sehen, so können wir doch, da wir seine Wahrzeichen so offenbar im Menschen finden, an seinem Dasein nicht zweifeln. Auch er ist nicht unwahrscheinlicher als der im Weizenkorn, und liegt nicht mehr im Dunkeln. Aber bei dem Weizenkorn haben wir die Erfahrung und das Faktum. Wenn damit gebührlich prozediert wird, so wird Wurzel, Halm, Ähre und alles was in ihm ist, würklich sichtbar und kommt zum Vorschein. Wenn wir auch solche Erfahrungen in ihrer Art hätten!

Ew. Majestät werden einsehen, w o v o n hier die Rede ist, und daß das nicht mehr *vor* der Tür sein würde. –

Doch es gibt auch vor der Tür noch Erfahrungen, die, ihres Orts, die Möglichkeit der Sache und ihre ersten Anfänge zeigen, und die d r i n n e n *alles* vermuten lassen.

Erstlich haben wir die Erfahrung, daß dieser Keim durch die ärgste Mißhandlung im Menschen nicht kann vernichtet werden. Es ist freilich wahr, er kann in ihm, durch die entgegengesetzte Kraft, nicht allein geschändet, entstellt und verungestaltet, sondern auch in seiner Tätigkeit so ganz und gar gehemmet und unter die Füße getreten werden, daß auch keine Spur von seiner Herrlichkeit übrigbleibt, und man sagt mit Recht von einem Menschen, der sich seiner Sinnlichkeit und allen ihren Lüften und Bewegungen ohne Scheu und Scham hingibt, daß er sei wie ein Vieh und ohne Gott. Aber vernichtet ist der Keim darum in ihm nicht. Denn die allerverworfensten Menschen sind oft wieder zur Besinnung gekommen, und *Nebukadnezar* »der sieben Zeiten Gras aß wie Ochsen, dessen Leib unter dem Tau des Himmels gelegen und naß geworden war, bis sein Haar wuchs so groß als Adlersfedern, und seine Nägel wie Vogelsklauen wurden, *hob seine Augen wieder auf gen Himmel und kam zur Vernunft, und lobte den Höchsten*«.

Und auf der andern Seite haben wir die Erfahrung, daß durch eine beßre Behandlung dieser edle Keim *mehr* zum Vorschein kommt und seine Wahrzeichen sichtbarer werden. Und diese merkwürdige Erfahrung haben wir an den *Tugendhaften*, deren es freilich nicht viele, aber doch zu verschiedenen Zeiten hie und da einzelne gegeben hat.

Diese Menschen fühlten auch, wenn sie ihre Augen auf gen Himmel heben wollten, daß der edle in ihnen beherrscht werde und der unedle herrsche, und hätten die Sache gerne nicht abgesprochen sondern abgeändert. Da es nun nicht in ihrer Gewalt war, gradezu den edlen auf den Thron zu setzen, so taten sie »was in unsrer Gewalt ist« und kämpften *ritterlich*, den unedlen herunterzubringen. Sie verschmähten eine vergängliche Glückseligkeit, wandten ihr den Rükken und *wollten* sie nicht, und gingen so mit verbissenen Lippen und unverrücktem Ernst dem unvergänglichen Gut nach, ohne sich umzusehen, und ohne sich durch den Spott und die Weisheit der Spielleute irremachen zu lassen – und der Erfolg war frappant.

Konfuzius z. E., der unter diesen großen und ernsthaften Bemühungen grau geworden ist, und das Resultat davon, von zehn zu zehn Jahren, natürlich und umständlich erzählet, sagt im vierten Jahrzehn, daß schon in diesem Periodus seine *Geisteskraft behende* und *sehr durchdringend**, und sein *Herz sehr verändert* und *voll guter Gesinnungen* gewesen sei, und fährt dann fort: »Endlich als ich 70 Jahr alt war, hatten die langfortgesetzte *Betrachtung* und *Selbstüberwindung* das in mir ausgerichtet, daß ich gradehin tat, was mein Herz begehrte, und doch tat ich nie nichts wider die Regel des Guten und des Gerechten welcher

* – expedita ac peracuta vis intelligendi.

meine sinnliche Begierde itzo ohne Widerstreben und Unmut gehorchte.«*

Man stelle nun einen solchen Menschen und einen gewöhnlichen nebeneinander, und sehe den Unterschied. Den einen treiben und reißen seine Lüste und Begierden hin, wo er nicht hin will, und zu tun was nicht taugt; er hat nimmer Ruhe und keinen Frieden, und ist wie die Woge des Meers die in jedem Augenblick eine andre Gestalt hat und in allen Gestalten Wasser ist – und der andre ist immer was er sein will, immer derselbe Freud- und Friedenvolle, und sein Herz ist einem Tempel zu vergleichen, darin eine unsichtbare Gottheit wohnt und wo die heilige Stille durch keinen Laut unterbrochen wird, als der für die Wahrheit schallt und zum Lobe der Götter.

Es ist gleich auf den ersten Anblick um und in solchen *tugendhaften* Menschen etwas Großes und Ewiges; sie *fühlen* sich unsterblich *an*. Aber sie sind es auch.

Wenn die Zeit nichts ist als die Folge und der Wechsel verschiedener Dinge, so sind sie schon darum weniger zeitlich. Doch es muß etwas würklich und in sich Ewiges und Unsterbliches in ihnen sein; denn die Kraft, die in andern Menschen so allgewaltig und unwiderstehlich herrscht und so viel Unglück und Böses anrichtet, ist in ihnen gebändigt und liegt zu ihren Füßen. Und was anders als das Ewige und Unsterbliche kann das Zeitliche bändigen und bezwingen?

Wie sollte auch ein solcher sterben, und wodurch? – Diese

* Ad extremum septuagenarius longae *meditationis, victoriaeque mei ipsius* beneficio sequebar quod cor meum appetebat; nec tamen excedebam regulam seu terminos transiliebam honestatis rectaeque rationis, cui iam sine luctâ molestiâve appetitus meus obtemperabat. *Confucius Sinarum Philosophus* &c. studio & opera P. Intorcetta, C. Herdrich, F. Rougemont, P. Couplet, P. P. S. J. iussu Ludovici Magni &c. e bibliotheca regia in lucem prodiit. Parisiis & c. MDCLXXXVII.

Welt und Erde hat keine Gewalt mehr über ihn, ist für ihn als wäre sie nicht; und sie sollte ihn noch vernichten können? Er hat *sie* vernichtet! Und steht auf ihrem Nacken als ein Sieger! und blickt frei nach dem Himmel empor.

Und dieser Himmel ist *ihm* nicht so weit weg und ferne, als andern Menschen.

Eine sinnliche Bewegung durch die andre überwinden heißt nur: ein Laster gegen ein anderes verwechseln. Es muß denn bei dem *Tugendhaften* anders gestaltet sein. Zwar sein Herz ist tief, und es kostet viel ihm auf den Grund zu kommen. Das aber läßt sich bei einigem Nachsinnen absehen, daß seine Bewegungsgründe nicht in dieser Welt zu Hause sein können, daß er nach Gesetzen handelt, die aus einer andern Ordnung und unveränderlich sind. Diese Gesetze sind notwendig für uns andre Menschen auch da. Aber wir hören und sehen sie nicht, oder sehen sie höchstens als sähen wir sie nicht; der *Tugendhafte* aber *höret* ihre Stimme, und *hält* sich an den er nicht siehet als sähe er ihn. Er ist also *in Verbindung* mit der unsichtbaren Welt. Der Himmel neiget sich zu dem edlen Sieger! herab, und die Bahn zum Unendlichen fängt für ihn an zu brechen. –

Und so gerieren sich auch dergleichen Menschen. So lebte *Sokrates*. Die unsichtbare Stimme, die er hörte, war ihm in Mark und Bein. Darnach handelte er, und nicht Freund noch Feind, nicht Gefängnis noch Prytaneum, kein Rat von »dreißig Tyrannen«, und kein Senat von Hunderten, nicht ganz Griechenland noch die ganze Welt konnten dagegen etwas.

Und so starb er. Sein Giftbecher, als er hereingebracht ward, setzte alles in Tränen was um ihn war; selbst der Henker weinte; *Phädon* verhüllte sich in seinen Mantel; und *Apollodor* heulte laut aus. – *Er* allein ist ruhig, und sonnet sich bis an den letzten Atemzug in den Sonnenstrahlen der Wahrheit und einer bessern Welt. – – – Es ist nicht, als sähe man einen Menschen sterben; man glaubt einen Unsterblichen zu sehen, einen Freund und Vertrauten des Himmels und der Götter, der zu den Wohnungen des Friedes *heim*kehret, und nur an der Schwelle den Staub abschüttelt, der sich auf ihn gesetzt hatte.

VII

Es ist denn nichts Geringes, daß wir unsre Gedanken bis zu dem »höchsten Gut« erheben können, daß die Idee des »Unendlichen« in unserm Herzen ist und daran haften kann; wenn wir nur an höhere Wege und Mittel glauben könnten.

Es *sind* denn im Menschen die Ruinen eines großen heiligen Wesens; und es *gibt* ein Glück für ihn, das der Rost und die Motten nicht fressen, und das die Welt mit aller ihrer Herrlichkeit nicht geben und mit all ihrem Trotz nicht nehmen kann.

Sire, wir sind unsterblich!

– – Ich stehe hier mit Stolz neben *Dir*, daß wir Brüder und gleich sind! Aber ich sehe desto demütiger *Deine* Krone an, da *Dich* Gott über so große Wesen gesetzt hat, natürlich nicht sie zu mißhandeln und zu quälen, sondern sie zu lieben, und für ihre kleine und große Glückseligkeit zu sorgen.

Ew. Majestät

untertäniger
Matthias Claudius.

WIR WANDSBECKER AN DEN KRONPRINZEN

den 10. Julius 1787

Mit Freuden, unsern Brüdern gleich,
  Empfangen wir Dich hier;
Dich lieben viel' in Deinem Reich,
  Doch keiner mehr als wir.

Bis uns willkommen inniglich!
  Wir kommen, klein und groß,
Und schließen einen Kreis um Dich,
  Und lassen Dich nicht los;

Und stehn mit treuer Lieb' umher,
  Wir alle, Mann für Mann,
Und wünschen unsre Herzen leer
  Für Dich, und sehn Dich an....

Ach, diese Welt hat viel Gefahr;
  Du lieber Königssohn!
Nicht alles drin ist gut und wahr,
  Und fliegt wie Rauch davon.

Nicht was *der Mensch* meint oder tut
  Hat Sicherheit und Lohn.
Und Gott allein macht groß und gut;
  Du lieber Königssohn!

Der segne Dich! Dich segne Gott!
  Der wolle mit Dir sein!..

Er mache Deine Wangen rot,
Und Deine Seele rein;

Er nehme Dich auf seinen Schoß,
Er geb' ins Herz Dir ein..
Und lasse Dich wahrhaftig groß,
Wahrhaftig glücklich sein! –

Mit Freuden, unsern Brüdern gleich,
Empfangen wir Dich hier;
Dich lieben viel' in Deinem Reich,
Doch keiner mehr als wir.

EINE KORRESPONDENZ ZWISCHEN MIR UND MEINEM VETTER

Hochgelahrter
Hochzuehrender Herr Vetter,

Es wird dem Herrn Vetter bekannt sein, daß in den neuen Zeiten die alten Kirchenlieder verändert werden. Nun bin ich überzeugt, daß die Obrigkeit für die Untertanen nicht leicht besser sorgen, und ihnen nicht leicht etwas Bessers geben kann als ein gutes Gesangbuch. Denn über kräftige Kirchenlieder geht nichts; es ist 'n Segen darin, und sie sind in Wahrheit Flügel, darauf man sich in die Höhe heben und eine Zeitlang über dem Jammertal schweben kann. Auch mögen wohl viele Lieder nicht so sein, als sie sein sollten etc. das ist alles wahr. Aber ich weiß nicht, obs an dem Verbessern oder an den Verbesserern liegt; genug, ich kann mir nicht helfen, daß es mich um einige alte Lieder nicht dauren und leid sein sollte. Das Kleid macht, dünkt mich, den

Mann nicht; und wenn der Mann gut ist, so ist alles gut. Ob da ein Knopf unrecht sitzt, oder eine Naht schief genäht ist, darauf kommt am Ende wenig an; und wer sieht darnach? Man ist einmal daran gewöhnt, und oft steckts grade darin und muß so sein.

So ein: »*Befiehl du deine Wege*« z. E., das man in der Jugend, in Fällen wo es nicht so war wie's sein sollte, oft und andächtig mit der Mutter gesungen hat, ist wie ein alter Freund im Hause dem man vertraut und bei dem man in ähnlichen Fällen Rat und Trost sucht. Wenn man den nun, anders montiert, und im modernen Rock wiedersieht; so traut man ihm nicht, und man ist nicht sicher: ob der alte Freund noch darin ist – und ich sehne mich denn immer nach dem falschen Knopf und der schiefen Naht.

Und da pfleg ich wohl bisweilen in der Kirche, wenn die Gemeine nach der Verordnung singt, stillzuschweigen, und im Herzen die alte Weise zu halten; und da wollte ich nun gerne von dem Herrn Vetter wissen und vernehmen: »ob das auch gegen den Respekt ist den ich der Obrigkeit schuldig bin, und ob ich das mit gutem Gewissen tun kann; samt, wenn ich ganz allein und für mich bin: ob ich denn nur rein heraussingen darf?«

Ich hasse allen Ungehorsam von Herzen, so viel Aufhebens auch von einigen davon gemacht wird. Der ich die Ehre habe mit besondern Estim zu verharren

Hochgelahrter

Hochzuehrender Herr Vetter,

Dero

ergebenster Diener

Asmus.

ANTWORT

Die öffentliche Ordnung müßt Ihr nicht stören, Vetter; im Herzen könnt Ihr singen wie Ihr wollt. Denn übers Herz hat die Obrigkeit nichts zu befehlen. Und die *Grad*-Nähter noch weniger.

Sein Diener etc.

DER BAUER, NACH GEENDIGTEM PROZESS

Gottlob, daß ich ein Bauer bin;
Und nicht ein Advokat,
Der alle Tage seinen Sinn
Auf Zank und Streiten hat.

Und wenn er noch so ehrlich ist,
Wie sie nicht alle sind;
Fahr ich doch lieber meinen M...
In Regen und in Wind.

Denn davon wächst die Saat herfür,
Ohn Hülfe des Gerichts;
Aus nichts wird etwas denn bei mir,
Bei ihm aus etwas nichts.

Gottlob, daß ich ein Bauer bin;
Und nicht ein Advokat!
Und fahr ich wieder zu ihm hin;
So breche mir das Rad!

URIANS REISE UM DIE WELT, MIT ANMERKUNGEN

Wenn jemand eine Reise tut,
So kann er was verzählen;
Drum nahm ich meinen Stock und Hut,
Und tät das Reisen wählen.
Tutti
Da hat Er gar nicht übel dran getan;
Verzähl' Er doch weiter Herr *Urian*!

Zuerst ging's an den Nordpol hin;
Da war es kalt, bei Ehre!
Da dacht' ich denn in meinem Sinn,
Daß es hier besser wäre.
Tutti
Da hat Er gar nicht übel dran getan;
Verzähl' Er doch weiter Herr *Urian*!

In *Grönland* freuten sie sich sehr,
Mich ihres Orts zu sehen,
Und setzten mir den Trankrug her;
Ich ließ ihn aber stehen.
Tutti
Da hat Er gar nicht übel dran getan;
Verzähl' Er doch weiter Herr *Urian*!

Die *Esquimaux* sind wild und groß,
Zu allem Guten träge;
Da schalt ich einen einen Kloß,
Und kriegte viele Schläge.

Tutti
Da hat Er gar nicht übel dran getan;
Verzähl' Er doch weiter Herr *Urian*!

Nun war ich in *Amerika*;
Da sagt' ich zu mir: Lieber!
Nordwestpassage ist doch da;
Mach dich einmal darüber!
Tutti
Da hat Er gar nicht übel dran getan;
Verzähl' Er doch weiter Herr *Urian*!

Flugs ich an Bord und aus ins Meer,
Den Tubus festgebunden,
Und suchte sie die Kreuz und Quer,
Und hab sie nicht gefunden.
Tutti
Da hat Er gar nicht übel dran getan;
Verzähl' Er doch weiter Herr *Urian*!

Von hier ging ich nach *Mexiko*;
Ist weiter als nach *Bremen*,
Da, dacht' ich, liegt das Gold wie Stroh;
Du sollst 'n Sackvoll nehmen.
Tutti
Da hat Er gar nicht übel dran getan;
Verzähl' Er doch weiter Herr *Urian*!

Allein, allein, allein, allein,
Wie kann ein Mensch sich trügen!
Ich fand da nichts als Sand und Stein,
Und ließ den Sack da liegen.

Tutti
Da hat Er gar nicht übel dran getan;
Verzähl' Er doch weiter Herr *Urian*!

Drauf kauft' ich etwas kalte Kost,
Und *Kieler Sprott* und Kuchen,
Und setzte mich auf Extrapost,
Land *Asia* zu besuchen.
Tutti
Da hat Er gar nicht übel dran getan;
Verzähl' Er doch weiter Herr *Urian*!

Der *Mogul* ist ein großer Mann,
Und gnädig über Maßen,
Und klug; er war itzt eben dran,
'n Zahn ausziehn zu lassen.
Tutti
Da hat Er gar nicht übel dran getan;
Verzähl' Er doch weiter Herr *Urian*!

Hm! dacht ich, der hat Zähnepein,
Bei aller Größ' und Gaben! –
Was hilfts denn auch noch: *Mogul* sein?
Die kann man so wohl haben.
Tutti
Da hat Er gar nicht übel dran getan;
Verzähl' Er doch weiter Herr *Urian*!

Ich gab dem Wirt mein Ehrenwort,
Ihn nächstens zu bezahlen;
Und damit reist' ich weiter fort
Nach *China* und *Bengalen*.

Tutti
Da hat Er gar nicht übel dran getan;
Verzähl' Er doch weiter Herr *Urian*!

Nach *Java* und nach *Otaheit*,
Und *Afrika* nicht minder;
Und sah bei der Gelegenheit
Viel Städt' und Menschenkinder;
Tutti
Da hat Er gar nicht übel dran getan;
Verzähl' Er doch weiter Herr *Urian*!

Und fand es überall wie hier,
Fand überall 'n Sparren,
Die Menschen grade so wie wir,
Und ebensolche Narren.
Tutti
Da hat Er übel übel dran getan;
Verzähl' Er nicht weiter Herr *Urian*!

EINE PARABEL

Es war eine Zeit, wo die Menschen sich mit dem, was die Natur brachte, behelfen, und von Eicheln und andrer harter und schlechter Kost leben mußten. Da kam ein Mann, mit Namen *Osiris*, von ferne her und sprach zu ihnen: Es gibt eine bessere Kost für den Menschen, und eine Kunst sie immer reichlich zu schaffen; und ich komme, euch das Geheimnis zu lehren. Und er lehrete sie das Geheimnis, und richtete einen Acker vor ihren Augen zu, und sagte: »Seht, *das* müßt *ihr* tun! Und *das übrige* tun die *Einflüsse des Him-*

mels!« Die Saat ging auf und wuchs und brachte Frucht, und die Menschen waren des sehr verwundert und erfreuet, und baueten den Acker fleißig und mit großem Nutzen. In der Folge fanden einige von ihnen den Bau zu simpel, und sie mochten die Beschwerlichkeiten der freien Luft und Jahrzeiten nicht ertragen. Kommt, sprachen sie, laßt uns den Acker regelrecht und nach der Kunst mit Wand und Mauern einfassen und ein Gewölbe darüber machen, und denn da drunter mit Anstand und mit aller Bequemlichkeit den Ackerbau treiben; die Einflüsse des Himmels werden so nötig nicht sein, und überdem sieht sie kein Mensch. Aber, sagten andere: *Osiris* ließ den Himmel offen, und sagte: »*das* müßt *ihr* tun! Und *das übrige* tun die *Einflüsse des Himmels!*« Das tat er nur, antworteten sie, den Ackerbau in Gang zu bringen; auch kann man noch den Himmel an dem Gewölbe malen. Sie faßten darauf ihren Acker regelrecht und nach der Kunst mit Wand und Mauern ein, machten ein Gewölbe darüber und malten den Himmel daran. – Und die Saat wollte nicht wachsen! Und sie bauten, und pflügten, und düngten, und ackerten hin und her – Und die Saat wollte nicht wachsen! Und sie ackerten hin und her.

Und viele von denen, die umherstanden und ihnen zusahen, spotteten über sie! Und am Ende auch über den *Osiris* und sein Geheimnis.

FRAU REBEKKA MIT DEN KINDERN,
an einem Maimorgen

Kommt Kinder, wischt die Augen aus,
  Es gibt hier was zu sehen;
Und ruft den Vater auch heraus...
  Die Sonne will aufgehen! –

Wie ist sie doch in ihrem Lauf
  So unverzagt und munter!
Geht alle Morgen richtig auf,
  Und alle Abend unter!

Geht immer, und scheint weit und breit
  In Schweden und in Schwaben,
Dann kalt, dann warm, zu seiner Zeit,
  Wie wir es nötig haben.

Von ohngefähr kann das nicht sein,
  Das könnt ihr wohl gedenken;
Der Wagen da geht nicht allein,
  Ihr müßt ihn ziehn und lenken.

So hat die Sonne nicht Verstand,
  Weiß nicht, was sich gebühret;
Drum muß Wer sein, der an der Hand
  Als wie ein Lamm sie führet.

Und der hat Gutes nur im Sinn,
  Das kann man bald verstehen:
Er schüttet seine Wohltat hin,
  Und lässet sich nicht sehen;

Und hilft und segnet für und für,
Gibt jedem seine Freude,
Gibt uns den Garten vor der Tür,
Und unsrer Kuh die Weide;

Und hält euch Morgenbrot bereit,
Und läßt euch Blumen pflücken,
Und stehet, wenn und wo ihr seid,
Euch heimlich hinterm Rücken,

Sieht alles was ihr tut und denkt,
Hält euch in seiner Pflege,
Weiß was euch freut und was euch kränkt,
Und liebt euch allewege.

Das Sternenheer hoch in der Höh,
Die Sonne die dort glänzet,
Das Morgenrot, der Silbersee
Mit Busch und Wald umkränzet,

Dies Veilchen, dieser Blütenbaum
Der seine Arm' ausstrecket,
Sind, Kinder! »seines Kleides Saum«,
Das ihn vor uns bedecket;

Ein »Herold«, der uns weit und breit
Von ihm erzähl' und lehre;
Der »Spiegel seiner Herrlichkeit«;
Der »Tempel seiner Ehre«,

Ein mannichfaltig groß Gebäu,
Durch Meisterhand vereinet,

Wo seine Lieb' und seine Treu
  Uns durch die Fenster scheinet.

Er selbst wohnt unerkannt darin,
  Und ist schwer zu ergründen.
Seid fromm, und sucht von Herzen ihn,
  Ob ihr ihn möchtet finden.

EINE FABEL

Vor etwa achtzig, neunzig Jahren,
  Vielleicht sinds hundert oder mehr,
  Als alle Tiere hin und her
Noch hochgelahrt und aufgekläret waren,
  Wie jetzt die Menschen ohngefähr;
– Sie schrieben und *lektürten* sehr,
Die Widder waren die *Skribenten*,
Die andern: *Leser* und *Studenten*,
  Und *Zensor* war: der Brummelbär. –

  Da kam man supplicando ein:
»Es sei unschicklich und sei klein,
Um seine Worte und Gedanken
Erst mit dem Brummelbär zu zanken,
  Gedanken müßten zollfrei sein!«
  Der Löwe sperrt den Bären ein,
Und tat den Spruch: »Die edle Schreiberei
Sei künftig völlig frank und frei!«

  Der schöne Spruch war kaum gesprochen,
  So war auch Deich und Damm gebrochen.

Die klügern Widder schwiegen still,
Laut aber wurden Frosch und Krokodil,
Seekälber, Skorpionen, Füchse,
Kreuzspinnen, Paviane, Lüchse,
Kauz, Natter, Fledermaus und Star,
Und Esel mit dem langen Ohr etc. etc.
Die schrieben alle nun, und lieferten Traktate:
Vom Zipperlein und von dem Staate,
Vom Luftballon und vom Altar,
Und wußtens alles auf ein Haar,
Bewiesens alles sonnenklar,
Und rührten durcheinander gar,
Daß es ein Brei und Greuel war.

Der Löwe ging mit sich zu Rate
  Und schüttelte den Kopf und sprach:
  »Die besseren Gedanken kommen nach;
Ich rechnete, aus angestammtem Triebe,
Auf Edelsinn und Wahrheitliebe –
  Sie waren es nicht wert die Sudler, klein und groß;

Macht doch den Bären wieder los!«

Claudius

ALS DER SOHN UNSERS KRONPRINZEN, GLEICH NACH DER GEBURT, GESTORBEN WAR

Mit den vielen andern, Groß und Kleinen,
  Klag' ich schmerzlich Deinen Tod;
Will bei Deinem Sarge satt mich weinen
  Und die Augen rot.

Nicht: daß Du Dich nicht, nach Herzensgnüge,
An die holde Mutter schmiegst,
Und daß Du, statt freundlich in der Wiege,
Tot im Sarge liegst; –

Hier ist Vorplatz nur, spät oder frühe
Gehn wir alle weiter ein,
Und es lohnt sich wahrlich nicht der Mühe
Lange hier zu sein;

Nicht: daß Du des Vaters Glanz hienieden
Und sein Königreich nicht sahst,
Und daß Du die Krone, Dir beschieden,
Nicht getragen hast; –

Ach, die Kronen sind nicht ohne Bürden,
Sind nicht ohn Gefahren, Kind!
Und es gibt für Menschenkinder Würden,
Die noch größer sind;

Sondern: daß wir hier ein Land bewohnen,
Wo der Rost das Eisen frißt,
Wo durchhin, um Hütten wie um Thronen,
Alles brechlich ist;

Wo wir hin aufs Ungewisse wandeln,
Und in Nacht und Nebel gehn,
Nur nach Wahn und Schein und Täuschung handeln,
Und das Licht nicht sehn;

Wo im D u n k e l n wir uns freun und weinen,
Und rund um uns, rund umher,

Alles, alles, mag es noch so scheinen,
Eitel ist und leer.

O du Land des Wesens und der Wahrheit,
Unvergänglich für und für!
Mich verlangt nach dir und deiner Klarheit;
Mich verlangt nach dir.

EINE KORRESPONDENZ ZWISCHEN MIR UND MEINEM VETTER

Hochedelgeborner
Hochzuehrender Herr Vetter,

Ich habe Ew. Hochedelgeborn etwas zu sagen und zu fragen, daran mir doch gelegen ist, und darüber ich seit einiger Zeit in einer Art von Verlegenheit bin.

Seht, meine Kinder wachsen heran, und ich weiß nicht: ob ich sie soll vernünftig, oder unvernünftig werden lassen.

Verstehen Ew. Hochedelgeborn wohl, wie das zu verstehen ist. Eigentlich unvernünftig will ich sie nicht haben, das kann der Herr Vetter auch wohl denken. Warum sollte ich sie unvernünftig haben wollen? So toll werde ich ja nicht sein, das können Ew. Hochedelgeborn wohl denken. Aber, ob es vielleicht mehr als Eine Vernunft gibt, ich kann in die heurige mich nicht finden. Sie nennen Dinge vernünftig, die ich unvernünftig, und Dinge unvernünftig, die ich vernünftig finde. Da bin ich nun zwischen Tür und Angel, und weiß nicht: ob ich eine unvernünftige Vernunft, oder eine vernünftige Unvernunft vorziehen soll. Als zum Exempel, da haben sie das bekannte Ding von der permanenten Aufklärung, und daß von nun an alles mit Vernunftgründen getrieben und gezwungen werden soll. Das Ding scheint mir gar artig und bequem und ich habe es so gerne begreifen wollen; aber ich kann es nicht begreifen. Das kann ich wohl begreifen, daß Vernunftgründe da hingehören, wo sie hingehören; aber das kann ich nicht begreifen, daß sie da hingehören wo sie nicht hingehören, und ich komme immer darauf zurück: wo sie nicht dienen, da gehören sie nicht hin, und wo sie nicht hingehören, was sollen sie da? – Lacht man doch über jenen Prediger, der am Ufer stand und den Fischen predigte.

Dem Herrn Vetter kann ichs wohl sagen, ich habe auch einmal unterderhand mit dieser neuen Art und Kunst einen kleinen Versuch bei meinen Kindern gemacht. Aber das wäre mir fast übel bekommen, und die Jungens hätten mich bald zum Hause hinaus räsoniert. Flugs ergriff ich wieder die strikte Observanz, und halte seitdem strenge auf Gehorsam; und das geht viel besser. Auch ist, dünkt mich, Gehorsam an sich etwas Löbliches und Liebliches, und man kann ein Kind das aufs Wort gehorcht, und so ein enfant raisonneur nicht nebeneinander sehen, ohne das eine zu lieben, und dem andern die Rute zu gönnen.

Es gibt freilich gute Gründe: für alles was ein Kind tun muß; aber selten kann das Kind die verstehen, und oft darf es sie nicht wissen, wenn nicht mehr verdorben als gutgemacht werden soll.

Wie denn nun? Soll nun alles stehn und liegen bleiben; und, weil das *Warum* nicht an den Mann will, auch das *Was* an den Nagel gehängt werden?

Ich denke, man wehrt lieber der ersten Not, und gewöhnt die Kinder einstweilen an das *Was*.

Das *Warum* ist ein heimlicher Schatz, der ihnen aufbewahrt bleibt, und der am besten vorderhand mit Fideikommiß belegt wird, bis sie zu Verstand kommen. Dann mögen sie ihn finden, und einsäckeln, und uns im Grabe danken.

Aber ich gehe noch weiter, Herr Vetter, und sage: daß oft unvernünftige Gründe die helfen, Gott vergeb mir die Sünde, besser sind, als vernünftige, die nicht helfen.

Der Herr Vetter weiß, daß die Wahrheit einem ehrlichen Kerl über alles geht. So gibt es auch Unwahrheiten und Aberglauben, die durchaus ausgerottet, und nicht geduldet werden müssen. Ich meine nur, daß die Vernunft nicht immer gradezu und ohne Unterschied zufahren muß, und daß es Fälle gibt, wo es besser ist, sich, um einer guten Absicht willen, bis weiter so gut zu helfen als man kann. Nimmt man es doch keinem Menschen übel, wenn er seinen Freund hinters Licht führt, um ihm eine Freude zu machen, und ihn auf einen Fleck hinzubringen wo er ihn haben will, und wo er ihn mit der Wahrheit nicht hinbringen konnte ohne das ganze Spiel zu verderben.

Ich will ein Exempel geben. Der Herr Vetter weiß die Kinderstuben-Sage: »daß neugeborne Kinder nicht allein gelassen werden dürfen, weil sonst der Alp das Kind holt und dafür einen Wechselbalg in die Wiege legt.« Nun will ich grade nicht dafür stehen, daß es Wechselbälge gibt; ich, für meine Person, habe nie keinen gesehn, es möchte denn sein, daß die Wärterin der Vernunft der Zeit nicht auf ihrer Hut gewesen wäre. Aber ich weiß, daß gute Gründe vorhanden sind, die Wärterinnen glauben zu machen: daß sie neugeborne Kinder nicht aus den Augen lassen dürfen; und daß diese Gründe bei allen Wärterinnen nicht rechtskräftig sind. Wenn nun jemand, der das auch wußte und die Natur der Wärterinnen besser kannte als unsereins, wenn nun der den Alp und Wechselbalg inventiert hätte, um allen neugebornen Kindern einen Dienst zu tun; wer ist der Klügste, *der*, der den Wechselbalg auf die Bahn brachte, oder der Ritter Sankt *Georg*, der ihn mit seinem Lichtspeer erlegte?

Aber, es gibt doch vielleicht keine Wechselbälge! Wohl wahr. Aber wer weiß, wieviel es vielleicht nicht gibt von dem, was andre täglich inventieren; und wer kann sagen, ob alle die hochberühmten Kinder, die in der philosophischen Wiege gewiegt werden, echt sind? Was schadet denn ein Wechselbalg mehr oder weniger, wenn er sonst nur kein Gift unterm Schwanze führt?

Der Erfinder des Wechselbalgs mochte wohl auch wissen, daß es keine Wechselbälge gibt; aber er stellte sich dumm, weil er Gutes stiften wollte. Wer die Kunst versteht, verrät den Meister nicht. Aber der Ritter Aufklärer Sankt *Georg* verstand die Kunst nicht, plapperte die Sache aus, und störte das Gute. Und ist das so etwas Großes, und des Geschreies wert?

Der Herr Vetter mag nun sagen, wer recht hat: *der*, der sich klug dünkt; oder *der*, der sich dumm stellt? Und ob alte Leute nicht Kinder- und Kälbermaß wissen müssen usw. Und soviel von dem ersten Punkt, oder von Aufklärung und Aberglauben.

Der zweite Punkt betrifft Glauben, und den allgemeinen Sturm, den die Vernunft itziger Zeit auf geoffenbarte Religion läuft. Und da habe ich mich bei Ew. Hochedelgeborn gehorsamst erkundigen wollen: ob es damit auch wohl Not haben sollte?

Ich zwar kann es mir kaum einbilden. Denn sieht der Herr Vetter, ich habe, sans compraison, nur ein Geheimnis: Dinte zu machen, und das ist ja nur ein kleines und schlechtes Geheimnis; alle Welt macht Dinte. Aber laß die Vernunft mir doch einmal a priori mein Rezept raten. Und was einer nicht raten kann und nicht weiß, darüber kann er, dünkt mich, doch eigentlich nicht urteilen und richten.

Doch die Vernunft soll so überaus kunstreich sein, daß sie das kann. Nun so mag sie denn beweisen und bewiesen haben, soviel sie will: daß meine Kunst Dinte zu machen nicht tauge, und daß es gar solch eine Kunst nicht gebe. Aber was geht das mein Rezept an? Hab ichs darum weniger? Und wird es darum keine gute Dinte machen? –

Und doch will die Vernunft über das Geheimnis der Religion richteln! –

Und wenn der Schäker noch was Bessers an ihrer Stelle zu geben hätte. Aber das fehlt viel.

Was sie »natürliche Religion« nennen, ist wohl eine *feine äußerliche Zucht*, aber es ist *nicht würdig* und *wohlgeschickt*.

Dem Menschen muß etwas wahr und heilig sein! Und das muß nicht in seinen Händen und nicht in seiner Gewalt sein; sonst ist auf ihn kein Verlaß, weder für andre noch für ihn selbst. Was soll doch einer für Furcht vor Götter haben, die er selbst inventiert und gemacht hat? Und was kann er von ihnen für Trost erwarten? – Auch ist das scharfsinnigste Gemächt der Selbgöttler eigentlich nur zum Staat und für die guten Tage, und ich habs mehrmal gesehn, Vetter, wenns was gilt, so lassen sie die Ohren hängen.

Und nun zum Beschluß noch eine Frage: Soll ich meine Kinder die »kritische Philosophie« studieren lassen oder nicht studieren lassen? Die Meinungen über diese Philosophie sind so verschieden. Einige sagen, daß sie von Nichts zu Etwas, und andre wieder, daß sie von Etwas zu Nichts führe. Nun ist mir das Nichts von jeher in der Seele zuwider gewesen, und ich habe nie können recht dahinterkommen, was es eigentlich für ein Ding ist. Ich mag es sonst wohl, daß meine Kinder von allem mitsprechen können. Nur muß es sie nicht verderben. Verdorben will ich sie nicht haben, für keinen Preis.

Ich wollte sie so gerne gut haben, lieber Vetter! Gib mir Rat dazu, und ich lasse mir einen Finger für Dich abhakken.

Der ich die Ehre habe mit besonderer Hochachtung zu sein,

Hochedelgeborner

Hochzuehrender Herr Vetter,

Ew. Hochedelgeborn

ganz gehorsamer Diener etc.

ANTWORT

Spart den Finger, Vetter! Denn, wenn ich Euch *probaten* Rat geben könnte; so wäre er doch zuwenig, und für das, was ich Euch geben kann, ist er viel zuviel.

Ich protegiere Eure Philosophie mit Leib und Seele, Vetter; doch rate ich immer, daß Ihr Eure Kinder vernünftig werden lasset.

Mit den Produkten der Zeit müßt Ihr es so genau nicht nehmen. Die Vernunft ist heuer Mode, und Ihr wißt wohl, wie es mit den Modewaren ist. Sie sind nicht immer solide gearbeitet, und können es, bei der Menge die gefodert wird und bei der Verschiedenheit der Lieferanten, auch nicht sein. Übrigens halten sie ihre Zeit, und so weiter.

Was den zweiten Punkt, oder den Sturm, der auf geoffenbarte Religion gelaufen wird, anlangt: da sollte ich nicht denken, Vetter, daß es damit Not hätte. Haltet Ihr nur Euer Dintenrezept unter Schloß, und seid ganz ruhig. Die Leute zu *Eleusis* hatten weiland auch ein Rezept: Dinte oder sonst etwas zu machen, und daran rät die Vernunft nun schon an die dreitausend Jahre, und noch hat sie es nicht geraten. Gewisse Talente kann man ihr nicht absprechen, und es mag wohl sein, daß einige Leute sie *zu* scheel ansehen und *zu* despektierlich von ihr denken und sprechen; aber verlaß Dich sicher darauf, daß es Dinge gibt, die sie, ungeholfen, nicht kann und nicht weiß.

Seht, es ist eigends mit ihr bestellt. Wo in abstracto gespielt wird, da ist sie sehr behende in die Karten zu kucken und ihr Spiel zu machen. Aber bei dem *Positiven* will es nicht fort. Und, Vetter, wenn sie auch Euer und aller Welt Geheimnisse raten könnte und geraten hätte, so liegt doch das Geheimnis der Religion sehr sicher; denn das ist einzig und sondrer Art.

Deswegen blieben auch sonst die größten *Weltweisen*, wie zum Exempel *Newton, Baco, Boyle etc.* wenn sie Geheimnisse der Natur oder der Kunst geraten hatten, vor diesem mit Bescheidenheit und Respekt stehen. Und, wenn das neuerer Zeit nicht geschieht; so geschieht das, nicht weil die neuen *Newtons* besser und mehr wüßten warum sie weitergehen, denn das fällt ihnen selbst wohl nicht ein; sondern weil sie nicht mehr wissen und verlernt haben, warum sie stehenbleiben sollten; es geschieht, weil gewisse Leute, die sonst wenigstens den Wohlstand respektierten, dahin verfallen sind, selbst weiterzugehen und es hierin einer dem andern zuvorzutun; und weil die Welt nach und nach leichtsinnig gemacht und gewöhnt ist, sich dergleichen Dinge gefallen zu lassen, oder gar zu bewundern. Bewundre Du dergleichen Dinge nicht, und bleibe auf Deinem Wege. Du brauchst denn auch nicht umzukehren, wenn der Rausch vorüber sein wird.

Wir fühlen wohl alle die *großen Schwierigkeiten* der Abschaffung *aller Imperative* und der Verwandlung der *Moralität* in *Heiligkeit*. Aber darum. Wir *haben* die Idee der Sache; die Tradition sagt: sie ist wahr, und ist geschehen; und uns alle in unserm Innersten verlangt und dürstet darnach. Daß du es nicht begreifen kannst, das hat nichts zu sagen. Wie viel kannst du nicht begreifen, oder lieber was kannst du begreifen von dem was vor Augen ist? Und dies liegt hinter dem Berge.

Wenn einer für sich es nicht glauben kann; so ist das gut. Ein ehrlicher Mann kann nicht glauben, was er nicht glauben kann. Will er aber andre Leute auch nicht glauben lassen, und eine Sache leugnen und bestreiten, die so viele gescheute und tugendhafte Menschen glauben und geglaubt haben; so ist das nicht gut, und man muß ihn der edlen Bescheidenheit erinnern. Und wenn er gar beweisen will, daß die Sache nicht möglich sei; so muß man ihm grade ins Gesicht lachen.

Endlich auf Eure Frage, wegen der kritischen Philosophie kann ich Euch nicht anders als zweischneidig antworten. Seht, diese Philosophie hat viel Gelenke und ist fein ineinandergefügt, und es gehört Talent dazu, zu folgen und sich durchzuarbeiten.

Sind Eure Kinder also muntere Bursche, die da wissen was sie wollen und die an Mut und Geist grade keinen Mangel haben; so laßt sie darangehen, und sich versuchen und ihre Kräfte üben. Sie werden nicht ruhen, bis sie durchhin sind, und dann sehen was sie haben. Und das wird ihnen den Magen nicht verderben.

Sind sie aber nur mittelmäßige Gesellen; so macht ihnen diese Philosophie schwarz, und haltet sie davon zurück. Denn sie bleiben doch nur darin hängen wie die Lerchen im Netz, und das treibt das Geblüte zu Kopf und taugt nicht.

Zwar sie würden nicht alleine hängen, und es würde ihnen an Gesellschaft nicht fehlen. Aber es ist das doch eine unbequeme Art zu existieren.

Und da lob ich mir die Philosophen, die *sich setzen*, wie die allerneuesten tun.

Lebt wohl, Vetter.

Der ich auch die Ehre habe zu sein

Ew. ganz gehorsamer Diener etc.

AN FRAU REBEKKA;
bei der silbernen Hochzeit, den 15. März 1797

Ich habe Dich geliebet und ich will Dich lieben,
  Solang' Du goldner Engel bist;
In diesem wüsten Lande hier, und drüben
  Im Lande wo es besser ist.

Ich will nicht von Dir sagen, will nicht von Dir singen;
  Was soll uns Loblied und Gedicht?
Doch muß ich heut der Wahrheit Zeugnis bringen,
  Denn unerkenntlich bin ich nicht.

Ich danke Dir mein Wohl, mein Glück in diesem Leben.
  Ich war wohl klug, daß ich Dich fand;
Doch ich fand nicht. GOTT hat Dich mir gegeben;
  So segnet keine andre Hand.

Sein Tun ist je und je großmütig und verborgen;
  Und darum hoff' ich, fromm und blind,
Er werde auch für unsre Kinder sorgen,
  Die unser Schatz und Reichtum sind.

Und werde sie regieren, werde für sie wachen,
Sie an sich halten Tag und Nacht,
Daß sie wert werden, und auch glücklich machen,
Wie ihre Mutter glücklich macht.

Uns hat gewogt die Freude, wie es wogt und flutet
Im Meer, so weit und breit und hoch! –
Doch, manchmal auch hat uns das Herz geblutet,
Geblutet... Ach, und blutet noch.

Es gibt in dieser Welt nicht lauter gute Tage,
Wir kommen hier zu leiden her;
Und jeder Mensch hat seine eigne Plage,
Und noch sein heimlich Crève-cœur.

Heut aber schlag ich aus dem Sinn mir alles Trübe,
Vergesse allen meinen Schmerz;
Und drücke *fröhlich* Dich, mit voller Liebe,
Vor Gottes Antlitz an mein Herz.

CHRISTIANE

Es stand ein Sternlein am Himmel,
Ein Sternlein guter Art;
Das tät so lieblich scheinen,
So lieblich und so zart!

Ich wußte seine Stelle
Am Himmel, wo es stand;
Trat abends vor die Schwelle,
Und suchte, bis ich's fand;

Und blieb denn lange stehen,
 Hatt' große Freud' in mir:
Das Sternlein anzusehen;
 Und dankte Gott dafür.

Das Sternlein ist verschwunden;
 Ich suche hin und her
Wo ich es sonst gefunden,
 Und find es nun nicht mehr.

DER TOD

Ach, es ist so dunkel in des Todes Kammer,
 Tönt so traurig, wenn er sich bewegt
Und nun aufhebt seinen schweren Hammer
 Und die Stunde schlägt.

DIE LIEBE

Die Liebe hemmet nichts; sie kennt nicht Tür noch Riegel,
 Und dringt durch alles sich;
Sie ist ohn Anbeginn, schlug ewig ihre Flügel,
 Und schlägt sie ewiglich.

»Die Versinnlichung der *Kräfte* gibt warm und kalt, Freude und Leid; welche kommen und gehen, und wandelbar und unbeständig sind. Trage sie mit Gedult, Sohn des *Bharat*; denn der weise Mann, den diese Dinge nicht irren, und dem Freude und Leid gleichgültig sind, ist gestellet für Unsterblichkeit. Ein imaginäres Ding hat keine Existenz; so wie hingegen ein Ding, was wahr ist, gar ohne Existenz nicht gedacht werden kann. Wer in die Grundursachen der Dinge schauen kann, sieht eines jedweden Dinges Gestalt. Wisse, daß der, durch den alle Dinge gemacht sind, unvergänglich ist, und daß niemand diesem unerschöpflichen Wesen etwas anhaben kann. Die Körper, welche die Seelen, die sie bewohnen und ewig unvergänglich und über allen Begriff sind, einhüllen, sind nur endliche Wesen. Deswegen, o *Arjoon*, entschließe dich zu fechten. Der Mann, welcher glaubt, daß es die Seele sei, welche tötet, und der, welcher denkt, daß die Seele vernichtet werden könne, sind beide, einer wie der andre, betrogen; denn sie tötet nicht und wird nicht getötet. Sie ist kein Ding, von welchem ein Mensch sagen könnte: es ist gewesen, es ist nun oder es wird künftig sein. Denn sie ist ein Ding ohne Anfang; sie ist von jeher, beständig und ewig, und kann in dieser ihrer sterblichen Hülle nicht vernichtet werden. Wie kann der Mensch, welcher glaubt, daß dies Ding unvergänglich, ewig, unerschöpflich und ohne Anfang ist, wie kann er denken, daß er es töten, oder veranlassen könne, daß es getötet werde? Wie ein Mann alte Kleider abwirft und neue anlegt, so geht die Seele, wenn sie ihre alte sterbliche Hüllen verlassen hat, in andre ein, die neu sind. Das Schwert teilet sie nicht, das Feuer verbrennet sie nicht, das Wasser verderbt sie nicht, der Wind verdorret sie nicht; denn sie ist unteilbar, unverbrennlich, unverderblich, und unverdorrlich: sie ist ewig, absolut, fortdaurend, unbeweglich; sie ist unsichtbar, unbegreiflich und unveränderlich. Deswegen, wenn du glaubst, daß dem so sei, mußt du nicht kümmern etc.«

Dies Stück ist aus der vor einigen Jahren vom H. Generalgouverneur *Hastings* bekanntgemachten *Bhagavadgita*, die zwar nicht voll so alt als der *Holwellsche Schasta*, aber doch auf 4000 Jahre angegeben wird. Vielleicht ist es einem und dem andern Leser, der von ohngefähr diese uralte Dokumente nicht gelesen hat, nicht unangenehm, noch einiges davon zu lesen, grade weil sie so alt sind.

ÜBER DIE GLÜCKSELIGKEIT
KRISCHNA*

»Die ungestüme Sinnlichkeit reißt das Herz auch des verständigen Mannes, der sich angelegen sein lässet sie zu überwinden, mit Gewalt dahin. Dem von höherer Kraft getriebenen Menschen (the inspired man), der sein Vertrauen auf mich setzet, ist es möglich sie zu zähmen, und glücklich zu werden. –

Der Mann ist glücklich, der, allen Lüsten des Fleisches abgestorben, ohne unregelmäßige Begierden, ohne Selbstklugheit und Stolz wandelt. Das ist: sein Glück bei Gott suchen. Wer ein solch Vertrauen auf das höchste Wesen hat, der geht nicht irre; und in der Stunde des Todes, wenn er sie sehen sollte, wird er eingehen in die unkörperliche Natur des *Brahm*. –

* Krischna, die geoffenbarte Gottheit – an incarnation of the Deity.

Diejenigen, die meiner unsichtbaren Natur nachtrachten, haben größere Arbeit zu bestehen; denn ein unsichtbarer Pfad ist für körperliche Wesen schwer zu finden. –

Der unkörperliche *Brahm* ist bereitet von der Welt her für Menschen die frei sind von Lust und Unlust, für Menschen von demütigem Herzen und gebeugtem Geist und die mit ihrer eignen Seele wohlbekannt sind.« (*Bhagavadgita.*)

BEI IHREM GRABE

Diese Leiche hüte Gott!
  Wir vertrauen sie der Erde,
Daß sie hier von aller Not
  Ruh', und wieder Erde werde.

Da liegt sie, die Augen zu
  Unterm Kranz, im Sterbekleide!…
Lieg' und schlaf' in Frieden du;
  Unsre Lieb' und unsre Freude!

Gras und Blumen gehn herfür,
  Alle Samenkörner treiben,
Treiben – und sie wird auch hier
  In der Gruft nicht immer bleiben.

Ausgesä't nur, ausgesä't
  Wurden alle die, die starben;
Wind- und Regenzeit vergeht,
  Und es kommt ein Tag der Garben.

Alle Mängel abgetan
   Wird sie denn in bessern Kränzen
Still einhergehn, und fortan
   Unverweslich sein und glänzen.

[AUS] BRIEFE AN ANDRES
VIERTER BRIEF

Du möchtest gern den Sinn der *unterirdischen* Unternehmungen in der Mythologie der alten Völker wissen, und warum doch die großen heroischen Menschen, die feurigen Sucher und Liebhaber der Wahrheit, in die Unterwelt heruntergestiegen sind. –

Ich denke, *Andres*, weil sie, was sie suchten, hier oben nicht haben finden können. Wer hier sein Gnüge findet, der muß mit unvollkommner, sichtbarer, veränderlicher und vergänglicher Natur genug haben. Wenn also eine vollkommne, unsichtbare, unveränderliche und unvergängliche Natur der Freund war, den ihre Seele liebte; so mußten sie ihn anderswo suchen gehen. Seine Fußstapfen fanden sie in dem Sichtbaren und Vergänglichen wohl, aber ihn fanden sie da nicht.

Doch, warum grade *unter* der Erde die Veredelung sein selbst suchen? –

Wird doch nichts in der Luft gesäet! Samen und Tierarten legen in der Erde die Schale ab, ehe sie ihre neue Gestalt und Existenz erhalten. Gehen doch auch die Menschen leiblich in die Erde, ihren Staub abzuschütteln und der Wahrheit näher zu kommen. Vielleicht, daß daher ein Bild genommen ist; oder, weil das Weizenkorn, ehe es Frucht bringet, zuvor ersterben, und also einen Schritt rückwärts, *herunter*, tun muß; oder, weil die Weisen sich fügen wollten in die Ideen der Welt, die dort Schätze vermutet und sucht; oder, weil der ihrige da gefunden wird, wo es Mühe kostet hinzukommen, und wo nicht ein jeder von Hause aus hinsehen kann. Vielleicht ists auch noch anders, *Andres*, ich weiß nicht; aber, mich dünkt, wenn wir hätten erfinden sollen, wir hätten auch, die Schwärmer in der Luft, und die wahren ernsthaften Liebhaber unter der Erde suchen lassen.

Offenbar muß man von Erde und Himmel und von allem, was sichtbar ist, die Augen wegwenden, wenn man das Unsichtbare finden will. Nicht, daß Himmel und Erde nicht schön und des Ansehens wert wären. Sie sind wohl schön, und sind da, um angesehen zu werden. Sie sollen unsre Kräfte in Bewegung setzen, durch ihre Schöne an einen, der noch schöner ist, erinnern und uns das Herz nach ihm verwunden. Aber, wenn sie das getan haben, denn haben sie das Ihrige getan, und weiter können sie uns nicht helfen.

Der Mensch ist reicher als sie, und hat, was sie nicht geben können. Alles, was er um sich her Leben haben sieht, stirbt; und er weiß von Unsterblichkeit. Er sieht in der sichtbaren Natur nichts als *Zeit*liches und *Ört*liches; und er weiß von einem Ewigen und Unendlichen. Er sieht nur Mannichfaltigkeit, lauter Zerstreutes und Zerstückeltes; und doch will er immer Einen, unter Eins fassen, aus Einem herleiten usw.

Wie und woher könnten ihm solche heterogene und bewundernswürdige Dinge kommen, wenn sie nicht aus ihm selbst kämen und in ihm nicht etwas Heterogenes und Bewundernswürdiges wäre.

Selbst die Weisheit und Ordnung, die der Mensch in der sichtbaren Natur findet, legt er mehr in sie hinein als er sie aus ihr heraus nimmt. Denn er könnte ihrer ja nicht gewahr werden, wenn er sie nicht auf etwas, das er in ihm hat, beziehen könnte, so wie man ohne Maß nicht messen kann. Himmel und Erde sind für ihn nur eine Bestätigung von einem Wissen, des er sich in sich bewußt ist, und das ihm die Kühnheit und den Mut gibt: alles zu meistern und aus sich zu rektifizieren. Und mitten in der Herrlichkeit der Schöpfung ist und fühlt er sich größer, als alles was ihn umgibt; und sehnt sich nach etwas anderm.

Andres, der Mensch trägt in seiner Brust den Keim der Vollkommenheit, und findet außer ihr keine Ruhe. Und darum jagt er ihren Bildern und Konterfeis in dem *sichtbaren* und *unsichtbaren* Spiegel so rastlos nach, und hängt sich so freudig und begierig an sie an, um durch sie zu genesen. Aber Bilder sind Bilder. Sie können, wenn sie getroffen sind, sehr angenehm überraschen und täuschen, aber nimmermehr befriedigen. Befriedigen kann nur das Wesen selbst, nur freies Licht und Leben – und das kann ihm niemand geben, als der es hat.

Gott befohlen, Andres.

Dein etc.

FÜNFTER BRIEF

»Und es begab sich darnach, daß er in eine Stadt mit Namen Nain ging: und seiner Jünger gingen viel mit ihm, und viel Volks.

Als er aber nahe an das Stadttor kam: siehe, da trug man einen Toten heraus, der ein einiger Sohn war seiner Mutter; und sie war eine Witwe, und viel Volks ging mit ihr.

Und da sie der HErr sahe, jammerte ihn derselbigen, und sprach zu ihr: weine nicht.

Und trat hinzu, und rührete den Sarg an: und die Träger stunden. Und er sprach: Jüngling, ich sage dir, stehe auf.

Und der Tote richtete sich auf, und fing an zu reden. Und er gab ihn seiner Mutter.«

Man kann eine solche Geschichte nicht lesen, ohne die Mutter seligzupreisen, und den Toten und die Träger und alle Menschen die dabeiwaren; aber doch sonderlich die Mutter. Du weißt, *Andres*, wenn man ein Kind schwer krank hat das man gerne behalten will, wie man da geht und die Hände ringt, und immer hofft, auch wenn man nicht mehr kann und sollte. Man hofft noch immer, und hört auch nicht auf, solange die Kranke noch lebendig und im Bette ist. Wenn sie aber auf dem Brett liegt, wenn der Sarg kommt und die Träger, und die Tote herausgetragen wird; denn muß man wohl aufhören, und bleibt denn nichts übrig als hinter den Sarg herzugehen und zu weinen.

Die Witwe zu *Nain* scheint auch keinen andern Rat gewußt zu haben, und sie hoffte wohl auch nicht mehr, als sie, hinter der Leiche her, aus dem Stadttor ging. Und es würde ihr auch nicht anders als uns andern ergangen sein, ihr Kind wäre eingesenkt und mit Erde beschüttet worden und sie hätte allein wieder zurückgehen müssen; wenn nicht unser lieber Herr Christus grade des Weges hergekommen wäre, und sie ihm mit der Leiche begegnet wären.

Und darum ist es eben so groß und erfreulich, daß er einmal auf Erden gewesen ist, und Menschen das Glück haben konnten, ihm zu begegnen.

»Und als sie der Herr sahe, jammerte ihn derselbigen, und sprach zu ihr: weine nicht.«

Es ist immer etwas über alle Maßen Zartes und Großmütiges in dem Benehmen Christi. Wer nicht helfen kann hat gewöhnlich Mitleiden, und wer Mitleiden hat kann gewöhnlich nicht helfen. Auch ist mancher mitleidig, weil die Reihe auch an ihn kommen kann, weil er den andern braucht, oder ihm Verbindlichkeit hat usw. Hier ist das alles ganz anders. Auch, nach dem ersten Ansehen hatte die Witwe recht, Mitleiden von Christus zu erwarten und zu fodern; *nach der Wahrheit* aber war ein anderes Verhältnis zwischen ihm und ihr. *Vor ihm* war sie, was wir alle sind: undankbare Kinder, eine ungeratene Tochter die ihres Vaters Haus mutwillig verlassen und sich selbst unglücklich gemacht hatte; und Christus war: der Vater, der ihr nachgegangen war, um das verlorne Kind aufzusuchen, und der sie nun hier in einer elenden Hütte mitten unter den bittern Folgen ihrer Vergehung antraf. Sie mußte sich schämen, ihm vor die Augen zu kommen, und hatte nichts als Vorwürfe zu erwarten, und verdient.

Aber, »als sie der Herr sahe, jammerte ihn derselbigen, und sprach zu ihr: weine nicht.«

Und das war ihm noch nicht genug. Er wollte nicht allein vergeben und vergessen, sondern auch in der gegenwärtigen Lage und Verlegenheit Rat schaffen.

»Und er trat hinzu, und rührete den Sarg an, und die Träger stunden.«

Vermutlich kannte die Witwe den Herrn Christus nicht, und wird also in ihrem Schmerz nach dem *Rabbi* und seinem: weine nicht, wohl nicht sonderlich hingehört haben. Sie hat gewiß den Sarg mit keinem Auge verlassen, und von dem *Rabbi* nichts erwartet – noch nicht, als er hinzutrat, und den Sarg anrührete, und dem Jüngling aufzustehen gebot.

Als aber der Kopf aus dem Sarge emporkam, als der einzige Sohn sich aufrichtete und anfing zu reden, und ihr wiedergegeben wurde.... *Andres*, wie wird sie da den wunderbaren Rabbi angesehen, sich vor ihn auf die Erde hingeworfen, und ihm Hände und Füße geküßt haben.

Und was meinst Du die Umstehende? – *Lukas* sagt: »es kam sie alle eine Furcht an, und preiseten Gott etc.;« und das scheint mir sehr natürlich. Denn, so rührend die Szene auch immer sein mochte; so mußte doch das höhere Interesse die Oberhand gewinnen. Man verliert die Witwe aus den Augen, und zittert, und preiset Gott: daß es also wahr ist, daß im Tode nur das Gehäuse und die Hülse zerfällt; daß der Geist des Menschen nach dem Tode übrigbleibt, und man wahrhaftig auf Wiedersehen rechnen kann.

Andres! die in den Gräbern sind, *werden* die Stimme des Sohnes Gottes hören und herfürgehen...

Aber auch die Toten, die nicht in den Gräbern sind, werden die Stimme des Sohnes Gottes hören und herfürgehen.

Sein Reich war nicht von dieser Welt. Ob er gleich Herr und Meister der sichtbaren Natur war, und seine Lehre über alles wohltätig auch für dies Leben ist, und er selbst, im Leiblichen immer und bei aller Gelegenheit half und diente; so war doch dies eigentlich sein Feld und Gebiet nicht. Er war gesetzt über das Unsichtbare, und ein Pfleger der heiligen Güter. Und alle seine sichtbare Werke und Wunder waren nur seine kleinere und Nebenwerke, die er verrichtete und tat, um die Menschen über die größere zu belehren, und ihnen, durch das was sie sahen, die Augen zu öffnen über das was sie nicht sahen.

Als er dort zu dem Gichtbrüchigen sprach: »Sei getrost mein Sohn, deine Sünden sind dir vergeben;« so wird der Gichtbrüchige selbst zwar wohl inneworden sein und gewußt haben: was das sei, wenn Christus einem Menschen seine Sünden vergibt; aber, die Schriftgelehrten die umherstanden wußten es nicht, und hatten deswegen ihre Bedenklichkeiten. Und Christus sagte: »auf daß ihr wisset, daß des Menschen Sohn Macht habe, auf Erden die Sünden zu vergeben, sprach er zu dem Gichtbrüchigen: stehe auf, hebe dein Bette auf und gehe heim. Und er stund auf und ging heim.«

So auch hier. Die Auferweckung eines Toten ist freilich ein großes Werk; aber es gibt noch ein größeres. Wie Geist und Willkür größer und edler ist, als Leib und Mechanismus; so ist auch die Auferweckung des geistlichen Jünglings zu *Nain*, oder: die Herstellung unsers Geistes in seine ursprüngliche Herrlichkeit, ein ander Werk. Aber dies hohe, und eigentliche Werk Christi, ist unsichtbar. Damit wir aber wüßten, daß er der von der Welt her erwartete, und von allen guten Menschen begehrte, Held und Helfer sei, und Macht habe, den erstorbenen Geist des Menschen zu wekken; so weckte er Leiblich-Tote. Und die das hörten und um die Wahrheit bekümmert waren, die wußten, weil niemand die Werke tun kann: daß *er* sei ein Lehrer von Gott kommen; und gingen zu ihm, um bei ihm Rat und Trost für ihre Seele zu finden.

Menschen können keinen geben, was sie auch sagen und versprechen. Sie können von der Leiche wohlreden, können sie kleiden und mit Blumen schmücken, ihr den Kopf und die Hände zurechtlegen etc.; aber tot ist tot, und sie bleibt stille und stumm im Sarge liegen. Wenn aber Christus den Sarg anrühret; so *richtet der Tote sich auf*, und fängt an zu reden.

Durch Worte und Floskeln wird aus dürrem Winterholz kein grünes; wohl aber durch ein gleichartiges Leben.

ÜBER DEN ALLGEMEINEN EIFER DER MENSCHEN FÜR RELIGION UND RELIGIOSE HANDLUNGEN

Alle Völker, wie wir in Asien gesehen haben und in allen Weltteilen sehen können, haben, und hatten je und je, eine große Vorliebe, Anhänglichkeit, Achtung, Andacht, Ehrfurcht etc. für die Religion, ein jedes für die seine. Diese Ehrfurcht ist gewöhnlich blind, doch gehört das nicht notwendig zu ihrer Natur; das aber gehört dazu, daß sie ihren Gegenstand als etwas Höheres, außer ihrem Bereich und Begriffen Liegendes, ansiehet. – Was sollte es mit dieser allgemeinen Ehrfurcht wohl eigentlich für eine Bewandtnis haben? Woher ist sie, und wie ist sie in die Menschen und Völker gekommen?

Abwärts, oder: wie diese Ehrfurcht, wenn sie einmal unter den Menschen gäng und gäbe geworden und eingeführt war, auf die folgenden Geschlechter fortgehe? ist die Antwort so schwer nicht. Der Vater und der Herr hatten und bezeigten diese Ehrfurcht, so wird sie der Sohn und der Knecht auch wohl haben und bezeigen. Bergab läuft das Wasser leicht, und findet von selbst seinen Weg; aber bergauf kommt man endlich an einen Punkt, welcher der höchste ist, und da kann das Wasser nicht gelaufen kommen, sondern muß entspringen. Ebenso kommt man *aufwärts* bei unsrer Frage auch endlich an einen Mann, der die *religiose Ehrfurcht* hatte, ohne das Beispiel eines Vaters oder eines Herrn vor sich zu haben; – und wie kam sie dem?

»Wie alle Ehrfurcht kam, wird die *Philosophie* antworten. Die Menschen haben immer nützlichen Erfindungen Aufmerksamkeit und Achtung bewiesen, wie hätten sie denn bei der nützlichsten von allen eine Ausnahme machen sollen?«

Mag wohl sein; aber *so* und damit läßt sich unsre Frage noch nicht abspeisen. Die Achtung für eine nützliche Erfindung, und die Anhänglichkeit und Ehrfurcht für die Religion sind etwas verschiedener Art und Natur, und die Fälle sind selten, wo sich ein ganzes Geschlecht oder ein ganzes Volk für einen *Sextanten* oder *Dollondschen Tubus* hätte sengen und brennen oder gar ausrotten lassen. Auch müßte der Nutze der Erfindung *sehr* nach Sinn, und *sehr* in die Augen fallend sein, wenn die Achtung nur *einigermaßen* allgemein werden sollte.

»Ja, die Menschen sind von Natur abergläubisch, und nichts blendet und rührt sie so leicht und so tief, als Religion und religiose Handlungen, Opfern und dergleichen.«

Freilich müssen die Menschen wohl eine Disposition haben von Religion und religiosen Handlungen gerührt zu werden, denn die Tiere werden nicht davon gerührt; sie mögen wohl gar in sich, ohne daß sie es selbst recht verstehen oder wissen, die Notwendigkeit und Möglichkeit von beiden fühlen. Aber von Aberglauben dürfen wir hier noch nicht reden. – Denn liefe das Wasser ja schon; und wir fragen: wie es zum Laufen gekommen sei.

Es ist eine tiefere Frage, als mancher wohl denkt, wie der erste Opferer zu der Idee des Opferns gekommen; und es möchte sich bei einer nähern Untersuchung und Beherzigung vielleicht ergeben, daß es überhaupt keine *menschliche* Erfindung sei. Aber wir wollen es der *Philosophie* einmal zugeben, um desto handgreiflicher zu sehen, ob ein durch die ganze Welt eingeführter und sechstausend Jahre bestehender Gebrauch, und ob die allgemeine Ehrfurcht, die wir noch nach sechstausend Jahren bei allen Völkern dafür antreffen, sich aus einem solchen menschlichen Einfalle, Erfindung und Grille herleiten und erklären lasse.

Es soll also ein Mensch, bloß aus sich selbst, auf die Idee des Opferns verfallen, und zwar wollen wir ihn auf eine ganz billige und honette Art darauf verfallen lassen. Wir nehmen an, daß ein Mann mit einem warmen und dankbaren Herzen zwischen den Rippen, der nie eine Wohltat annehmen und genießen konnte und nicht annahm und genoß, ohne vorher den Wohltäter aufgesucht und ihm die Hand gedrückt zu haben – daß der, unter dem Sternhimmel oder in seinem Blumengarten, neben seiner Wiege oder zwischen seinen Saaten, kurz bei dem Anblick der unzähligen Wohltaten Himmels und der Erden, sich nach dem Wohltäter umgesehen, und als er keinen finden konnte und die Wohltaten immer neu zuströmten, einmal übergeflossen sei und mit seinem Herzen nicht zu bleiben gewußt habe; wir nehmen an, daß er, um sich in dieser Verlegenheit zu helfen und seines Dankes loszuwerden, einen sonderlichen Einfall gehabt, dem unbekannten Wohltäter, der doch am Ende irgendwo sein mußte, einen Altar gebaut, und ihm, sehe er's oder sehe er's nicht, sein bestes Lamm daraufgelegt oder darauf verbrannt habe. Was wird nun daraus werden? – Nicht viel.

Sein Sohn, und einige empfindsame Nachbarn würden etwa dies Opfern recht artig gefunden, und es alle, gleich und die ersten Wochen, nachgemacht haben, wie die Leute zu einer gewissen Zeit die *empfindsamen Reisen* artig fanden und sich alle eine *Yoricksche* Dose anschafften; aber es würde nicht lange gewährt haben, so wäre dies Opfern alt geworden, und, wie die Dose, bei ihnen wieder aus der Mode gekommen. Die andern undankbaren oder unempfindsamen Zeitgenossen aber hätten den Mann gar nicht verstanden, und über ihn und seinen Altar gelacht; und, zehn gegen eins, er selbst wäre des Dinges müde geworden, oder er hätte anders müssen gebaut sein als andre Menschen. Man gratuliert wohl seinem Wohltäter auf frischer Tat zum Geburtstag, Namenstag und zu Neujahr etc.; aber nach und nach kommen die Briefe sparsamer, und allendlich bleiben sie gar aus.

Und von mitteilen, einprägen und in Gang bringen religioser Andacht und Ehrfurcht bei den Zeitgenossen, ist hier keine Ahndung, und gar die Rede nicht. Für wen hätten sie diese Ehrfurcht auch haben sollen? Für den, der opferte? – Der war ja ihresgleichen, der seine Empfindung auf seine Art ausdrückte, und er tat nichts, als was sie alle nachtun konnten, soviel sie Lust hatten. Für den, dem geopfert ward? – Aber, wenn sie von dem auch einen Begriff hatten; so wußten sie ja nicht, und konnten auf keine Weise wissen, aus keinem Umstand schließen, daß der bei diesem Altar und Opfer mehr gegenwärtig sei, als an einem jeden andern Ort. Und der Opferer selbst wußte es ebensowenig, und konnte es ebensowenig wissen.

Was nun bei diesem Opfer gilt, das gilt bei allen menschlichen Erfindungen, die nur ein Ausdruck der Empfindung und Gesinnung sind; und gilt in dem Maße mehr, als die ausgedrückte Gesinnung edler, d.i. gegen den Strom und wider und zur Bändigung der sinnlichen Triebe und Leidenschaften der Menschen gemeint ist. Denn die Menschen, die mit diesen Trieben und Leidenschaften behaftet sind, werden, wenn sie sonst keine andern Ursachen und Veranlassung haben, sich auf dergleichen wohl nicht einlassen, und noch viel weniger mit Eifer und Ehrfurcht dafür erfüllt werden.

Auf die Weise bringen wir den Altar in der Welt nicht zum Stehen, und auf die Weise können wir von der allgemeinen Ehrfurcht keine Rede und Antwort geben. Wenn also diese

Ehrfurcht allgemein in der Welt ist – und das ist sie ja – und wenn der Altar in der Welt fest stehet – und das tut er ja; – so muß es mit dem Ursprung der einen und des andern eine andre Bewandtnis haben. Und es bleibt wohl nichts übrig, als daß bei dem Gottesdienst, der diese Andacht und Ehrfurcht mitteilte und einprägte, etwas Außerordentliches und über das Wissen und Können derer, denen er sie mitteilte und einprägte, Erhabenes, stattgefunden habe. Sie mußten etwas gewahr werden, das sie nicht begreifen, und nur ehrerbietig fürchten und anbeten konnten, und ihren Kindern und Nachkommen als unbegreiflich und anbetungswürdig erzählten und überlieferten.

»Aber, erwidert die *Philosophie*, wenn man das auch zugeben wollte, nun so war dies Unbegreifliche Betrug, und der Opferer ein Betrüger, der den Zuschauern Ehrfurcht einjagen wollte, um sie zu seinen Absichten zu mißbrauchen.«

Allerdings konnte das sein. Das ist, überhaupt und an sich, nicht allein möglich, sondern es ist auch leider mehr als zu oft würklich gewesen. Dieser Betrüger konnte auch noch dazu der erste Betrüger sein; aber der erste Opferer konnte er nicht sein, auch wußte er ja auch schon von einem *Gottes*dienst und von einer *Ehrfurcht*, die dadurch eingeprägt werden konnte. Der Mißbrauch, sollte man denken, setzt den rechten Gebrauch voraus, der Aberglauben den Glauben, die Abweichung von der Regel, die Regel etc.

Das Wahre und Gute *ist notwendig das erste*, und das Böse und die Lüge *kann nur das zweite sein*. Der erste Opferer mußte schon geopfert und *nicht betrogen* haben, und denn konnte der Betrüger erst kommen und *betrügen wollen*.

TILL, DER HOLZHACKER

Zur Erläuterung der neuen philosophischen Methode:
die Reinheit in unsre Willkür aufzunehmen

Till hackte Holz auf Mord und Brand,
(Der Mond am Himmel vor ihm stand)
Husch auf, husch kräftig nieder;
Da fuhr ihm's Beil, bei Ja und Nein,
Vom Schaft, und in den Mond hinein,
Hinein, und kam nicht wieder.

»Feirabend«, sprach *Till*, »alleweil!
Denn hack mir einer ohne Beil,
Koch' einer ohne Kohlen! –
Weil *Till* denn ohne Beil nichts kann;
So muß er, halter, wohl daran,
Und muß es wieder holen.«

Gesagt, getan. Er geht zur Stund
Und nimmt die Leiter von der Wand,
Wirft von sich Hut und Mütze,
Und stellt die Leiter frank und frei
Vor sich hin, und – und, ein zwei drei,
Bis oben auf die Spitze.

Da saß er, sah zum Mond hinan;
»Noch«, sagt er, »bin ich nicht daran,
Doch vivat meine Leiter!«
Und drehete, so wie er saß,
Sie um, als wie ein Stundenglas,
Und stieg allmählig weiter.

So fuhr er fort: bald ruht er sich,
Dann dreht' er wieder um und stieg,
  Und stieg und drehte wieder;
Und kam, nachdem er's OFT getan,
Im Monde wohlbehalten an,
  Und setzte sich dort nieder.

Der Mond ist groß, ein wüster Ort,
Und mancher sucht vergebens dort;
  Till'n sollte alles glücken.
Er ging kaum drei vier Schritte weit,
So lag das Beil da groß und breit;
  Und er steckt's in die Ficken.

Uns andern würd's in solcher Höh
Wohl schwarz vor Augen, angst und weh;
  Doch *Till* blieb keck und munter.
Er witterte nicht Furcht noch Fahr,
Und, wie er aufgestiegen war,
  So stieg er auch herunter.

Das Ding war also abgemacht;
Indes war es nun Mitternacht,
  Und ihn fings an zu grauen.
Da macht' er 's Beil geschwinde fest
Am Schaft, und lief damit zu Nest,
  Und sagt' es seiner Frauen.

VORREDE ZU DER ÜBERSETZUNG VON FÉNELONS WERKEN RELIGIOSEN INHALTS

Der Mensch ist für eine freie Existenz gemacht, und sein innerstes Wesen sehnet sich nach dem Vollkommnen, Ewigen und Unendlichen, als seinem Ursprung und Ziel. Er ist hier aber an das Unvollkommne gebunden, an Zeit und Ort; und wird dadurch gehindert und gehalten, und von dem väterlichen Boden getrennt.

Und darum hat er hier keine Ruhe, wendet und mühet sich hin und her, sinnet und sorgt, und ist in beständiger Bewegung zu suchen und zu haben, was ihm fehlt und ihm in dunkler Ahndung vorschwebt.

Da er sich aber nicht anders, als in und mit seinem Hindernis, bewegen kann; so ist sein Mühen umsonst und vergebens, was er auch tue und welchen Fleiß er auch anwende. Er kann, rundum in seinem Zirkel, Entdeckungen machen, viel und mancherlei finden, Schönes und Nützliches, Scharfsinniges und Tiefsinniges; aber zu dem Vollkommnen kann er, sich selbst gelassen, nicht kommen; denn er bringt, wie gesagt, gerade was ihm im Wege ist und hindert in alles mit, was er beginnet und tut, und kann nicht über sich selbst hinaus.

Soll er zu seinem Ziel kommen; so muß für ihn ein Weg einer andern Art sein, wo das Alte vergeht und alles neu wird, wo das Hindernis, das ihm im Wege ist und hindert und das er selbst nicht abtun kann, durch eine fremde Hand abgetan; und er, nicht sowohl belehrt, als verwandelt und über sich und diese Welt gehoben und so der vollkommnen Natur teilhaftig wird.

Und diesen Weg, der das Geheimnis des Christentums ist,

lästern und *verbessern* die Menschen, und wollen lieber auf ihrem Bauch kriechen und Staub essen.

Es ist aber darum nicht weniger groß und heilig, und darum nicht weniger wert, daß wer sich des Odems in seiner Nasen bewußt ist alles für nichts achte und Vater und Mutter verlasse, um hineinzuschauen und sein teilhaftig zu werden.

Wenn nun gleich hier mit »Weisheit« und »Kunst« nichts ausgerichtet ist, und die Gabe Gottes nicht um Geld und um keine zeitliche Gesinnung verkauft wird, und der Mensch nichts nehmen kann, es werde ihm denn vom Himmel gegeben; so kann er sich doch, durch eine gewisse fortgesetzte Behandlung und Richtung Seiner-Selbst, empfänglicher machen, und der fremden Hand den Weg bereiten.

Von diesem Wegbereiten und Empfänglichmachen etc. handelt der Erzbischof *Fénelon* in den hier übersetzten *Werken*, und teilt darin, nicht als ein Klügling und Urteiler des Weges und als Menschen zu gefallen, sondern als einer, der die Sache versucht hat und dem an seiner und anderer Menschen Seligkeit gelegen ist, seine Erfahrungen und seinen Rat einfältig und unbefangen mit. Und es kann nicht fehlen, ob er wohl eigentlich für die Christen seiner *Konfession* geschrieben hat und die der andern, in einigen Punkten, verschiedener Meinung sind, daß nicht alle, denen Ein Kampf verordnet ist, und die Eine Hoffnung und Einen JESUM CHRISTUM haben, ihn gern und mit Nutzen lesen werden.

Und vielleicht werden selbst von den Nichtchristen und Unchristen, einige durch die Milde und den Ernst dieses liebenswürdigen Schriftstellers veranlaßt, ihren Weg noch einmal in Überlegung zu nehmen, sosehr sie auch glauben, desselben gewiß zu sein.

Die Geschichte des griechischen Jünglings ist bekannt: der kam, auch seines Weges und seines Glücks gewiß, das Haar nach dem Sinn der Zeit mit Rosen bekränzt in den Hörsaal eines Weisen, der von dem unsterblichen Geist, der im Menschen ist, und von seinem wahren Glück redete. Und als er ihm eine Zeitlang zugehöret hatte, riß er heimlich und verstohlen eine Rose nach der andern herunter, und warf sie an die Erde.

EIN SELIGER AN DIE SEINEN IN DER WELT

Hier ist alles heilig, alles hehr!
  Und die kleinen Erdenfreuden,
  Und die kleinen Erdenleiden
Kümmern uns nicht mehr.
Doch wir denken hier an die da drüben,
Denken hier an sie, und lieben.

AN MEINEN SOHN JOHANNES 1799

Gold und Silber habe ich nicht;
was ich aber habe, gebe ich dir.

Lieber Johannes!

Die Zeit kommt allgemach heran, daß ich den Weg gehen muß, den man nicht wiederkömmt. Ich kann Dich nicht mitnehmen; und lasse Dich in einer Welt zurück, wo guter Rat nicht überflüssig ist.

Niemand ist weise von Mutterleibe an; Zeit und Erfahrung lehren hier, und fegen die Tenne.

Ich habe die Welt länger gesehen, als Du.

Es ist nicht alles Gold, lieber Sohn, was glänzet, und ich habe manchen Stern vom Himmel *fallen* und manchen Stab, auf den man sich verließ, *brechen* sehen.

Darum will ich Dir einigen Rat geben, und Dir sagen was ich funden habe, und was die Zeit mich gelehret hat.

Es ist nichts groß, was nicht gut ist; und ist nichts wahr, was nicht bestehet.

Der Mensch ist hier nicht zu Hause, und er geht hier nicht von ungefähr in dem schlechten Rock umher. Denn siehe nur, alle andre Dinge hier, mit und neben ihm, sind und gehen dahin, ohne es zu wissen; der Mensch ist sich bewußt, und wie eine hohe bleibende Wand, an der die Schatten vorübergehen. Alle Dinge mit und neben ihm gehen dahin, einer fremden Willkür und Macht unterworfen; er ist sich selbst anvertraut, und trägt sein Leben in seiner Hand.

Und es ist nicht für ihn gleichgültig, ob er rechts oder links gehe.

Laß Dir nicht weismachen, daß er sich raten könne und selbst seinen Weg wisse.

Diese Welt ist für ihn zu wenig, und die unsichtbare siehet er nicht und kennet sie nicht.

Spare Dir denn vergebliche Mühe, und tue Dir kein Leid, und besinne Dich Dein.

Halte Dich zu gut, Böses zu tun.

Hänge Dein Herz an kein vergänglich Ding.

Die Wahrheit richtet sich nicht nach uns, lieber Sohn, sondern wir müssen uns nach ihr richten.

Was Du sehen kannst, das siehe, und brauche Deine Augen, und über das Unsichtbare und Ewige halte Dich an Gottes Wort.

Bleibe der Religion Deiner Väter getreu, und hasse die theologischen Kannengießer.

Scheue niemand so viel, als Dich selbst. Inwendig in uns wohnet der Richter, der nicht trügt, und an dessen Stimme uns mehr gelegen ist, als an dem Beifall der ganzen Welt und der Weisheit der Griechen und Ägypter. Nimm es Dir vor, Sohn, nicht wider seine Stimme zu tun; und was Du sinnest und vorhast, schlage zuvor an Deine Stirne und frage ihn um Rat. Er spricht anfangs nur leise und stammelt wie ein unschuldiges Kind; doch, wenn Du seine Unschuld ehrst, löset er gemach seine Zunge und wird Dir vernehmlicher sprechen.

Lerne gerne von andern, und wo von Weisheit, Menschenglück, Licht, Freiheit, Tugend etc. geredet wird; da höre fleißig zu. Doch traue nicht flugs und allerdings, denn die Wolken haben nicht alle Wasser, und es gibt mancherlei Weise. Sie meinen auch, daß sie die Sache hätten, wenn sie davon reden können und davon reden. Das ist aber nicht, Sohn. Man hat darum die Sache nicht, daß man davon reden kann und davon redet. Worte sind nur Worte, und wo sie so gar leicht und behende dahinfahren; da sei auf Deiner Hut, denn die Pferde, die den Wagen mit Gütern hinter sich haben, gehen langsameren Schrittes.

Erwarte nichts vom Treiben und den Treibern; und wo Geräusch auf der Gassen ist, da gehe fürbaß.

Wenn Dich jemand will Weisheit lehren, so siehe in sein Angesicht. Dünket er sich noch; und sei er noch so gelehrt und noch so berühmt, laß ihn und gehe seiner Kundschaft müßig. Was einer nicht hat, das kann er auch nicht geben. Und der ist nicht frei, der da will tun können was er will, sondern der ist frei, der da wollen kann, was er tun soll. Und der ist nicht weise, der sich dünket daß er wisse; sondern der ist weise, der seiner Unwissenheit innegeworden und durch die Sache des Dünkels genesen ist.

Was im Hirn ist, das ist im Hirn; und Existenz ist die erste aller Eigenschaften.

Wenn es Dir um Weisheit zu tun ist; so suche *sie* und nicht das Deine, und brich Deinen Willen, und erwarte geduldig die Folgen.

Denke oft an heilige Dinge, und sei gewiß, daß es nicht ohne Vorteil für Dich abgehe und der Sauerteig den ganzen Teig durchsäuere.

Verachte keine Religion, denn sie ist dem Geist gemeint, und Du weißt nicht, was unter unansehnlichen Bildern verborgen sein könne.

Es ist leicht zu verachten, Sohn; und verstehen ist viel besser.

Lehre nicht andre, bis Du selbst gelehrt bist.

Nimm Dich der Wahrheit an, wenn Du kannst, und laß Dich gerne ihrentwegen hassen; doch wisse, daß *Deine* Sache nicht die Sache der Wahrheit ist, und hüte, daß sie nicht ineinanderfließen, sonst hast Du Deinen Lohn dahin.

Tue das Gute vor Dich hin, und bekümmre Dich nicht, was daraus werden wird.

Wolle nur einerlei, und das wolle von Herzen.

Sorge für Deinen Leib, doch nicht so als wenn er Deine Seele wäre.

Gehorche der Obrigkeit, und laß die andern über sie streiten.

Sei rechtschaffen gegen jedermann, doch vertraue Dich schwerlich.

Mische Dich nicht in fremde Dinge, aber die Deinigen tue mit Fleiß.

Schmeichle niemand, und laß Dir nicht schmeicheln.

Ehre einen jeden nach seinem Stande, und laß ihn sich schämen, wenn ers nicht verdient.

Werde niemand nichts schuldig; doch sei zuvorkommend, als ob sie alle Deine Gläubiger wären.

Wolle nicht immer großmütig sein, aber gerecht sei immer.

Mache niemand graue Haare, doch wenn Du recht tust, hast Du um die Haare nicht zu sorgen.

Mißtraue der Gestikulation, und gebärde Dich schlecht und recht.

Hilf und gib gerne, wenn Du hast, und dünke Dir darum nicht mehr; und wenn Du nicht hast, so habe den Trunk kalten Wassers zur Hand, und dünke Dir darum nicht weniger.

Tue keinem Mädchen Leides, und denke, daß Deine Mutter auch ein Mädchen gewesen ist.

Sage nicht alles, was Du weißt, aber wisse immer, was Du sagest.

Hänge Dich an keinen Großen.

Sitze nicht, wo die Spötter sitzen, denn sie sind die elendesten unter allen Kreaturen.

Nicht die frömmelnden, aber die frommen Menschen achte, und gehe ihnen nach. Ein Mensch, der wahre Gottesfurcht im Herzen hat, ist wie die Sonne, die da scheinet und wärmt, wenn sie auch nicht redet.

Tue was des Lohnes wert ist, und begehre keinen.

Wenn Du Not hast, so klage sie Dir und keinem andern.

Habe immer etwas Gutes im Sinn.

Wenn ich gestorben bin, so drücke mir die Augen zu, und beweine mich nicht.

Stehe Deiner Mutter bei, und ehre sie solange sie lebt, und begrabe sie neben mir.

Und sinne täglich nach über Tod und Leben ob Du es finden möchtest, und habe einen freudigen Mut; und gehe nicht aus der Welt, ohne Deine Liebe und Ehrfurcht für den Stifter des Christentums durch irgend etwas öffentlich bezeuget zu haben.

Dein treuer Vater.

EIN GÜLDEN A B C

A

Armut des Geistes Gott erfreut;
Armut, und nicht Armseligkeit.

B

Besprich dich nicht mit Fleisch und Blut,
Fahr zu, gleich zu, wie *Paulus* tut.

C

Creuz ist ein Kraut, wenn man es pflegt,
Das ohne Blüte Früchte trägt.

D

Dürst nicht nach Rache und nach Blut;
Vergeben wäre wohl so gut.

E

Ein *edles* Herz glänzt hell und hold,
Ein *gutes* ist gediegen Gold.

F

Für was du Gutes hier getan,
Nimm keinen Lohn von Menschen an.

G

Gedultig sein – Herr lehr es mich,
Ich bitte dich, ich bitte dich.

H

Hau deinen Götzen mutig um,
Er sei Geld, Wollust oder Ruhm.

I

In dir ein edler Sklave ist,
Dem du die Freiheit schuldig bist.

K

Kämpf und erkämpf dir eignen Wert;
Hausbacken Brot am besten nährt.

L

Liebt euch *auf Erden*, liebt, und wißt,
Daß Gott im Himmel Liebe ist.

M

Merk auf die Stimme tief in dir;
Sie ist des Menschen Kleinod hier.

N

Nimm wahr der Zeit; sie eilet sich,
Und *kommt nicht wieder* ewiglich.

O

O Herr lehr uns bedenken wohl,
Daß wir sind sterblich allzumal.

P

Parabeln sind wohl fein und schön,
Doch muß sie einer auch verstehn.

Q

Quäl nicht dein Herz *ohn Unterlaß*,
Ein freier Mut gefällt Gott baß.

R

Recht halte heilig bis in'n Tod,
So bleibt ein Freund dir in der Not.

S

Straf keck das Böse ins Gesicht;
Vergiß dich aber selber nicht.

T

Treib Tugend *jeden* Augenblick;
Wer nicht voran geht, geht zurück.

U

Und wenn sie alle dich verschrein,
So wickle in dich selbst dich ein.

V

Verlaß dich nicht auf diese Welt;
Sie ist Schaum, der zusammenfällt.

W

Wie wird es dann, o dann uns sein,
Wenn wir der bessern Welt uns freun?

X

Y

In Sturm die Sonne spiegelt nicht
Im Meer ihr heilig Angesicht.

Z

Zerbrich den Kopf dir nicht zu sehr,
Zerbrich den Willen, das ist mehr.

ÜBER DIE NEUE THEOLOGIE, AN ANDRES

Du reibst Dir auch die Stirne, Andres, über den Unfug mit der *Bibel*, und daß die Menschen »sich so bald abwenden lassen auf ein ander Evangelium, so doch kein andres ist, ohne daß *etliche* sind, die uns verwirren und wollen das Evangelium Christi verkehren.«

Im Anfang, als die *etliche* hervorrückten, wollte ich meinen Augen nicht trauen, und dachte daß dabei irgendeine andre Absicht, die ich nicht absehen könne, hinter dem Berge halte. Man hat, unbesehen, Achtung für gelehrte Leute; und ich konnte nicht glauben: daß es möglich sei, so leichtsinnig und unverschämt zu sein, andern Leuten, die doch auch Menschenverstand haben, solche Sachen zu bieten und als Weisheit auszugeben; noch weniger: daß man einer bestehenden Religion so ins Angesicht Hohn sprechen dürfe. Wie gesagt, ich dachte, hinter dem Berge halte etwas, das ich nicht absehen könne.

Aber es hält nichts hinter dem Berge, es hält alles vor dem Berge und vor Augen; und ist, worauf ihrer, so viele und von allen Parteien, ausgehen mehr oder weniger, nichts anders als *ihre Vernunft* in der Religion den Meister spielen zu lassen, und alles was sie nicht begreifen und darin allein die Religion und der Glaube besteht, herauszutun, um in den *Zeiten der Vernunft* auch ihres Orts nicht müßig zu sein, und ihre Ehre in Sicherheit zu bringen.

Und da nehmen sie nun alles zu Hülfe, Gelehrsamkeit und Wohlredenheit, Altertümer und Sprachgebrauch, Akkommodation und Babylonische Teufel, Volkssinn und Volksunsinn, um den offenbaren Verstand und die klaren Worte der *Heiligen Schrift* unmündig und aus *Weiß Schwarz* zu machen. Und andere, die noch wohl lieber beim *Weißen* blieben, laufen mit, weil sie den Wert ihrer Sache nicht kennen, und es ihnen an Kraft und Mut fehlt, den Verdacht der *alten Einfalt* und des *Zurückebleibens* auf sich zu laden.

»O ihr unverständigen Galater, wer hat euch bezaubert, daß ihr der Wahrheit nicht gehorchet? – Im *Geist* habt ihr angefangen, wollt ihrs nun im *Fleisch* vollenden?«

Aber, *Andres*, Du bist der Meinung, es sei immer solcher Unfug gewesen; man solle schweigen und zusehen, bis auch dieser Schwindel wie der Revolutionsschwindel vorübergehe und sie aus Schaden klug werden.

Der Meinung bin ich aber nicht. Es ist wohl immer solcher Unfug gewesen, aber er ist doch mit mehr Zurückhaltung getrieben worden und *so nahe* ist er uns noch nicht gekommen. Und schweigen ist freilich das Sicherste und Bequemste, auch die meiste Zeit das Gescheuteste; aber ich denke, in einer Sache, die alle Menschen so nahe angeht, kann man nicht zu früh und zu viel widersprechen; ich denke in einer solchen Sache *darf* kein ehrlicher Mann schweigen und die Pluralität scheuen, er muß unverhohlen seine Meinung sagen, und vorliebnehmen was darauf folgt.

Wäre ein *religioses Parlement*, so ließe man eine förmliche Protestation gegen die Ministerialpartei in die Parlementsregister einrücken für Welt und Nachwelt; denn man muß sich schämen, ein Zeitgenosse gewesen zu sein, wo solche Akte passiert sind.

Die Menschen sind doch einmal unwissend und blind über das Unsichtbare, sie kennen doch ihren unsterblichen Geist nicht und wissen ihm keinen Rat; Gott weiß einen, und promulgiert eine Arzenei, die sich bei Tausenden bewährt hat und sich bei allen bewährt, die sie *nach Vorschrift* gebrauchen – und da kommen sie und wollen *Gott* meistern und *seine Arzenei* nach ihrem Dispensatorio einrichten und ändern! ... Kann es einen größern Unsinn geben? Und können sie es für die verantworten, die durch sie verführt werden, die Arzenei Gottes ungebraucht zu lassen und ihren Quacksalbereien nachzulaufen?

»Ich tue euch aber kund, lieben Brüder, sagt der Apostel, daß das Evangelium, das von mir geprediget ist, *nicht menschlich* ist. Denn ich habe es *von keinem Menschen empfangen* noch gelernt, sondern *durch die Offenbarung Jesu Christi.*«

Wenn das Christentum weiter nichts wäre, als ein klares allen einleuchtendes Gemächte der Vernunft; so wäre es ja keine *Religion* und kein *Glaube*; und warum wäre denn gesagt, daß die Welt den Geist des Christentums nicht sehe und nicht kenne,[a] und wie hätte seine Einführung unter den Menschen so viel Widerspruch und Blut kosten können? –

Und das, wozu tausend Jahre Zeit nötig gewesen sind um es allgemein in Europa einzuführen, wofür die Könige und Fürsten so viel gekämpft und gestritten und es als das Glück ihrer Länder angesehen, wofür unsre Väter und Vorfahren so viel gelitten und Leib und Leben gewagt und hingegeben haben, und was wir alle, ein jeder von uns, heiligzuhalten und zu bewahren mit Mund und Hand gelobt und versprochen haben, was unsre Seelen selig machen kann, – das sollten wir uns ohne Schwertschlag, unter dem Schein der Aufklärung und einer bessern Einsicht, unvermerkt und unterderhand, nehmen und aus den Händen winden lassen...... das sei ferne; das wolle Gott nicht! das werden unsre Könige und Fürsten nicht wollen; das wird keiner wollen, der sich und die Seinen liebhat.

Was aber auch werden mag, *Andres*, Dir und mir soll es niemand nehmen, weder Schwachheit noch Klugheit, weder Süß noch Sauer. Wir wollen es, nach *Moses* Rat, »in unsre Seelen fassen, und zum Zeichen auf unsre Hand binden, daß es ein Denkmal vor unsern Augen sei; wir wollen es unsre Kinder lehren, und davon reden, wenn wir im Hause sitzen oder auf dem Wege gehen, wenn wir uns niederlegen und wenn wir aufstehen.«

Dabei bleibts, *Andres*. Leb wohl.

a Joh. 14,17.

DIE STERNSEHERIN LISE

Ich sehe oft um Mitternacht,
Wenn ich mein Werk getan
Und niemand mehr im Hause wacht,
Die Stern' am Himmel an.

Sie gehn da, hin und her zerstreut
Als Lämmer auf der Flur;
In Rudeln auch, und aufgereih't
Wie Perlen an der Schnur;

Und funkeln alle weit und breit,
Und funkeln rein und schön;
Ich seh die große Herrlichkeit,
Und kann mich satt nicht sehn...

Dann saget, unterm Himmelszelt,
Mein Herz mir in der Brust:
»Es gibt was Bessers in der Welt
Als all ihr Schmerz und Lust.«

Ich werf mich auf mein Lager hin,
Und liege lange wach,
Und suche es in meinem Sinn,
Und sehne mich darnach.

Und somit will ich Feirabend machen, und von meinen Lesern Abschied nehmen, und zu guter Letzt noch einmal Hand geben.

Ich entschuldige mich über meine *Werke* bei ihnen nicht. Ich bin kein *Gelehrter* und habe mich nie für Etwas ausgegeben. Und ich habe, als *einfältiger Bote*, nichts *Großes* bringen wollen, sondern nur etwas Kleines, das den *Gelehrten* zu wenig und zu geringe ist. Das aber habe ich nach meinem besten Gewissen gebracht; und ich sage in allen Treuen, daß ich nichts Bessers bringen konnte.

Das meiste ist *Einfassung* und *Spielewerk*, das als ein Blumenkranz um meinen *»Becher kaltes Wassers«* gewunden ist, daß er desto freundlicher ins Auge falle.

In diesem siebenten und letzten Teil habe ich des *Ernstes* etwas mehr getan, und die Fahne etwas höher aufgezogen, daß man *am Ende* sehe, von welcher Seite die Luft geht. Sollte ich nun damit unter den Herren *Gelehrten* und *Wortführern* wieder böse Leute gemacht haben; so wäre mir das leid. Aber ich konnte mich doch ihretwegen nicht genieren. Ich *mußte* tun was recht ist, und was ich gleich in der *Dedikation* vor dem *ersten Teil* dem *bewußten Freund* versprochen habe; er soll nun bald kommen, und ich darf es mit ihm nicht verderben. Am Ende wird ja was wahr und nützlich ist, auch wohl wahr und nützlich bleiben, wenn es von den *Gelehrten* auch nicht gelobt wird.

Man ist nur einmal in der Welt, und ist nicht darin, ihr nach dem Sinn zu reden, und Häckerlinge zu schneiden. Es schafft nicht, daß der Mensch mit niedergeschlagenen Augen sitze, und sich räuspere und seufze; er soll die Augen frei aufschlagen und frisch und fröhlich um sich sehen. Aber man kleinmeistert und lacht sich nicht durch die Welt, und die sind übel berichtet, die da glauben und lehren, daß die Menschen hier nichts anderes zu tun hätten und daß sie hier so recht à leur aise wären.

Sehe doch einer nur an, wie sie in die Welt hereinkommen und wie sie wieder hinausgehen, wes Standes und Ehren sie sind! – Wer dazu lachen und sich das aus dem Sinn schlagen, oder sich darüber mit den *Kategorien* etc. trösten kann, der mag ein Philosoph sein; aber ein vernünftiger Mensch ist er nicht.

Und auch zwischen dem Herein und Hinaus, selbst wenn es am besten geht, was ist denn der Mensch, und was hat er? – Er hat Himmel und Erde, Meer und Land, Berg und Tal, Sonne und Mond etc. und die sind groß und herrlich; aber, recht beim Licht besehen, ist alles, was man sieht, doch nur äußere Rinde und Kruste, schöne Kisten und Kasten mit Kleinodien, zwischen denen der Mensch herumgeht wie ein *Knecht* vor dem der Herr sie verschlossen hat. Er fühlt wohl, daß es anders sein könnte; denn was sind seine kühne Vermutungen und seine Träume über den inwendigen Zusammenhang und die verborgenen Triebfedern der Natur anders, als Zeichen und Beweise seines Anrechts an ihre Erkenntnis? – Aber sein Anrecht ist sequestriert, und er geht, neben dem Born des Lichts, hungrig und durstig nach Erkenntnis und muß es sich kalt und warm um die Nase wehen lassen und mit allen Elementen kämpfen bis sie ihn wieder verschlungen haben.

Man tröstet sich mit der innerlichen Größe des Menschen, und gloriiert über das Hohe und Göttliche seines Verstandes und seiner Vernunft. Jawohl, ist der Mensch groß und göttlich; aber grade hier ist es, wo einem das Gloriieren vergeht und die Tränen in die Augen treten, wenn man sieht und gewahr wird, daß das Große und Göttliche wider seine Natur in uns gehemmt ist; und es sollte walten.

Der Weg, den der Mensch in dem, was Künste und Wissenschaften heißt, dazu einschlägt, ist lobenswert und edel; aber sie sind höchstens, wofür sie auch in alten Zeiten nur gegolten haben, ein Weg und nicht das Ziel; und wer sie für das Ziel nimmt und darin hängenbleibt, der verkauft seine Erstgeburt um ein *Linsengericht*, der sattelt in der Wüsten ab, um das Pferd zu bewundern und bewundern zu lassen, mit dem er weiter und ins Gelobte Land reiten sollte, wo der Almosenpfleger wohnt.

Die Reinigung kann ja nicht in dem *Gebrauch* des Ungereinigten bestehen, und wenn der Eimer von eigner Weisheit voll ist, kann ja keine andre hinein. Und darum muß, wenn was Gescheutes werden soll, alle eigne Weisheit und aller Selbstdünkel zu Kreuze kriechen und der *Sokratischen* Unwissenheit Platz machen. Nur in der Niedre sammlet sich das Wasser und dem Almosen gebührt ein Mann in Lumpen, wie auch *Ulysses* erfahren hat; denn nicht als Held und Feldherr, sondern in Bettlers Gestalt fand er seine *Penelope* wieder.

So ist das Denken und die Denkkraft ja auch nur die Hälfte des Menschen, und noch dazu die unrechte Hälfte, mit ihr die Veränderung und Besserung des Ganzen anzufangen, weil sie an und in sich selbst fest steht. Sowenig es von mir abhängt, Schwarz als Schwarz zu sehen, ebensowenig hängt es von mir ab, den *Pythagorischen* Lehrsatz z.E. wahr oder nicht wahr zu finden. Aber der Wille, der kann wollen und sich ändern und so auf die Denkkraft influieren. Und wer wie Gott wollen kann, der wird auch wie Gott denken lernen, er sei gelehrt oder ungelehrt, ein Polyhistor oder ein Schuster.

Also auf eine gewisse Gestalt des inwendigen Menschen kommt es an, auf eine gewisse innerliche Denkart, Fassung, Haltung etc. die man sich vorsetzen und darnach man streben muß.

Und da ist es, dünkt mich, von allem übrigen abgesehen und wes Glaubens man sonst auch sei, ein *vernünftiger Rat*: daß man sich eine Gestalt vorsetze, die standhält und die man unter allen Umständen festhalten kann. Was vorübergeht, ist ohne Zweifel nicht so gut, als was währt; und es schickt sich für den *Menschen* nicht, andern und andern Sinnes zu werden, und wie ein Chamäleon die Farbe zu ändern, je nachdem die Lichtstrahlen auf ihn fallen.

Aber über eine Gestalt, die standhalte und sich unter allen Umständen festhalten lasse, sind die Meinungen sehr verschieden, und ein jeder denkt sie sich auf seine Art, der Weltbiedermann so und der Gymnosophist anders; und a priori und ohne Erfahrung hat wohl noch niemals ein Mensch die rechte getroffen. Man stimmt immer zu hoch oder zu tief, und muß denn, wenn die Erfahrung eintritt, umstimmen, und das gibt viel Sorge und Mühe.

Doch es ist ein köstlich Ding, daß das Herz, oder diese Gestalt, fest sei; und man kann sich um eine solche nicht zu viel Mühe geben. Die Leser werden aber finden, daß sie desto unfester ist, je mehr Sinnlichkeit in ihr obwaltet, und daß man sich also *sauer* werden lassen und manches versagen und aus dem Sinn schlagen muß, um sie nach und nach davon zu säubern und fest zu machen.

Diese Welt und die Dinge die darin sind und zu ihr gehören, liegen uns *nahe*, und die *Natur* hängt sich gerne an und sammlet sie; aber sie sind nur ein luftig Wesen und ein trüglicher Schatz. Auch das Zeitliche und Sichtbare an uns selbst hat nicht Bestand und Wert, ist nur ein brechlicher Verschlag und inwendig wohnen *wir*.

Was unsichtbar und geistig ist, das nur ist fest und ewig. Und *der* Art sind auch die rechten Schätze, die der Rost nicht frißt, und die jene Gestalt unbeweglich und feuerfest machen. Und *die* sammlet der *Glaube*.

Aber *Glaube* ist in der gelehrten Welt ein unbekannt Ding. Er existiert nicht in abstracto, und wo er in die Hand genommen wird, um besehen zu werden, da gebiert er nichts als Hader und Zank; wo er aber in seinem natürlichen Acker, in einem Menschenherzen, wohnet und wurzelt, da zeigt er wohl, was er ist und was er kann, und wie er hier dem Menschen konveniere.

Sehen wirs doch im Kleinen und in Dingen dieser Welt, wie ein Mensch, der Glauben und Vertrauen zu sich und seiner Sache hat, mit Vollherzigkeit und Sicherheit fährt, wie ihm alles von der Hand geht, und es mit ihm, gegen den dürren hagern unschlüssigen Klügler, gar ein ander Leben und Wesen ist.

Was wird es denn sein mit einem, der ewigen unvergänglichen Dingen vertraut, der an einen allgegenwärtigen *souveränen* Tröster, einen Stiller *alles* Haders, *glaubt*, und eines neuen Himmels und einer neuen Erde wartet? – Der wird, auf dieser Erde, den Fuß in Ungewittern und das Haupt in Sonnenstrahlen haben, wird hier unverlegen und immer größer sein als was ihm begegnet, der hat immer genug, vergibt und vergißt, liebt seine Feinde und segnet die ihm fluchen; denn er trägt in diesem Glauben die beßre Welt, die ihn über alles tröstet und wo solche Gesinnungen gelten, verborgen in seinem Herzen, bis die rechten Schätze zum *Vorschein* kommen.

Wir sind nicht umsonst in diese Welt gesetzt; wir sollen hier reif für eine andre werden, und man kann unsern Körper als ein Gradierhaus ansehen, wo das wilde Wasser von dem guten geschieden werden soll. Es ist nur Einer der dazu helfen kann, und dem sei Ehre in Ewigkeit.

Gehabt Euch wohl.

Dabei wird jedermann erkennen, daß ihr meine Jünger seid, so ihr Liebe untereinander habet.

De negotio coenae non aliud adhuc susceptum video, nisi ut hac occasione in intricatas obscuras et profanas quaestiones ac rixas conjecti animi a conspectu doctrinae necessariae tamquam turbine quodam auferantur.
Ego mihi ita conscius sum non aliam ob causam unquam theologica tractasse, nisi ut vitam emendarem.

Melanchthon.

Wie eine neuere Theologie lehret, ist das heilige Abendmahl ein Mahl zum *Gedächtnis* des Mannes, der die wohltätigste Lehre in der Welt gelehrt und mit seinem Tod versiegelt hat.

Und, auch so angesehen, ist das heilige Abendmahl sehr ehrwürdig, und kann allerdings für die Gäste nützlich und heilsam sein.

Die Betrachtung der Geschichte Christi, wie er sich in seinem Leben und bei seinem Sterben betragen hat, kann ohne Segen nicht abgehen. Es kann kein Mensch bedenken das Werk, das Christus auf Erden vollenden wollte, die Knechtsgestalt in der er einherging, die Gnade und Wahrheit in seinem Sein und Tun und seine Kraft und Huld und Milde im Leiden und bei dem Undank der Menschen, ohne sich in den Staub zu beugen, und sich von Seinem Geist zu wünschen. Und das ist der Anfang zu vielem Guten.

Auch bedarf der Mensch, der gewöhnlich sein Leben in Zerstreuung und Leichtsinn vor sich hin lebt und immer voraneilt, ohne zu wissen was ihn eigentlich treibt und was er eigentlich will, in seinem Laufe von Zeit zu Zeit angehalten und zu sich selbst zurückgeführt zu werden; er bedarf eines Steins am Wege, auf den er sich hinsetze und in sein vergangenes Leben zurücksehe, usw. Und dazu kann ihm das heilige Abendmahl dienen, wenn es auch nicht mehr als ein bloßes *Gedächtnis*-Mahl wäre.

Aber, wie könnte es *das*, und nicht mehr sein? ....

Christus stellte bei aller Gelegenheit, wo er seine Herrlichkeit sehen ließ, sich selbst immer im Schatten: »Das Mägdlein *ist nicht tot*, sondern es *schläft*«;[1] – »*Dein Glaube hat* dir *geholfen*«;[2] – »Siehe, *sage* es *niemand*«[3] etc. Er hatte an ihm selber nicht Gefallen,[4] und zog sich immer zurück in seinem Leben; und er sollte, in der Nacht da er verraten ward, auf sich selbst bedacht gewesen sein, und ein Mahl und Fest *zu seinem Gedächtnis* gestiftet haben? ....

Und wenn es bloß ein Mahl *zu seinem Gedächtnis* hätte sein und *darin* das Wesentliche dieses Mahls bestehen sollen; so hätte doch *das*, als das Wesentliche, bei der *Einsetzung* angeführt werden, und von *Gedächtnis*, als von der Hauptsache, Erwähnung geschehen müssen.

Nun geschieht dies zwar beim Apostel;[5] aber von den drei Evangelisten, die uns von der *Einsetzung* Nachricht geben, spricht nur einer, und der, wie er selbst sagt, seine Nachrichten von Christus, nur durch Erkundigung eingezogen hatte, von *Gedächtnis*, und das nur beim Brot und nicht einmal beim Kelch; und die beiden andern, davon der eine bei der *Einsetzung* gegenwärtig gewesen war, haben kein Wort von *Gedächtnis*.

1 Matth. 9,24.
2 Mark. 10,52. Luk. 8,50.
3 Matth. 8,4, K[ap]. 9,30. Mark. 7,36.
4 Röm. 15,3.
5 1. Kor. 11,24.

Aber alle haben: *»für euch gegeben, für euch vergossen«*;[6] – *»für euch gebrochen«*;[7] – *»für viele vergossen«*[8] – *»vergossen für viele* zur Vergebung der Sünden«;[9] – *darin* muß denn wohl das Wesen dieses Mahls bestehen; und unser Herr Christus, der überhaupt nicht gekommen war, daß er ihm dienen lasse, sondern daß er diene,[10] hat wahrlich auch bei dieser Anstalt nicht gedient sein sondern dienen wollen.

Wohl wird, wie gesagt, auch durch ein *Gedächtnis*-Mahl den Menschen gedient, aber nur kümmerlich, und nicht wie Christus dient. Der Mensch bleibt hier selbst sein Arzt. Er kann aber einmal durch sich und seine Kräfte nicht *genesen*, sintemal alles Gesetz durch das Fleisch geschwächt wird. »Das Gesetz kann nichts tun, weder anzeigen was man tun und lassen soll; aber die Kraft und das Vermögen solches zu tun und zu lassen gibt es nicht, und läßt den Menschen also in Sünden stecken.« Er bedarf denn anderer Hülfe, eines andern Mittels. Und das ist grade die Hülfe, die ihm zugedacht ist und die er haben könnte; denn dazu ist Christus in die Welt kommen, daß er dies andre Mittel zuwege bringe, und täte was dem Gesetz unmöglich war.[11]

Für euch gegeben und vergossen, zur Vergebung der Sünden – das ist, nach der Schrift, die große heilige Sache des Abendmahls. Es ist eingesetzt: von dem Leibe der Sünde[12] und des Todes[13] zu erlösen, die Erde mit dem Himmel wie-

6 Luk. 22,19.20.
7 1. Kor. 11,24.
8 Mark. 14, 24.
9 Matth. 26,28.
10 Matth. 20,28.
11 Röm. 8,3.
12 Röm. 6,6.
13 Röm. 7,24.

der zu vereinigen und den Menschen in sein ursprüngliches Verhältnis mit Gott herzustellen.

Adam, vor dem Fall, war mit Gott und Gott mit ihm in dem *Garten Eden*, den er *bauen* und *bewahren* sollte;[14] er war *frei* und herrschte, mit und durch Gott, über die sinnliche Natur, über Fische im Meer und über Vögel unter dem Himmel.[15]

Sein unsterblicher Geist war *lebendig*.

Als er aber von Gott abfiel und sich zu dem, was nicht Gott war, wandte; ward ihm sein Wesen – nicht vernichtet: denn das kann nicht vernichtet werden; aber ihm ward, weil er seine *Freiheit* mißbrauchte, eine Hemmkette angetan und er der sinnlichen Natur unterworfen.

Sein unsterblicher Geist verlor sein *Leben*.[16]

Er ward, sagt die Heilige Schrift, aus dem Garten Eden, wo er die Stimme Gottes gehört hatte,[17] und er mit Gott und Gott mit ihm gewesen war, ausgetrieben und die Tür hinter ihm zugeschlossen.[18]

Wir können an der Wahrheit dieser Geschichte nicht zweifeln, da wir sie in uns selbst erfahren, und ein Zeuge in der Tiefe unsers Herzens so laut und unwidersprechlich davon zeuget.

Denn »wir finden uns, die wir wollen das Gute tun, ein Gesetz, daß uns das Böse anhanget« – der inwendige Mensch ist noch da, und, »wir haben Lust an Gottes Gesetz nach diesem inwendigen Menschen; wir sehen aber ein ander Gesetz in unsern Gliedern, das da widerstreitet dem

14 1. Mose 2,15.
15 1. Mose 1,28.
16 1. Mose 2,17.
17 1. Mose 3,8.
18 1. Mose 3,24.

Gesetz in unserm Gemüte und nimmt uns gefangen in der Sünde Gesetz, welches ist in unsern Gliedern.«[19]

Und diese Knechtschaft und ihr Rat ist ein Wurm im Menschen, der nicht stirbt; ist die gewaltige Angelegenheit, die je und je und solange Menschen auf Erden sind die Welt beschäftiget und die Erde mit Altären und Einsiedlerhütten und Götterhainen, mit Pagoden und Tempeln und Moscheen und Kirchen und Klöstern bedeckt hat; ist das Geheimnis, das *Konfuzius* und *Zeno* und die Weisen aller Zeiten und Völker im Sinne gehabt und gesucht haben.

Alle Religionen und Philosophien sind im Grunde nichts anders, als Projekte, als Vorschläge und Weg dazu. Die bessern Menschen waren sich ihres unsterblichen Geistes bewußt, schämten sich seiner Ketten, verschmähten die Welt und was in der Welt ist, und rangen und kämpften nach *Freiheit*.

Sollte aber der Mensch *recht frei*[20] werden: so mußte das Verlorne wiedergefunden, sein Geist mußte wieder zum *Leben* gebracht, *wiederbelebt* werden. –

Von dieser *Wiederbelebung* und der Art und Weise sprach Christus in der Schule zu *Kapernaum*: »*Moses* hat euch nicht Brot vom Himmel gegeben, sondern mein Vater gibt euch das rechte Brot vom Himmel. Dies ist das Brot Gottes, das vom Himmel kommt und gibt der Welt das *Leben*. – Und das Brot, das ich geben werde, ist mein Fleisch, welches ich geben werde für das *Leben* der Welt. – Werdet ihr nicht essen das Fleisch des Menschensohnes und trinken sein Blut; so habt ihr kein *Leben* in euch.«[21]

19 Röm. 7[,21-23].
20 Joh. 8,36.
21 Joh. 6[,32-33.51.53].

Viele von denen, die diese Rede höreten, gingen hinter sich und murreten: wie kann dieser uns sein Fleisch zu essen geben? – Die Frage war ihnen zu vergeben; sie kannten Christum nicht und sahen an ihm nur einen Menschen wie ein anderer Mensch gestaltet,[22] nur des *Menschen* Sohn. Aber des *Menschen* Sohn sollte verkläret[23] werden, bei dem Vater selbst mit der Klarheit die er bei ihm hatte ehe die Welt war.[24]

Diese Verklärung geschahe durch den Tod, wie er selbst, Joh. 12,23.24, bei seinem Hingang sagte: »Die Zeit ist kommen, daß des *Menschen* Sohn verkläret werde. Wahrlich, wahrlich, ich sage euch, es sei denn daß das Weizenkorn in die Erde falle, so bleibet es alleine; wo es aber erstirbet, so bringet es viele Früchte.« Und Joh. 16,7: »So ich nicht hingehe, so kommt der Tröster nicht zu euch, so ich aber hingehe, will ich ihn zu euch senden.« Und Johannes sagt: »Der Heilige Geist war noch nicht da, denn Jesus war noch nicht verkläret.«[25]

Paulus rechnet diese Verklärung oder Aufnahme in Herrlichkeit mit zu dem »*kündlich großen Geheimnis*.«[26] Aber nach den Äußerungen der Heiligen Schrift: »daß Christus, vom Tode erweckt, hinfort *nicht sterbe* und der *Tod hinfort keine Gewalt über ihn habe*«[27] – daß »das Gesetz des *lebendigen Geistes in Christo* frei mache von dem Gesetz der

22 Phil. 2,7.
23 Verklären, Klarheit, besser: Herrlich machen, Herrlichkeit, wie auch *Luther* an andern Orten δοξαζειν und δοξα übersetzt; auch darum besser, daß die Verklärung, davon hier die Rede ist, von der Geschichte auf dem Berge *Tabor* unterschieden werde.
24 Joh. 17,5.
25 Joh. 7,39.
26 1. Tim. 3,16.
27 Röm. 6,9.

Sünde und des Todes;«[28] – daß ihm, »nachdem er auferstanden war, gegeben war alle *Gewalt* im *Himmel* und auf *Erden;*«[29] daß Christus, *vom Tode erweckt, »alles in allem erfülle etc.*«[30] und aus der Geschichte Christi nach seiner Auferstehung, wo er bei verschlossenen Türen mitten unter die Jünger trat,[31] und da und dort, in *Galiläa* und bei und in *Jerusalem*, plötzlich und auf einmal erschien und wieder verschwand etc. *versteht* man doch soviel: daß seine menschliche Natur, in Vereinigung mit der göttlichen, unsichtbarer, lebendiger und geistiger Art geworden und in dieser Verbindung allenthalben gegenwärtig sei, und daß solchergestalt mancher Zweifel gelöset, und so der Genuß seines Fleisches und Blutes keine so unmögliche und unglaubliche Sache sei, daß man, wie zu *Kapernaum* geschahe, deswegen hinter sich gehen und sich daran ärgern müßte. – Und darauf scheint auch Christus zu zielen, wenn er zu den Jüngern sagt: »ärgert euch das, wie wenn ihr denn sehen werdet des *Menschen* Sohn auffahren dahin, da er vor war? Der *Geist* ist es, der da *lebendig* machet, das Fleisch ist kein nütze. Was ich rede, das rede ich vom *Geist* und vom *Leben.*«[32]

Und nun die *Einsetzung* selbst. Der ganze levitische Gottesdienst deutete auf Christum und war vorbildlich, und so waren auch die *weislich* verfügten Veranstaltungen bei dem Auszug aus Ägypten *Vorbild*: So wie bei der Befreiung und Erlösung der *Juden* aus der Not der *leiblichen* Knechtschaft, in jedem Hause ein *leibliches* Mahl, bei dem auch

28 Röm. 8,2.
29 Matth. 28,18.
30 Eph. 1,23.
31 Joh. 20,19.
32 Joh. 6,61.62.63.

Becher umgingen, gehalten und genossen werden sollte; so würde zu seiner Zeit, wenn die vorgebildete Sache selbst käme, und das *ganze Menschengeschlecht* aus der großen allgemeinen Not der *geistigen* Knechtschaft befreiet und erlöset werden sollte, ein *geistiges* Mahl zum Genießen gegeben werden.

Das jüdische Osterlamm war nun zum letztenmal genossen, und das Lamm Gottes, welches der Welt Sünde träget,[33] sollte an dessen Stelle treten, und sein Genuß *eingesetzet* werden. Und auch waren die Jünger, die Christum hatten sagen hören, daß ohne den Genuß seines Fleisches und Blutes kein *Leben* sei, und daß, wer es genieße, in Ihm bleibe und Er in ihm, natürlich, je näher es zum Tode kam, und sonderlich beim *letzten* Mahl, unruhig und verlegen: *woran* sie sich, wenn er nun von ihnen genommen würde, und hinginge, wohin sie ihm nicht folgen könnten, wenn er nun aufführe dahin, wo er vor war; *woran* sie sich denn in Ansehung seines Fleisches und Blutes zu halten hätten, und *wie* sie dessen teilhaftig werden sollten.

Und er nahm das Brot, dankete und sprach: *das ist* mein Leib!

Und er nahm den Kelch, dankete und sprach: *das ist* mein Blut!

Über die Vernunft mag dies alles sein; aber wider die Vernunft ist es nicht. Denn sollte der, welcher mit den Worten: »sei gereiniget;«[34] – »stehe auf, hebe dein Bette auf und gehe heim;«[35] – und mit dem Kot,[36] »den er auf des Blindgebornen Augen legte« etc. die unsichtbare geistige Kraft verbin-

33 Joh. 1,29.36.
34 Matth. 8,3.
35 Matth. 9,6.
36 Joh. 9,6.7.

den konnte: daß der Aussätzige rein wurde, der Gichtbrüchige sein Bette aufhub und heimging, und der Blindgeborne sehend kam, etc. sollte der nicht auch sein unsichtbares geistiges Fleisch und Blut mit Brot und Wein verbinden können?

Wie hätten die großen weisen Väter von *Adam* her, *Abraham* der Freund Gottes und die Propheten auf ihn gehofft, hätten ihn viertausend Jahre hindurch, als den Held ihrer Erwartung in dem alle Völker sollten gesegnet werden, in ihren Herzen getragen und bewegt, und in ihrem Gottesdienst dem Volk vor die Augen gestellt, wenn er nicht mehr gewollt und gekonnt hätte, als ein Mensch kann und will?

Christi Leib und Blut, gegeben und vergossen zur Vergebung der Sünden – Das sollten die ersten Jünger und Christen im Sakrament genießen und das genossen sie.

Allerdings konnte dies ohne *Gedächtnis* Christi nicht abgehen. Sie mußten und wollten, wenn sie die Kräfte des heiligen Abendmahls, den Frieden mit sich selbst und mit Gott, schmeckten, sie mußten und wollten wohl, gerne und unaufgefordert, an *ihn* denken, ewig und allein an *ihn* und an nichts anders.

Und in dem Sinn ist das heilige Abendmahl auch ein *Gedächtnis*-Mahl, wo nämlich das *Gedächtnis* eine Folge von der Würkung des heiligen Abendmahls ist; aber kein bloßes *Gedächtnis*-Mahl, wo die Würkung und Besserung eine Folge vom *Gedächtnis* sein soll. –

Auch die Feierlichkeit beim heil. Abendmahl, und daß ein Priester Brot und Wein segnen muß, und es ohne ihn nicht genossen werden darf, scheint auf etwas anders, als ein *Gedächtnis*-Mahl zu deuten.

Endlich die erste Kirche und der Doktor *Luther*, nach dem sich die Lutheraner nennen, hielten es für etwas anders:

Justinus sagt: die Christen wären gelehrt worden, daß gesegnetes Brot und Wein Fleisch und Blut Christi wären. Denn die Apostel überlieferten in ihren Kommentarien, die Evangelien genannt werden: »Christus habe solch Gebot gegeben; – denn er habe, nachdem er das Brot genommen und gedanket hatte, gesagt: tut es zu meinem Gedächtnis, das ist mein Leib; und habe, ebenso, nachdem er den Kelch genommen und gedankt hatte, gesagt: das ist mein Blut.«

Gregorius von Nazianz: »Da wir das genossen haben, was unsre Natur zerstreuet und zerrüttet hat; so bedürfen wir notwendig dessen, was wieder sammlet und füget, was zerstreuet und zerrüttet war, damit, wenn die heilsame Arzenei in unserm Innern in uns ist, sie den Schaden des Gifts, das in unsern Leib gebracht worden, durch entgegengesetzte Eigenschaften heile. Was aber ist diese Arzenei? – Nichts anders als jener Leib, der sich als Überwinder des Todes bewiesen hat, und der Anfang unsers Lebens ist.«

Hieronymus: »Wenn also das Brot das vom Himmel kommen ist, der Leib des Herrn ist, und der Wein, den er den Jüngern gegeben, sein Blut des Neuen Testaments ist, für viele vergossen zur Vergebung der Sünden; so laßt uns die jüdischen Fabeln verachten.«

Ambrosius: »Es ist sein wahres Fleisch das wir essen, und sein wahres Blut, das wir trinken.«

Augustinus: »Jenes Brot, das ihr auf dem Altar sehet, ist, durch das Wort geweihet, der Leib Christi; jener Kelch, und was er enthält, ist, durch das Wort Gottes geweihet, das Blut Christi.«

Chrysostomus: »Wenn du zum heiligen Abendmahl gehest, so halte dafür, daß der Herr aller Herren dort gegenwärtig sei; denn er ist dort wahrhaftig gegenwärtig, und sieht und erkennet, was in jedwedes Menschen Herzen ist.« etc. etc.

Nach dem Konzilium von *Nicäa* werden Brot und Wein, nach der Einsegnung, eigentlich der Leib und das Blut Christi genannt und geglaubt.

In den alten Liturgien finden sich Gebete um Ausgießung des Heiligen Geistes über das ausgesetzte Brot und Wein, auf daß sie der Leib und das Blut Christi werden. – Der Priester segnete Brot und Wein und betete: »Mache dies Brot, den teuren Leib Christi; und was im Kelche ist, das teure Blut Christi durch deinen Heiligen Geist!«

»Auf diese Gebete, sagt *Proklus*, erwarteten sie den Heiligen Geist, daß der Brot und Wein zu Leib und Blut unsers Heilandes Jesu Christi mache.«

Die Kirchenväter drückten sich in dieser Sache so stark aus, daß ihre *Ausdrücke* zum Beweis der *Verwandlung* gebraucht werden konnten. Doch fehlt es bei ihnen auch nicht an *Ausdrücken*, daraus *Ökolampadius* und andre grade das Gegenteil, nämlich die nicht-würkliche Gegenwart des Leibes und Blutes Christi in Brot und Wein, haben beweisen wollen. Am Ende steht und fällt das Christentum nicht mit den gedruckten Kirchenvätern.

Die afrikanischen Christen nannten, wie *Augustinus* anführt, das heilige Abendmahl kurzweg: das L e b e n; die Griechen nannten es das: *größte Gut* der Christen, und *Luther* nannte es: *unsern höchsten Schatz*[37] und sagte: »Christus hat die Macht seines Leidens ins Sakrament gelegt, daß mans daselbst soll finden und holen laut der Worte: das ist mein Leib, der für euch gegeben wird, zur Vergebung der Sünden.«[38]

37 In der Schrift: *Wider die himmlischen Propheten.*
38 In einer der bekannten sieben Predigten zu Wittenberg.

Jedermann kennt den 18. Artikel[39] der *Augsburgischen Konfession*, und weiß, daß darin nicht die Rede ist von einem *Gedächtnis*-Mahl, sondern von einem *unbegreiflichen geheimnisvollen* Mahl, und dafür ward das heilige Abendmahl auch bei den ersten Christen gehalten, und hieß ihnen das *Geheimnis* κατ ἔξοχην.

Der Geist der Wahrheit, den Christus den Jüngern versprach, und der in *alle* Wahrheit leiten sollte, wird die Jünger und Christen auch hier geleitet, und Einsicht in dies Geheimnis gelehret haben.

Aber, wo der nicht leitet und lehrt, hört die Einsicht auf, und wo die Einsicht aufhört, fängt gewöhnlich der Zank und die Erklärungssucht an, wie das auch die Händel und die Erklärungen der mittlern und neuerer Zeit und der Sakramentstreit zur Zeit der Reformation beweisen.

39 Er lautet wörtlich so: »Von dem heiligen Sakrament des Leibes und Blutes Christi wird bei uns gelehrt und geprediget, wie das von den Evangelisten und *Paulo* vorgeschrieben, und von den heiligen Vätern gehalten, auch in der Gemeine Gottes am nützlichsten und heilsamsten ist. Nämlich daß der Herr, wie in seinem letzten Nachtmahl, also auch heutiges Tages seinen Jüngern und Gläubigen, wenn sie solches sein heiliges Abendmahl halten, laut seiner Worte in diesem Sakrament seinen *wahren Leib* und *wahres Blut wahrlich zu essen und zu trinken gibt*, zur Speis ihrer Seelen und ewigen Leben, daß sie in ihm und er in ihnen bleibe: daher sie dann auch am Jüngsten Tage durch ihn zur Unsterblichkeit und ewigen Seligkeit auferwecket werden. Man weist auch das Volk, besondern Fleißes, von allem Zank und unnötigen und fürwitzigen Disputieren in diesem Handel zu demjenigen das allein nützet, und auch von Christo unserm Herrn in solcher Sache allein gemeint und bedacht ist: daß wir nämlich, wie durch ihn selbst gespeist, also durch und in ihm leben eines gottgefälligen, heiligen und ewigen Lebens, und seien daher unter uns Ein Brot und Ein Leib, die wir alle Eines Brots im heiligen Abendmahl teilhaftig werden.«

Luther wußte dies Geheimnis auch nicht;[40] aber er wählte, was in solchem Fall das Sicherste und Beste ist. Er hielt sich ohne weiters an die Worte der *Einsetzung*: »Gottes Wort ist da, das saget es: da bleiben wir bei und glauben.«[41]

Und er hielt so fest an: das *ist* mein Leib: das *ist* mein Blut, daß er, wenn eins von beiden hätte sein müssen, sich eher nach der Seite der *Verwandlung* hätte wenden können, als nach der Seite des Bedeutens und der alleinigen Gegenwart für den Glauben,[42] und noch weniger mit einem bloßen *Gedächtnis*-Mahl zufrieden gewesen wäre.

Indes war *Luther* zu seiner Überzeugung nicht sogleich und leicht gekommen. Vernunft und Scharfsinn, daran es ihm sowenig als *Zwingli* fehlte, hatten ihn viel versucht und hart angefochten. »Das bekenne ich, schrieb er 1524 in einem Briefe an die Straßburger Theologen, das bekenne ich, wo Doktor *Karlstadt* oder jemand anders vor 5 Jahren mich hätten mögen berichten, daß im Sakrament nichts anders wäre, denn Brot und Wein, der hätte mir einen großen Dienst getan. Ich habe wohl so harte Anfechtung erlitten, und mich gerungen und gewunden, daß ich gerne heraus gewesen wäre. – Ich habe auch zween gehabt, die geschickter davon zu mir geschrieben haben, denn Doktor *Karlstadt*, und nicht also die Worte gemartert nach eigenem Dünkel. Aber ich bin

40 Wie Christus ins Sakrament gebracht wird weiß ich nicht: das weiß ich aber wohl, daß Gottes Wort nicht lügen kann, das da sagt, es sei Christus Leib und Blut im Sakrament. (In der angeführten Schrift.)

41 Ebendaselbst.

42 »Ich habe es oftmals erklärt, sagt er, daß es mir keinen Hader gelten soll, es bleibe Wein oder nicht. Mir ist genug, daß Christi Blut da sei, es gehe dem Wein wie Gott will. – Ja ehe ich mit den andern wollte eitel Wein haben, ehe wollte ich mit dem Papst eitel Blut haben.« (Ebendaselbst).

gefangen: kann nicht heraus: der Text ist zu gewaltig da, und will sich mit Worten nicht lassen aus dem Sinne reißen.«

Wenn der Doktor *Luther* sich aber durch seine Zweifel einmal durchgeschlagen hatte, und mit seiner Überzeugung im reinen war, so mochte ihn auch weiter nichts erschüttern, und er war keck. – »*Den* Trotz sollen sie uns nicht nehmen! Solange aber der Trotz uns bleibt, wollen wir unsre Feinde fröhlich verachten und zusehen, ob sie uns diesen Christum so leichtlich, als sie meinen, verschlingen, und einen andern an seine Statt setzen mögen, von dem der Vater im Himmel nichts wisse.«[43] Und in einem Brief an *Staupitz*: – »Nicht daß ich dadurch Ew. Ehrwürden in gleiche Gefahr dächte zu führen. Ich will allein auf meine Fahr, alles, was ich hierin tu, getan haben. Christus, mein Herr, mag zusehen, ob dieser Handel, den ich führe, ihn oder Luther belange.«

So keck und heftig, und mehr als nötig gewesen wäre, war er denn auch in dem Sakramentstreit. »Wir halten, schrieben die Straßburger Theologen an *Melanchthon*, daß niemand oder wenigen gegeben sei, weil sie mit diesem Fleisch beschwert sind, daß sie etwas für Gottes Geist also handeln und verrichten mögen, daß nicht das Fleisch auch von dem Seinigen etwas mit untermenge. Es meinen auch etliche, lieber *Philippe*, welches Ihr uns zugute halten werdet, daß Doktor *Luther* die Geistlichen *anders* würde vermahnt haben in seinem letzten Büchlein, wenn sein Fleisch nicht auch von dem Seinigen etwas dazugetan hätte.«

Und wäre *Luthern*, bei seiner Kraft und Fülle, das gegeben gewesen, was niemand oder wenigen gegeben ist, wäre er nur sanft und sinnig gewesen, als *Melanchthon* war, und, an der andern Seite, der alte ehrwürdige Augustiner *Stau-*

43 In einem Briefe an *Hartmut* von *Cronberg*.

pitz etc., als *Zwingli* im Anfang war; so hätte vielleicht manches *anders* werden, und, auch in diesem Streit, die Einheit erhalten werden können. Denn die Lehrer der streitenden Meinungen kamen in ihren *Unterredungen* und *Gesprächen* zur Zeit der Reformation einander manchmal so nahe, daß sie selbst, bis auf Worte, einig zu sein glaubten, und auch, wenn die einen nur die Natur von Brot und Wein hätten wollen bestehen lassen, und die andern den würklichen Genuß des Leibes und Blutes Christi bei den Nicht-Glaubenden, daran *Luthern* alles gelegen war, nachgegeben hätten, im Grunde würklich einig gewesen wären.

Ja freilich, wenn das *Licht* sich eingemischt und gewaltet hätte; so wäre, zum Besten der Welt und zur Freude der *Gutgesinnten*, *jedem, und jedweden* Dinge Recht geschehen, Gottes *Werk* und der Menschen Werk, die echten Gebräuche und Traditions von den nachgemachten, und überhaupt der alte reine Weizen von der Spreu, in Friede, rein und lauter geschieden, und der unglücklichen Trennung gewehrt worden, die damals, an allen Seiten, Freunde und anerkannt-rechtschaffene, fromme und gelehrte Leute trennte und noch trennt.

Aber *Luther* war kein Heiliger, und er hatte es nicht mit Heiligen zu tun. Und in dem Zustande, dahin damals die Sachen gekommen waren, ist wohl etwas von dem *Sauerteig* zu vergeben, und vielleicht nötig gewesen, um eine Seele zum Reformieren in Gärung zu setzen, und unerschrocken und bei Mut zu erhalten, damit doch *etwas* geschehe.

Luther glaubte, und vertraute Gott, betete täglich seine zwei drei Stunden, und »tröstete und entsatzte sich dann keines Dinges«, und was nach seiner Überzeugung *göttliche Wahrheit* und *Weg zur Seligkeit* war, das lag ihm wahrhaftig am Herzen.

»Ich, schrieb er an *Spalatin*, bin allezeit geneigt und bereit innezuhalten und stillezustehen, allein daß sie nicht verbieten, göttliche Wahrheit frei zu bekennen und zu lehren. Wo sie das tun, will ich mich aller Dinge gehorsamlich gegen sie bezeugen, ja gerne tun, was ich nur soll, wo sie nur den Weg zur Seligkeit den Christen lassen frei und offenstehen. Dies allein begehre ich von ihnen; sonst gar nichts. Was kann ich doch Ehrlicheres begehren? Ich begehre kein Kardinal zu werden, trachte auch weder nach Gold, Ehre, Geld noch Gut. – Und weil mein Gemüt also steht, kann ich mich nicht weder für Drohungen fürchten, noch durch gute Worte und Versprechungen bewegen lassen.«

Es läßt sich wohl nichts Größeres und zugleich Tröstlichers denken, als was die Heilige Schrift von *einem Leibe* sagt, wo der ganze Leib sich hält an dem Haupt und von ihm durch alle Gelenke und Fugen Handreichung empfängt, und wo ein jedes Glied an dem andern hanget und eins dem andern nach seiner Maße Hülfe tut, und machet, daß der Leib wächset zu seiner Selbst Besserung, bis daß wir alle hinankommen, zu einerlei Glauben und Erkenntnis des Sohnes Gottes.

Daran wird jedermann erkennen, daß ihr meine Jünger seid, so ihr Liebe untereinander habet. ... Die Liebe ist langmütig und freundlich, sie stellet sich nicht ungebärdig, sie suchet nicht das Ihre, sie verträget alles, sie duldet alles; die Liebe lässet sich nicht erbittern, sie trachtet nicht nach Schaden. – Aber sie läßt sich doch die Augen nicht verschließen, und trachtet nach Wahrheit, und sieht um sich, wo und woran es fehle.

Zum Beschluß eine Stelle aus Luthers: *Ermahnung an den christlichen Adel deutscher Nation*, über die Theologen seiner Zeit:

»Meine lieben Theologen haben sich aus der Mühe und Arbeit gemacht, lassen die Bibel wohl ruhen und lesen die *Sententias.* Ich meine, die Bibel sollte den Doktoribus bleiben. So ist es umgekehrt. – Wie wollen wir ihm nun tun? Ich weiß keinen Rat, denn ein demütig Gebet zu Gott, daß er uns selbst Doktores der Theologie gebe. Doktores der Kunst der Arzenei, der Rechten, der Sentenzen mögen der Papst, Kaiser und Universitäten machen; allein sei nur gewiß, einen Doktor der Heiligen Schrift wird dir niemand machen, denn allein der Heilige Geist im Himmel, und der fragt nicht nach roten oder braunen Pareten, noch was des Prangens ist, auch nicht ob einer jung oder alt, Lai oder Pfaff, Mönch oder weltlich sei.«

HOCHZEITLIED

Stand ein junges Veilchen auf der Weiden,
Lieb und herzig, in sich, und bescheiden;
  Und ein wackrer Jüngling über Land
  Kam hin, da das Veilchen stand.

Und er sah das Veilchen auf der Weiden
Lieb und herzig, in sich, und bescheiden;
  Sah es an mit Liebe und mit Lust,
  Wünscht es sich an seine Brust.

Heute wird das Blümchen ihm gegeben,
Daß ers trag *an seiner Brust* durchs Leben!
  Und ein Kreis von edlen Menschen steht
  Ernst, und feiert mit Gebet.

Seid denn glücklich! Gott mit euch, Ihr beide!
Seine »Sonn' am Himmel« schein euch Freude;
Und, in eurer Freud', in eurem Schmerz,
Seine »beßre« euch ins Herz!

AUF O--O R--S GRAB

Aus einer Welt voll Angst und Not,
Voll Ungerechtigkeit, und Blut und Tod
Flüchtete die fromme reine Seele
Sich ins beßre Land zu Gott;
Und der Leib in diese dunkle Höhle,
Auszuruhen bis zum Wiedersehn.
O der *Christ* ist immer groß und schön,
Doch im Tod' in seiner größten Schöne.
Wandrer, bleib' am Grabe stehn,
Lerne hier, was eitel ist, verschmähn;
Weine eine stille Träne!
Und denn kannst du weitergehn.

AUF EINEN SELBSTMÖRDER

Videre verum, atque uti res est dicere.

Er glaubte sich und seine Not
Zu lösen durch den Tod.
Wie hat er sich betrogen!

Hier stand er hinterm Busch versteckt;
Dort steht er bloß und unbedeckt,

Und alles, was ihn hier geschreckt,
Ist mit ihm hingezogen. –
Wie hat er sich betrogen!

STERBEN UND AUFERSTEHN

Du Menschenkind, sieh um dich her …
Und weißt du eine Lehre,
Die größer und die tröstlicher
Für uns hienieden wäre? –

Dort, wo die Siegespalmen wehn,
Ist *Sein* nur, ist kein *Werden*,
Kein Sterben und kein Auferstehn,
Wie hier bei uns auf Erden.

Dort freun sie *ewig ewig* sich,
Ist *ewig* Licht und Friede,
Das Leben quillt *dort* mildiglich
Aus sich, und wird nicht müde.

Doch dieser Unterwelt ist nicht
Solch glorreich Los gegeben;
Hier ist ohn Finsternis kein Licht,
Und ohne Tod kein Leben.

Der *Löwe* liegt und fäult und schwellt –
Dann geht vom *Fresser Speise*;
Der Same in die Erde fällt
Und stirbt, – und keimt dann leise.

Und die Natur ein Spiegel ist;
  Es wird darin vernommen:
Was deinem Geist du schuldig bist
  Soll er zum Leben kommen.

Willst du wahrhaftig glücklich sein,
  Auf festem Grunde bauen;
Mußt du den Dornenweg nicht scheu'n,
  Der Rosenbahn nicht trauen.

Einst war ein großer Mann bedacht
  Uns darin einzuweihen,
Und führte durch die *lange Nacht*
  Das Volk zum *Fest der Maien*.

Drum spare dir viel Ungemach,
  Du Menschenkind, und höre,
Und denke der Verleugnung nach,
  Und jener großen Lehre.

In uns ist *zweierlei* Natur,
  Doch *ein* Gesetz für beide;
Es geht durch Tod und *Leiden* nur
  Der Weg zur wahren *Freude*.

DER PHILOSOPH UND DIE SONNE

Der Philosoph

Du edler Stern am hohen Himmelszelt,
Du Herr und König deiner Brüder!
Du bist so gut gesinnt – du wärmest uns die Welt,
Und schmückst mit Blumen uns das Feld,
Und machst den Bäumen Laub, den Vögeln bunt Gefieder;
Du machst uns Gold, das Wunderding der Welt,
Und Diamant, und seine Brüder;
Kömmst alle Morgen fröhlich wieder,
Und schüttest *immer* Strahlen nieder –
Sprich edler Stern am hohen Himmelszelt,
Wie wachsen dir die Strahlen wieder?
Wie wärmest du? *Wie* schmückst du Wald und Feld?
Wie machst du doch in aller Welt
Dem Diamant sein Licht, dem Pfau sein schön Gefieder?
Wie machst du Gold?
Sprich liebe Sonn', ich wüßt' es gern.

Die Sonne

Weiß ichs? Geh, frage meinen Herrn.

[AUS] VOM GEWISSEN.
In Briefen an Andres
DRITTER BRIEF

Du hast recht, Andres, die Frage: wie ein *gutes Gewissen* möglich sei, ist so leicht nicht beantwortet; und je länger man darüber nachdenkt, desto schwerer und schwüriger wird das Antworten.

Mancher spricht von einem *guten Gewissen*, wenn er sich keiner Schand- und Freveltat bewußt ist. Aber das *gute Gewissen* hängt nicht sowohl mit einzelnen Handlungen, als mit der ganzen inwendigen Gestalt und Verfassung des Menschen zusammen.

Adam war zum Bild Gottes erschaffen, und sein Gesetz war: Gott anzuhangen, und ihn über alles zu fürchten, zu lieben und zu vertrauen. Als er seine Freiheit mißbrauchte, und etwas anderm mehr anhing und vertraute, ward er dem *sinnlichen Gesetz* unterworfen. – Und »er *zeugte Söhne und Töchter, die seinem Bilde ähnlich* waren.«

In dieser Verfassung des Menschen aber, wo er nämlich dem *sinnlichen Gesetz* unterworfen und untertan ist, in dieser Verfassung ist ein jeder Akt, in Gedanken, Worten und Werken, dem *bessern Gesetz* in ihm zuwider und entgegen; und macht also *böses Gewissen*. Wie ist denn ein *gutes* möglich, und wie kann es bei ihm statthaben?

SIEBENTER BRIEF

Nun, lieber Andres, Du kennst das Glück eines *guten Gewissens*; und, wills Gott, sind außer Dir noch viele, die dies Glück kennen, und es heimlich genießen, ohne daß andre

Leute davon wissen. Denn ein *gutes Gewissen* im Menschen ist wie ein Edelstein im Kiesel. Er ist würklich darin; aber Du siehst nur den Kiesel, und der Edelstein bekümmert sich um Dich nicht.

Mir wird allemal wohl, wenn ich einen Menschen finde, der dem Lärm und dem Geräusch immer so aus dem Wege geht, und gerne allein ist. Der, denke ich denn, hat wohl ein *gutes Gewissen*; er läßt die schnöden Linsengerichte stehen, und geht vorüber, um bei sich einzukehren, wo er beßre Kost hat, und seinen Tisch immer gedeckt findet.

Wehe den Menschen, die nach Zerstreuung haschen müssen, um sich einigermaßen aufrecht zu erhalten!

Doch wehe siebenmal den Unglücklichen, die Zerstreuung und Geschäftigkeit suchen müssen, um sich selbst aus dem Wege zu gehen! Sie fürchten, allein zu sein; denn in der Einsamkeit und Stille rührt sich der Wurm, der nicht stirbt, wie sich die Tiere des Waldes in der Nacht rühren, und auf Raub ausgehen.

Aber *selig* ist der Mensch, der mit sich selbst in Friede ist, und unter allen Umständen frei und unerschrocken auf und um sich sehen kann! Es gibt auf Erden kein größer Glück.

Andres! – Wer doch sich und andre darnach recht lüstern machen könnte!

PREDIGT EINES LAIENBRUDERS ZU NEUJAHR 1814

Moses sprach zu Gott:
Wer bin ich, daß ich zu Pharao gehe.
2. Mose 3,11.

Es war ein wunderlicher Krieg,
Wo Tod und Leben rungen.
Das Leben, das behielt den Sieg;
Es hat den Tod bezwungen.
Die Schrift hat verkündigt das,
Wie ein Tod den andern fraß;
Ein Spott aus dem Tod ist worden.
Halleluja!

Deutschland hatte seiner Ahnentugenden vergessen; der Geist der alten Biederkeit, der Brudertreue und Mannkraft war gewichen, und Irreligiosität, Wohlleben und Weichlichkeit waren an ihre Stelle getreten – und so ward einem unternehmenden Nachbar möglich, was ihm sonst unmöglich gewesen wäre. Er trat kühn einher, zerbrüderte, überwand, unterjochte und teilte den Raub aus – und unsre freien Brüder sahen dem zu, und ließen mit sich als mit Schwächlingen und Sklaven spielen. – Deutschland hatte seiner Ahnentugenden vergessen, und schlummerte tief, und weit und breit.

Als aber eine edle Stimme aus Norden es weckte, besann es sich sein; der alte Mut erwachte; groß war die Menge der Helden – und die vereinte Kraft und Weisheit machte dem Unfug ein Ende. Und wie sie sich dadurch bis daher um Deutschland unsterblich verdient gemacht; so werden sie ihr Werk vollenden; bekehren, bekehren; die Gerechtigkeit wieder ehrlich machen, und uns und unsern Nachbaren Ruhe und Sicherheit für die Zukunft erkämpfen.

Doch das kostet, und hat gekostet. Deutschlands Berge und Täler triefen von Blut, seine Ebenen sind mit Leichen bedeckt, seine Städte und Dörfer liegen öde und verwüstet, und die Einwohner sind entflohen, und irren verlassen und traurig umher.

Es bleibt dem Edelmut und der Rechtlichkeit der Fürsten und Väter der Völker aufbehalten, das Andenken der für Vaterland und Freiheit gefallenen Helden zu ehren, ihre Witwen und Waisen zu versorgen, die Flüchtigen zu sammlen, die öden und verwüsteten Städte und Dörfer herzustellen, und das getane und geschehene Böse, soviel möglich, wiedergutzumachen.

Das alles ist indes nur ein Teil der ihnen von Gott anvertrauten Sorge, und bei weiten der geringere.

Wir gehen zwar hier auf Erden in Fleisch und Bein einher; aber wir sind nicht Fleisch und Bein.

Der Mensch ist unsterblich! Der Mensch ist unvergänglicher Natur, und bestimmt über die vergängliche Natur zu herrschen, und Gottes Ebenbild und Stellvertreter auf Erden zu sein; das war er ursprünglich, und das kann er wieder sein, und in seine ursprüngliche Herrlichkeit hergestellet werden.

Doch zu einem so hohen und großen Werk reichen die Kräfte der vergänglichen Natur, die mit dem Menschen nicht gleicher Art, und zerteilet und zerstreuet sind, nicht hin.

Es ist ein Erstes hochgelobtes Wesen, dessen Geschlechts wir sind, die hochheilige Fülle und Urquelle alles Guten, von dem alle Kräfte herkommen, und in dem sie alle unzertrennt und Eins sind. Und nur bei dem Wesen ist für uns Hülfe und Rat. Bei Menschen ist es unmöglich; aber bei Gott sind alle Dinge möglich.[1]

Aber Gott ist dem Menschen, seit dem Fall, ein verborgener Gott. Er ist ein Licht, und ist in ihm keine Finsternis;[2] und er wohnet in einem Lichte, da niemand zukommen kann.[3] Und die Kinder Israel sprachen zu Mose: laß Gott nicht mit uns reden, wir möchten sonst sterben.[4]

Niemand hat Gott je gesehen;[5] der eingeborne Sohn, der in des Vaters Schoß ist, der ist der *Mittler*. In ihm ist das Licht der Gottheit gemildert worden. Das ist das wahrhaftige Licht, welches alle Menschen erleuchtet, die in diese Welt kommen.[6] Er ist der Pfleger der heiligen Güter,[7] und der Herr und Meister der Natur. Durch ihn ist alles gemacht, was gemacht ist;[8] und die Kraft die alles gesund macht[9] und *heilet*,[10] gehet von ihm aus. Und es ist in keinem andern Heil;[11] und es kann in keinem andern außer ihm Heil sein, denn es ist nur Ein Gott, und Ein Mittler zwischen Gott und den Menschen, nämlich der Mensch Christus Jesus.[12] Auch kann ein reines Auge die sichtbare Natur nicht ansehen, ohne ihn zu finden und an ihn zu glauben. Ihn predigen Himmel und Erde, und alle Körper und

1 Matth. 19,26. Luk. 18,27.
2 1. Joh. 1,5.
3 1. Tim. 6,16.
4 2. Mose 20,19.
5 1. Joh. 4,12.
6 Joh. 1,9.
7 Hebr. 8,2.
8 Joh. 1,3.
9 Matth. 14,36.
10 Luk. 6,19.
11 Apg. 4,12.
12 1. Tim. 2,5.

Erscheinungen in der sichtbaren Natur sind Glöcklein am Leibrock, die *ihn* und *seinen Gang* verraten.

Und er ist gestern und heute und derselbe in Ewigkeit.[13] Wie er die Menschen hat geliebet von Anfang, so liebt er sie bis ans Ende, und tut noch immer an einzelnen, wie und was er für alle getan hat.

Gott verhieß ihn dem ersten Menschen zum Trost, gleich nach dem Fall, und Adam und die Väter hofften auf ihn und sehnten sich nach ihm; und als die Zeit erfüllet war, kam er, ward von Maria empfangen, und zu Bethlehem geboren, ließ sich kreuzigen und töten, und stand verklärt und unverweslich wieder auf, und hatte alle Gewalt im Himmel und auf Erden.[14] Und so tut er, auf seine Weise, noch alle Tage bis an der Welt Ende. Er ist uns allen verheißen;[15] und die Zeit wird erfüllet und seine Zukunft nahet sich für jeden einzelnen, je nachdem der Mensch inwendig gestaltet ist; und wer seine Erscheinung von Herzen liebhat, auf ihn hofft, und sich von Herzen und anhaltend nach ihm sehnet, wer ihn liebt und seine Gebote hält, in dem wird er empfangen und geboren, stirbt in ihm, und steht, mit dem *unverweslichen Leib* und mit der »Gewalt im Himmel und auf Erden« in ihm auf. Und das ist, was die Heilige Schrift das Geheimnis: Christus in uns nennet.[16]

Da man sich aber nach einem unbekannten Gut nicht sehnen kann, und das heimliche Wort, das von ihm in jedwedem Menschen redet, in allen nicht deutlich und verständlich von ihm redet; so hängt alles daran, daß er be-

13 Hebr. 13,8.
14 Matth. 28,18.
15 Joh. 14, 21.
16 Kol. 1, 27.

kannt gemacht und verkündiget werde. Wie sollen sie glauben, von dem sie nicht gehört haben.

Das haben alle Menschen, die Kenner der Natur und Freunde Gottes waren, tief gewußt, und sich von der Welt her angelegen sein lassen, auf mancherlei Weise ihn bekannt zu machen und zu verkündigen.

Deswegen opferten schon Adams Söhne und man fing zu Enos Zeiten an, zu predigen von Jehovas Namen.[17]

Deswegen predigten Abraham[18] und Isaak[19] den Namen des Herrn.

Deswegen machte Moses einen Gnadenstuhl von feinem Golde,[20] und richtete den hieroglyphischen Gottesdienst ein, damit der, durch den die Gnade und Wahrheit werden sollte,[21] und in dem alle Völker sollten gesegnet werden,[22] seinem Volk vor Augen gestellt und gehalten, und so zu Gemüte geführt würde.

Deswegen bauete Salomo seinen Tempel.

Deswegen prophezeiten die Propheten.

Deswegen sind Orden, und bekannte und unbekannte Gesellschaften gestiftet worden.

Deswegen predigte Johannes in der Wüste des jüdischen Landes.

Deswegen zog Christus selbst im jüdischen Lande umher, und predigte am Wege, auf Bergen, aus dem Schiff, in den Schulen und im Tempel, und tat Wunder und Zeichen, damit sie hörten und sähen, daß er es sei, auf den die Väter gehofft hatten!

17 1. Mose 4,26.
18 1. Mose 13,4.
19 1. Mose 26,25.
20 2. Mose 37,6.
21 Joh. 1,17.
22 1. Mose 12,3.

Deswegen gingen seine Apostel aus in alle Welt, und lehrten alle Heiden, und achteten keine Schmach, und hielten ihr Leben nicht teuer; denn sie wußten, an wen sie glaubten, und was sie selbst an ihm hatten, und andern an ihm verkündigten.

Und deswegen gingen seitdem, und gehen noch immer bis auf den heutigen Tag, in Kraft und in Schwachheit, Boten zu den entferntesten Nationen, über Land und Meer, zu verkündigen die fröhliche Botschaft von Christus; und die heiligen Schriften werden dermalen mit einem neuen lebendigen Eifer in aller Welt Hände gefördert, daß sie unterweisen zur Seligkeit.

Doch aller Same gedeihet nicht. »Es ging ein Säemann aus zu säen, und indem er säete, fiel etliches an den Weg; da kamen die Vögel des Himmels und fraßens auf. Etliches fiel in das Steinichte, da es nicht viel Erde hatte, und ging bald auf, darum daß es nicht viel Erde hatte. Als aber die Sonne aufging, verwelkte es, und dieweil es nicht Wurzel hatte, ward es dürre. Etliches fiel unter die Dornen, und die Dornen wuchsen auf und ersticktens.«[23] Nur der Same, der auf ein gut Land fällt, bringet Frucht.

Wir waren ursprünglich ein Land, das von sich selbst und ohne Säen und Ackern Früchte trug, und ohne Ende würde getragen haben, wenn wir dem Guten getreu geblieben wären, und uns von dem Bösen entfernt gehalten hätten. Aber Adam aß von dem verbotenen Baum, und legte sich dadurch das Hindernis in den Weg, das wir alle mit in die Welt bringen, das uns zu Doppelwesen macht; und das, nachdem die Liebe Gottes verschmähet ist, seiner Gerechtigkeit zum Opfer gebracht werden muß.

23 Matth. 13,3-7.

Adam fiel in die sinnliche Natur, und er zeugete Söhne und Töchter, die seinem Bilde ähnlich waren. Und ein jeder von uns fühlt es mit Gram und Kummer in sich, wie er dem Bilde so ähnlich ist; wie das Bessere in ihm von dem Geringern gemißhandelt und gedrückt wird; wie er das Böse, das er hasset und nicht will, tut, und das Gute, das er will, nicht tut. Wie er tief in sich Gott von ferne sieht, und ihm die Augen gehalten werden, daß er sein Gnüge nicht haben kann; wie er nach Freiheit ringet und sehnet, und ein Knecht und Sklave ist. Das Fleisch gelüstet wider den Geist, und den Geist wider das Fleisch. Dieselbigen sind widereinander,[24] und eins stirbt oder lebt nur auf Unkosten des andern. So wie der Geist zu Kräften kommt und gewinnt, verliert das Fleisch, und in dem Maß, wie das Fleisch oder der natürliche Mensch verliert und geschwächt wird, oder wie, nach dem Ausdruck der Heiligen Schrift, der alte Adam stirbt, in dem Maß wird der Geist oder der neue Mensch lebendig.

Wenn also der alte Adam oder der natürliche Mensch, der nichts vernimmt vom Geist Gottes,[25] der eigenwillig, selbstsüchtig, rachgierig, herrschsüchtig ist, wenn der die Überhand hat; so kann die Lehre, die Verleugnung, Selbstverachtung, Niedrigkeit, Ergebung, Kreuz-auf-sich-nehmen predigt, keinen Eingang finden. Das Licht scheint vergebens in der Finsternis; Christus kommt vergebens in sein Eigentum; er wird nicht *aufgenommen.* Ohne das kann aber das Reich Gottes nicht kommen, und die Wahrheit und Herrlichkeit des Christentums nicht offenbar werden.

Der Schein eines gottseligen Wesens kann ohne seine

24 Gal. 5,17.
25 1. Kor. 2,14.

Kraft dasein. Das Wort der Predigt hilft nichts, wenn nicht glauben die so es hören.

Und es ist möglich, daß in einem Lande Christus von allen Kanzeln und Lehrstühlen geprediget wird, und in aller Menschen Mund ist, und daß doch in dem Lande Christus unbekannt ist, und in dem Lande ein Wandel nach väterlicher Weise gäng und gäbe ist.

Wir Menschen wollen das Unsichtbare und Unvergängliche zum Freund haben, weil wir in unserm Inwendigsten fühlen, daß wir des nicht entbehren können, daß uns das allein gnügen kann, und alles andre zu wenig ist; und doch sind wir nicht groß und edel genug, Gott zu trauen, um das Sichtbare und Vergängliche fahrenzulassen. Wir dienen zweien Herren, um von beiden Vorteil zu ziehen.

Aber »niemand kann zweien Herren dienen; entweder er wird den einen lieben und den andern hassen, oder er wird dem einen anhangen, und den andern verachten.«[26]

Und so bringen wir uns um Kleinod und Glück, und machen uns unglücklich, nicht allein weil wir betrogen sind, und die Welt mit ihrer Lust vergeht,[27] sondern auch, und hauptsächlich, weil wir, solange wir dem einen Herrn dienen, von der Freundlichkeit[28] des andern keinen Begriff haben und ihn nicht können kennenlernen. Und wer ihn kennenlernt, der hat das Kleinod funden; der begehrt nichts mehr, und gibt alles andre daran, und verleugnet mit Freuden alles um seinetwillen. Und wer um seinetwillen nicht alles verleugnen kann und verleugnet, der ist sein nicht wert.

26 Matth. 6,24.
27 1. Joh. 2,17.
28 Ps. 34,9. 1. Petr. 2,3.

Ihr könnet nicht Gott dienen, und dem Mammon. Die Dornen gehen mit auf, und ersticken Gott in uns.

Wer der Welt Freund sein will, der wird Gottes Feind sein.[29] Der natürliche Mensch muß sterben, wenn der geistliche leben soll. »Es sei denn, daß das Weizenkorn in die Erde falle und ersterbe, so bleibet es alleine: wo es aber erstirbet, so bringets viel Früchte.«[30] Ohne Sterben ist kein Auferstehn, und ohne Tod kein Leben. Wer anders prediget, der prediget Menschen zu gefallen, und ist nicht Christi Knecht.[31]

Aber der natürliche Mensch gehet ungerne zu Grabe.

Zwischen Ägypten und dem Gelobten Lande lag eine Wüste, durch welche die Reise sehr mühsam und beschwerlich war. Wer den Übergang von dem natürlichen oder alten zu dem neuen Menschen versucht hat, der weiß von dieser Mühe und dieser Beschwerlichkeit zu sagen; der weiß: wie sauer und schmerzhaft der erste Schritt über die Grenze ist; wie er widersteht, und es uns unmöglich dünkt, sich zu entschließen und ihn zu tun, wenn nämlich der alte Mensch in uns die Überhand hat, oder doch in voller ungeschwächter Kraft ist, und man also das Gelobte Land nicht sehen kann. Ist dieser aber geschwächt und im Abnehmen, und die Aussicht nach dem Gelobten Lande fängt an sich zu öffnen; so widersteht der erste Schritt nicht so, und er und die folgenden gehen leichter vonstatten.

Wir sind durch eine höhere Macht an den natürlichen Menschen gebunden, und können uns von ihm nicht frei machen. Nur, welchen der Sohn frei macht, der ist recht

29 Jak. 4,4.
30 Joh. 12,24.
31 Gal. 1,10.

frei.[32] Der Mensch kann nichts geben, daß er seine Seele *löse*;[33] aber er kann durch den Willen, wenn der anhaltend und ernstlich vor Gott ist, beitragen, den alten Adam oder den natürlichen Menschen zu schwächen und zu entkräften, daß der Hülfe weniger im Wege steht, und so der Acker zugerichtet, und gut Land werde.

Und dabei können äußre Umstände zu Hülfe kommen. Ein jeder Mensch hat wohl für sich in seinem Leben die Erfahrung im Kleinen gemacht, daß der und jener, auch oft unbedeutende Umstand und Zufall, sonderbar auf sein Gemüt gewürkt, und ihm nahegelegt und leichtgemacht hat, was ihm sonst weit weg lag, und schwer ward. Und so ist es auch im Großen. Äußre Umstände können zu Hülfe kommen, daß der Acker zugerichtet wird, und der Same gedeihen kann. Und wenn der Acker zugerichtet ist; dann ist es Zeit zu säen, und der Säemann muß ausgehen und nicht säumen.

Vielleicht ist seit der Einführung des Christentums keine Zeit gewesen, wo der Acker so gut, und so weit und breit zugerichtet war, als zu dieser unsrer Zeit. Gott hat ihn zugerichtet, und, weil gelindere Mittel nicht helfen wollen, strengere, und eine allgemeine Züchtigung zugelassen.

Der Krieg, der nie so weit und breit durch ganz Deutschland, und durch fast alle Länder von ganz Europa wütete, hat den Menschen die Güter, darin sie ihr Glück suchen, und daran sie ihr Herz hängen, und davon sie in der Güte nicht lassen wollten, mit Gewalt genommen, daß sie sich nach Gütern, die nicht genommen werden können, umsehen, oder sie doch wenigstens von der Nichtigkeit und Unsicherheit jener Güter lebendiger überzeugt, und in ihrer

32 Joh. 8,36.
33 Mark. 8,37. Ps. 49,9.

Anhänglichkeit an sie gestört worden; er hat dem Dünkel, der Selbstweisheit und Selbsthülfe, die ihr Haupt emporgehoben hatten, den Mut gebrochen; er hat die Menschen Ergebung und Unterwerfung unter die gewaltige Hand Gottes gelehrt, und durch mancherlei Unrecht und Gewalttätigkeiten, Verlust und Ungemach ihre Herzen mürbe gemacht und zerschlagen. Mit einem Wort, er hat sie für die Hülfe, die allein helfen kann, empfänglicher gemacht.

Und was darf es mehr als empfänglich zu sein, um zu empfangen und glücklich zu werden. Denn die Sonne scheinet allewege, und wird nicht müde zu scheinen; sie schüttet Tag und Nacht, ewig und ohne Ende, ihre Strahlen über alles aus, und erfreuet und segnet was und wo sie treffen, und nicht gehemmet und gehindert werden.

Wenn denn nun Bahn geworden, und das Himmelreich, sozusagen, nahe herbeigekommen ist; so ist es Zeit, dem Himmelreich Gewalt zu tun, und es für sich und andre zu sich zu reißen.

»Ach, daß du den Himmel zerrissest, und führest herab, daß die Berge vor dir zerflössen, wie ein heiß Wasser vom heftigen Feuer verseudet, daß dein Name kund würde unter deinen Feinden, und die Heiden zittern müßten, durch die Wunder, die du tust, derer man sich nicht versiehet.«[34]

Wenn denn nun Bahn geworden, und das Himmelreich nahe herbeigekommen ist; so ist es Zeit, dem Himmelreich Gewalt zu tun, und es für sich und andre zu sich zu reißen; so ist es Zeit, nicht bloß den alten Schaden zu bessern, sondern einen von Grund aus neuen Bau des Reichs Gottes zu gründen.

34 Jes. 64,1[-2].

Stehe denn auf, wer Gott fürchtet, und dazu helfen und beitragen kann!

Zuerst und vor allen können die Fürsten und Vorgesetzten der Völker dazu beitragen. Ihren Händen ist die Sorge für andre Menschen von Gott anvertrauet, und es ist nichts Kleines und Geringes, was ihren Händen anvertrauet ist. Der geringste ihrer Untertanen und Untergebenen ist ein Mensch wie sie, und wert geachtet vor Gott. Er ist nicht für diese vergängliche Welt beschieden, sondern nur auf eine kurze Zeit hieher getan, daß er, unter ihren Augen, durch ihre weise Anstalten und Vorkehrungen, und durch ihr Beispiel, für eine unvergängliche zubereitet und tüchtig gemacht werde. Da wird er ewig sein und bleiben, und da wird er über die, deren Händen er hier anvertrauet war, ewig frohlocken, oder ewig jammern und wehklagen.

Dazu können sonderlich die Priester beitragen, denn sie sind nicht Lehrer einer irdischen und menschlichen Weisheit, sondern Inhaber der *Wahrheit*, und Haushalter über Gottes Geheimnis.

Wenn das Evangelium mit klugen Worten geprediget wird; so wird das Kreuz Christi zunichte,[35] denn alsdann will die Welt mit ihrer Weisheit Gott in seiner Weisheit erkennen. Und dieweil die Welt mit ihrer Weisheit Gott in seiner Weisheit nicht erkennet, gefällt es Gott, durch törichte Predigt selig zu machen.[36] Aber die göttliche Torheit ist größer denn die Menschen sind,[37] und ist dennoch Weisheit bei den Vollkommenen, nicht eine Weisheit dieser Welt, auch nicht der Obersten dieser Welt, welche vergehen, son-

35 1. Kor. 1,17.
36 1. Kor. 1,21.
37 1. Kor. 1,25.

dern eine heimliche verborgene Weisheit Gottes, welche Gott verordnet hat vor der Welt zu unsrer Herrlichkeit, welche keiner von den Obersten dieser Welt erkannt hat, noch erkennet.[38]

Deswegen kam auch Paulus zu den Korinthern nicht mit hohen Worten oder hoher Weisheit;[39] sondern hielt sich nicht dafür, daß er unter ihnen etwas wüßte, ohne allein Jesum Christum den Gekreuzigten,[40] dadurch er weltlich gesinnten Menschen und ihrer Vernunft nicht gefallen wollte, und nicht gefallen konnte. Denn das Evangelium wird, seiner Natur nach, den Juden ein Ärgernis und den Griechen eine Torheit gepredigt;[41] aber es ist, sagt der Apostel, eine Kraft Gottes, die da selig macht alle, die daran glauben.[42]

Übrigens braucht sich die Vernunft des Evangelii nicht zu schämen. Denn obwohl es ihr, anfangs und ohne Erfahrung, schwer wird, zu glauben, daß im Kreuz, in Niedrigkeit, in Hingebung und Entsagung Heil ist, und daß alle Schätze der Weisheit und Erkenntnis in Christo verborgen liegen;[43] so kann sie des, wenn die Erfahrung hinzukommt, nach und nach und mehr und mehr innewerden. Und wer, wie Jakobus sagt, durchschaut in das vollkommne Gesetz der Freiheit,[44] der weiß, woran er ist, und ob es der Mühe lohnt, ein Christ zu sein.

Ein solcher würde bei dem Bau des Reichs Gottes mit *Rat* und *Tat* an Hand gehen, und allerdings vor andern dazu

38 1. Kor. 2,6-9.
39 1. Kor. 2,1.
40 1. Kor. 2,12.
41 1. Kor. 1,23.
42 Röm. 1,16.
43 Kol. 2,3.
44 Jak. 1,25.

helfen und beitragen können; doch wir alle können, jedermann kann dazu helfen und beitragen, er sei Lehrer oder Lehrling, Herr oder Knecht, gelehrt oder ungelehrt, Priester oder Laie, reich oder arm, hoch oder niedrig, Bürger oder Bauer. Aber, es trete ab von der Ungerechtigkeit, wer den Namen Christi nennet.[45] Er muß denn bei sich anfangen, und, nach ernstlicher Prüfung und Selbstverleugnung, seinen Willen aufgeben, und Gottes Willen tun wollen bis in den Tod, und nicht davon weichen wollen weder zur Rechten noch zur Linken. Das ist: er muß zuerst selbst auf rechtem Wege sein, und dann, unverhohlen und ohne Ansehn der Person, strafen und bitten und ermahnen aus Herzensgrund, und dabei sein Licht leuchten lassen vor den Leuten, daß sie seine guten Werke sehen und seinen Vater im Himmel preisen.

So etwas, mehr oder weniger, könnte die Folge der allgemeinen Züchtigung und des über Deutschland und Europa ergangenen Elendes und namenlosen Jammers werden. Und, wenn das würde – wenn die Bösen, gut; die Unbekehrten, bekehrt würden; wenn Recht überall geehrt, und Redlichkeit und ernster Sinn allgemein auf Erden würden; wenn die Welt nicht liebgehabt,[46] sondern eine Herberge würde, wo man sich behilft, und nur an die weitre Reise und an die Heimat denkt; wenn das Reich Gottes nicht Essen und Trinken, sondern wieder Gerechtigkeit, und Friede und Freude in dem Heiligen Geist würde;[47] in summa, wenn der, der allein wahrer Gott ist, und, den er gesandt hat, Jesus Christus, *erkannt* würde in Hütten und in Palästen – wenn das

45 2. Tim. 2,19.
46 1. Joh. 2,15.
47 Röm. 14,17.

würde; so wäre auch dieser Zeit Leiden nicht wert, der Herrlichkeit, die alsdann würde offenbaret werden.

Und ihr, ihr Traurige und Betrübte, die ihr, nahe und ferne, trostlos steht, und über euren Verlust, über eure Söhne, eure Freunde und Geliebte weint, verzaget nicht! Und wenn der Trost, daß sie für Freiheit und Vaterland gelitten haben und gestorben sind, euch nicht trösten kann; *hier* ist eine Aussicht, die über Tod und Grab und über alles, was irdisch ist, erheben, und eure Tränen trocknen kann.

Es woll' uns Gott genädig sein,
Und seinen Segen geben.
Sein Antlitz uns mit hellem Schein
Erleuchte zum ewigen Leben;
Daß wir erkennen seine Werk',
Und was ihm lieb auf Erden,
Und Jesus Christus, Heil und Stärk',
Bekannt den Heiden werde,
Und sie zu Gott bekehre!

Amen!

Grundlage dieser Auswahl sind in Reihenfolge und Textrevision die Erstausgaben »Asmus omnia sua secum portans,* oder Sämmtliche Werke des Wandsbecker Bothen, I. und II. [bis VII.] Theil« sowie der »Zugabe zu den Sämmtlichen Werken des Wandsbecker Bothen, oder VIII. Theil«, 1775-1812 (im folg.: SW), ergänzt um einige dort fehlende und (mit zwei Ausnahmen) nach den Erstdrucken revidierte Texte. In einigen Fällen sind innerhalb des jeweiligen Werke-Teils Texte umgruppiert als Versuch, auswahlbedingte Brüche der ursprünglichen Textanordnung (auf die Claudius, wie oben in der »Einführung« erwähnt, großen Wert legte) auszugleichen. Häufiger jedoch bringt die vorliegende Auswahl ungekürzte Textreihen, um Claudius' kompositorische Intentionen wenigstens partiell festzuhalten.

Auf Einzelnachweise der Texte in SW wird verzichtet; diese sind S. 16-49 aus SW I/II, 1775 (mit Ausnahme der Texte »Ein Brief von C. an D.«, »Grabschrift der Tugend« und der kurzen Ankündigung von »Emilia Galotti«), S. 50-76 aus SW III, 1778 (mit Ausnahme des Textes »Gelehrte Sachen«), S. 77-140 aus SW IV, 1783 (mit Ausnahme des Gedichts »Schlußlied«), S. 141-165 aus SW V, 1790, S. 166-191 aus SW VI, 1798 (mit Ausnahme des Gedichts »Bei ihrem Grabe«), S. 192-219 aus SW VII, 1803, S. 220-242 aus SW VIII, 1812; S. 243-257 aus dem Einzeldruck Lübeck 1814 entnommen.

Erstdrucke von SW-Beiträgen in Zeitungen, Almanachen usw. sowie vorangehende Einzeldrucke werden nur, soweit

* *Asmus*: Pseudonym von Claudius, ein im Norddeutschen vorkommender Vorname. – *omnia sua secum portans*: all das Seine [alles, was er besitzt] mit sich tragend (Ausspruch des antiken Philosophen Bias).

sachlich nützlich, eigens angemerkt; Claudius hat sie v. a. in früheren Jahren für SW oftmals kräftig überarbeitet. Der Nachweis der in SW fehlenden Texte erfolgt in den betreffenden Anmerkungen.

Sämtliche Texte sind in sich ungekürzt, d. h. ggf. auch mit den ihnen von Claudius zugeordneten Abbildungen wiedergegeben (daraus ergibt sich auch deren Auswahl; SW VI-VIII haben gar keine Illustrationen mehr). Lediglich die »Dedikation« in SW I/II ist aus der einleitenden »Erklärung der Kupfer und Zeichen« separiert, und die Brieffolgen an Andres in SW IV, VI und VIII (an sich als Text-Einheit zu betrachten) sind auf ausgewählte Briefe beschränkt.

Die Orthographie ist nach den gängigen bisherigen Regeln modernisiert. Zeichensetzung – zu Claudius' Zeit primär sinngliedernd mit viel individuellem Spielraum, nicht wie heutzutage formalisiert und normiert – und Lautstand halten sich strikt an die Erstausgaben von SW bzw. in den ergänzenden Beiträgen an die Erstdrucke. Als Sache des Lautstands werden auch Claudius' Apostrophierungen (bzw. ihr Fehlen) für ausgelassene Laute und Buchstaben bewertet. Hervorhebungen im Text durch Sperrung und durch Großschreibung sind unverändert, halbfette Hervorhebungen stets (auch bei Eigennamen) kursiv wiedergegeben, nur bei Überschriften bleiben sie unbeachtet; die Antiqua für Fremdwörter oder fremdsprachige Zitate im sonst durchgehenden Fraktursatz der Originaldrucke wird nicht als Hervorhebung betrachtet.

Die Abbildungen aus SW I/II (Frontispiz S. 14 und vermutlich S. 49) hat Johann Martin Preisler (Kopenhagen), die übrigen Daniel Chodowiecki (Berlin) geschaffen. Unter dem Frontispiz wird auf die »Werther«-Rezension (in dieser Auswahl S. 27f.) verwiesen.

Für die Anmerkungen sind auch die Claudius-Gesamt- bzw. Auswahlausgaben von C. Redlich (2 Bde. ^{12}1882), Wilhelm Flegler (1882), Günter Albrecht (2 Bde. 1958, 1 Bd. 1975), Jost Perfahl/Rolf Siebke/Hansjörg Platschek (^{5}1984) und Walter Münz (1990) genutzt worden. Viele Sachen, Zitate und Anspielungen werden hier erstmals erläutert bzw. nachgewiesen. In Einzelfällen haben dabei dankenswerterweise Fachleute geholfen.

ANMERKUNGEN

Abkürzungen außer den üblichen:

ACN:	Hamburgische Addreß-Comtoir-Nachrichten
HNZ:	Kayserlich privilegirte Hamburgische Neue Zeitung
SW:	»Sämmtliche Werke« I/II-VIII, 1775-1812 (vgl. oben S. 259)
WB:	»Der Wandsbecker Bothe« (die Zeitung), 1771-1772, umbenannt »Der Deutsche, sonst Wandsbecker Bothe«, 1773-1775
WLA:	(Weimarer Luther-Ausgabe) D. Martin Luthers Werke. Kritische Gesamtausgabe. Bd. 1 ff. Weimar 1883 ff.

Ergänzungen des Herausgebers in Zitaten, Titeln u. ä. stehen in eckigen Klammern.

S. 16 DEDIKATION *Dedikation*: Zueignung, Widmung. – *Freund Hain*: In dieser Form von Claudius eingeführte Bezeichnung des Todes (erstmals 1774 in der Werther-Rezension, vgl. unten S. 28); zuvor wird der Tod bereits volkstümlich Hein(rich) genannt. – *Ihren Herrn Bruder*: Schlaf und Tod gelten nach antiker Vorstellung als Brüder; Claudius kommt im folg. darauf zurück. – *Ruprecht Pförtner*: Verbindet zwei divergente Todesbilder, die (wie der Sensenmann S. 14) nur teilweise zur Vorstellung vom »Freund Hain« passen; Knecht Ruprecht ist mit Rute und Sack eine Schreckgestalt im (vor-)weihnachtlichen Brauchtum; Pförtner bezieht sich auf den Übergang vom Leben zur Ewigkeit. – *Die Alten soll'n ihn anders gebildet haben*: Anspielung auf G. E. Lessings Untersuchung »Wie die Alten den Tod gebildet« (1769) und vor allem (vgl. unten) auf Herders ergänzenden Aufsatz »Wie die Alten den Tod gebildet?« (1774). – *Jäger im Mantel der Nacht*: Vgl. Erläuterung zum folgenden Text. – »*Jüngling der in ruhiger Stellung* (usw.)«: Wörtliches Zitat aus dem ersten Satz von Herders (!) Aufsatz, dort selbst in Zitatform ohne Nachweis, d. h. als Wiedergabe eines bekannten Gedankens.

S. 17 SPEKULATIONS AM NEUJAHRSTAGE *Sokrates*: Griech. Philosoph (470-399 v. Chr.), für die Aufklärungsepoche und auch für Claudius Idealbild des (frommen) Weisen und Tugendhaften. – *Numa*: Vermutlich Numa Pompilius, zweiter (sagenhafter) König von Rom, der als besonders weise, gerecht und fromm galt. – *Johann Huß*: Tschechischer Reformator, 1415 auf dem Konzil zu Konstanz als Ketzer verbrannt. In SW V (»Gespräche, die Freiheit betreffend, Zugabe«) würdigt Claudius ausführlich Huß' Glauben und sein standhaftes Sterben als Märtyrer. – *der ewige Jäger (...), der übern Zwölften sein Tun so hat*: Odin (Wotan), oberster germanischer Gott, auch Totengott, im Volksglauben Anführer der ›Wilden Jagd‹, eines Geisterheers, das in den sog. Zwölfnächten (24.12.-6.1.) durch die Wälder spuken soll.

S. 19 AM KARFREITAGMORGEN Der Stern (*) am Schluß dieses und anderer Texte in SW I/II und III gehört zu Claudius' Rollenspiel und »will sagen, daß das Stück in meiner [des Boten bzw. Asmus'] Mundart sei. In den Stücken ohne Stern habe ich mich mehr nach meinem Vetter gerichtet (...) Könnt auch sagen, daß mein Vetter sich in diesen Stücken nach niemand und in denen mit dem * nach mir und meinem Botenstab gefügt habe; ist alles eins« (»Erklärung der Kupfer und Zeichen« eingangs SW I/II).

S. 20 DER SCHWARZE IN DER ZUCKERPLANTAGE Zuerst in WB Nr. 139/1773; für Claudius' Kritik ist beachtlich, daß der Besitzer und Schloßherr von Wandsbeck, Baron Heinrich Schimmelmann, selbst gewinnträchtig am Sklavenhandel mit den amerikanischen Kolonien beteiligt war.

S. 20 PARAPHRASIS EVANGELII JOHANNIS – etc. Titel einer Publikation (2 Bde. 1771/72) des Theologen Johann Salomo Semler, der ein historisches Verständnis der Bibel lehrte. – *Paraphrasis*: Umschreibende, verdeutlichende Übertragung eines Textes; hier doppeldeutig, insoweit auch der schlichte Asmus auf seine Weise das Johannesevangelium ›paraphrasiert‹ (und damit Semlers Schrift kritisch rezensiert).

S. 21 EIN BRIEF, VON C. AN D. Nur in ACN vom 23. 3. 1769, nicht in SW übernommen. – *Harvey*: William H. (1578-1657), engl. Anatom und Arzt, entdeckte den ›großen Blutkreislauf‹ (publiziert 1628). – *ewigen Jäger*: siehe oben zu »Spekulations am Neujahrstage«. – *coelum non animum mutant* (usw.): Den Himmelsstrich, nicht den Geist wechseln, die übers Meer reisen (Horaz, Episteln I,11,27).

S. 22 AN – ALS IHM DIE – STARB Vermutlich veranlaßt durch den Tod von Claudius' einziger Schwester (1766), jedoch erst in WB 1771 publiziert. – *Wie Gras auf dem Felde* (usw.): Vgl. Ps. 103,15 f.

S. 23 IM JUNIUS *Wach auf mein Herz und singe* (usw.): Beginn eines Kirchenlieds von Paul Gerhardt (1607-1676).

S. 24 EIN SONDERLICHER KASUS VON HARTEN TALERN UND WALDHORN *Schmerlenbach*: Kleiner Bach (Gewässerart, kein Eigenname). – *gedaucht*: gedünkt (gedeucht), empfunden. – *Quinquelieren*: Trällern, zaghaftes Singen.

S. 25 PHIDILE Zuerst in ACN Nr. 28/5. 4. 1770; nicht, wie oft behauptet, auf Rebekka Behn gemünzt, die Claudius im selben Jahr erst später kennenlernte und 1772 heiratete. – *Phidile*: Bei Horaz Name eines unverbildeten Landmädchens (»Carmina« 3,23). – *verschrieben*: eingeladen, aufgefordert.

S. 27 DIE LEIDEN DES JUNGEN WERTHERS Zuerst in WB Nr. 169/22. 10. 1774. Eine der frühesten Rezensionen dieses (anonym publizierten) Romans Goethes. – *ob's 'n Geschicht oder 'n Gedicht ist*: Anspielung auf Luthers Vorrede zum Buch Tobias (1545) in den Apokryphen des Alten Testaments (in Bibelausgaben des 18. Jahrhunderts oft mitabgedruckt): »Ists ein Geschicht, so ists ein fein heilig Geschicht. Ists aber ein Geticht, so ists warlich auch ein recht, schön, heilsam, nützlich Geticht und Spiel, eines geistreichen Poeten« (WLA Deutsche Bibel 12,109). Zugleich ein ironisch poetologischer Seitenhieb: Ob Werthers Schicksal ›wirklich geschehen‹ (gemäß einem fiktiven Anspruch fast aller damaligen Romane) oder ›erdichtet‹ sei, spiele für dessen Wirkung keine Rolle.

S. 28 VON MEINEM FREUND VIRGILIUS In SW I/II direkt hinter eine kritische Wieland-Rezension plaziert; daher implizit auch eine Invektive gegen Wieland, dessen Dichtungen v. a. im Umkreis Klopstocks (z. B. im Göttinger Hainbund) als erotisch schlüpfrig verurteilt wurden. – *Virgilius*: Vergil(ius), berühmter röm. Dichter (70-19 v.Chr.). – *à propos*: zur rechten Zeit. – *Speluncam devenere eandem* -: In ebendieselbe Höhle kamen sie [Dido und Äneas] – (Vergil, Äneis 4,165 f. im Kontext des Liebesbundes zwischen der karthagischen Königin und dem Helden von Troja).

S. 29 GRABSCHRIFT DER TUGEND Nur in ACN vom 11. 1. 1770,

nicht in SW übernommen. – *Petismaiter*: von franz. Petit-maître (wörtl. Kleinmeister), in Mode und Benehmen exaltierter (junger) Mann, Stutzer.

S. 30 ODEN Die Hamburger Ausgabe von Klopstocks »Oden« erschien 1771. – *reucht*: riecht. – *Seraph (...) sechs Flügel*: Vgl. Jes. 6,2(ff.). – *affizieren*: reizen, anregen. – *Grazien*: Sanfte anmutige Mädchengestalten (urspr. die drei röm. Göttinnen der Anmut). – *Onkle Toby 'n Pfiff*: Figur aus Laurence Sternes Roman »Tristram Shandy« (1760-67), reagiert sich bei Ärger oder Überraschungen ab, indem er einige Takte seines Regimentsmarschs pfeift. – *Rubra*: Hervorgehobene Überschriften. – *plethorisch wird*: in Wallung gerät. – *Nachtmoor*: für ›Nachtmahr‹, Spukgestalt im Traum. – *Materia peccans*: Krankheitsstoff, Eiter. – *sezerniert*: absondert. – *Braga*: auch Bragi, altnord. Dichter und Sänger, später als Sohn Odins und Gott der Dichtkunst mythisiert; auch Titel eines Gedichts Klopstocks. – *Spiel der Franzosen*: umschreibend auch für Syphilis (Münz); zugleich Seitenhieb auf die (u. a. im Freundeskreis des jungen Claudius) als glatt und leichtsinnig geschmähte zeitgenössische franz. Poesie des Rokoko. – *möcht 'n doch wohl 'nmal sehen*: Fiktion der Botenfigur (*); tatsächlich kennt Claudius Klopstock bestens seit seinem Kopenhagener Aufenthalt 1764/65.

S. 34 BRIEF AN ANDRES *Andres*: Ein von Claudius schon für den WB erfundener Briefpartner (ebenso wie der ›gelehrte Herr Vetter‹). – *Seine Astronomie*: Hier Interesse für den nächtlichen Sternenhimmel.

S. 36 AN EINE QUELLE. 1760 Eins der frühesten Gedichte von Claudius und als einziges aus dessen Erstlingswerk »Tändeleyen und Erzählungen« (1763) in SW übernommen. – *Daphne*: Typisierter Mädchenname in der Dichtung der Anakreontik, einer literarischen Richtung seit Mitte des 18. Jahrhunderts, deren Hauptsujet Liebe und Freundschaft unter Schäferinnen und Schäfern in einer ideal-schönen Landschaft ist.

S. 36 UNIVERSALHISTORIE DES JAHRS 1773 (...) *Sir Hagel, 'Squeir Urian*: Die Namen meinen hier x-beliebige Leute (nach Flegler) –. *Xanthippen*: Nach der Frau des Sokrates sprichwörtlich für zanksüchtige Ehefrauen. – *Ysop wuchs wenig an der Wand*: Heil- und Gewürzpflanze, vgl. 1. Kön. 5,13.

S. 37 VON SCHWEDENBORG *Schwedenborg*: eigtl. Swedenborg, Emanuel (1688-1772), schwedischer Naturforscher und Theosoph. – *Bergrat und Ritter Sandel*: Vermutlich Samuel Sandel(s) (1724-1784), Bergingenieur, 1772 geadelt. – *aus seinen letzten Schriften*: Die (umstrittenen) Schriften Swedenborgs seit etwa 1750, die von seinen Visionen der Geisterwelt bzw. der jenseitigen Welt handeln. – *Polyhistor*: Gelehrter in vielen Wissensgebieten. – *Auditor*: Vernehmungsrichter bei kirchlichen Gerichten. – *Scara*: Stadt nordöstlich von Göteborg. – *Upsal*: Uppsala, traditionsreiche schwed. Universitätsstadt. – *Chymie*: Chemie. – *Bekanntschaft des berühmten Kommerzrat Pelhem*: Christopher Polhem (1661-1751), Bergbauingenieur, Konstrukteur und Fabrikbesitzer, projektierte gemeinsam mit Swedenborg (der 1714 sein Mitarbeiter wurde) einen Kanal zwischen Stockholm und Göteborg. – *König Karl XII.*: König von Schweden 1697-1718 mit expansivem Machtstreben (vgl. im folg.). – *Mechanikus*: Fachmann in der Mechanik, einem Zweig der Physik. – *1718 zur Belagerung von Friedrichshall*: Fredrikshald (seit 1928 Halden) in Südnorwegen nahe der schwed. Grenze; die dortige Festung belagerte Karl XII. (s.o.) 1718 während eines Feldzugs gegen Norwegen und starb dabei. – *Schaluppe*: Küstenfahrzeug, größeres Boot. – *Strömstad(t)*: Stadt in Südschweden. – *Daedalus hyperboreus*: Titel mathematisch-physikalischer Studien, 6 Bde. (1716-18). – *Opera Philosophica und Mineralia*: Sammlung philosophischer und mineralogisch-naturkundlicher Studien, 3 Bde. (1734, bei Claudius irrig oder Druckfehler »1743«). – *Nil Sacri es*: Nichts Heiliges ist an dir – *Herkules (...) Statue des Adonis*: In der antiken Fabel von ›Herkules am Scheideweg‹ entscheidet dieser sich für die Tugend und gegen das Laster; Adonis hingegen ist im griech. Mythos ein schöner Jüngling, aber in Blutschande gezeugter Königssohn und Geliebter der Göttin Aphrodite. – *wo er den 24. Sept. 1771 starb*: Tatsächlich erst am 29. 3. 1772. – *in den Elisaischen Feldern*: (Elysium), im griech. Mythos jenseitiges Land der Seligen.

S. 41 ABHANDLUNG ÜBER DEN URSPRUNG DER SPRACHE Schrift Johann Gottfried Herders (1744-1803) von 1772, mit dem Claudius seit 1770 eng befreundet war. Schon frühzeitig wie hier läßt Claudius Einwände gegen Thesen und Grundgedanken Herders durchblicken; später werden ihre Differenzen bezüglich Weltbild und Überzeugungen unüberbrückbar. – *in 8*: in Oktav (Buchformat). – *Kredit*: Glaubwürdigkeit. – *als wäre es eine Luftblase (...) wie Rousseau seine »Réflexion en puissance« (...) sagt Herder*: In Abschnitt I,2 der »Abhandlung« (gegen Ende des ersten Drittels) übersetzt Herder den Begriff Rousseaus (aus dessen Schrift »Discours sur l'origine et les fondements de l'inégalité parmi les hommes«, 1755; dt. 1756 »Abhandlung von dem Ursprunge der Ungleichheit der Menschen und worauf er sich gründet«) mit »Vernunftfähigkeit« und bewertet ihn als »bloße, nackte Fähigkeit« (keine »würkliche Kraft«), als »Scheinbegriff«, den Rousseau »so blendend gemacht« habe, der aber »nur eine Luftblase« sei. Jean Jacques Rousseau: gesellschafts- und kulturkritischer Schriftsteller, Philosoph und Pädagoge (1712-1778). – *per fas & nefas*: auf erlaubte und unerlaubte Weise. – *auf der Schädel*: Claudius gebraucht das Nomen unüblich feminin. – *Bärmutter*: Gebärmutter. – *Rosinante*: das ausgemergelte Pferd Don Quijotes in Cervantes' berühmtem Roman von 1605/15 (hier als Metapher also eher abwertend). – *Sancho Pansa*: Don Quijotes bauernschlauer Begleiter. – *eine Sprache (...), der Moses erwähnt*: Vgl. 1. Mose 11,1 »Es hatte aber alle Welt einerlei Zunge und Sprache« vor der Sprachenverwirrung durch Gott (11,6-9). – *en Bas Relief und ronde Bosse*: halbplastisch und vollplastisch (bildhauerische Varianten).

S. 43 DER FRÜHLING. AM ERSTEN MAIMORGEN Widmung: Der Gr[äfin] A[ugusta] L[uise] [Stolber]g; diese berichtet selbst, Claudius habe das Gedicht spontan verfaßt, als sie ihn bei einer Begegnung im Hause Klopstocks am 1. Mai 1774 um ein Mailied gebeten habe. – *Thyrsus*: Geschmückter Stab der Bacchantinnen, ekstatischer Frauen bei den kultischen Festen des Weingottes Dionysos (griech.) bzw. Bacchus (röm.).

S. 44 EMILIA GALOTTI Nur in WB Nr. 58/1772 als Ankündigung der Rezension von Lessings Trauerspiel, die dann in WB Nr. 60 und 61 erschien; vgl. den folgenden Text in der überarbeiteten SW-Fassung. – *Maler Conti (...) lehnte anfangs* (usw.): Vgl. »Emilia Galotti«, I. Akt, 4. Szene.

S. 45 EMILIA GALOTTI *»Der Künstler scheint* (usw.)«: Zitatmontage von Claudius aus Sz. I,4 des Trauerspiels, z.T. im Wortlaut variiert. – *damit mich der Maler Conti nicht ins Kloster schicke*: Vgl. Sz.

I,4: »Ins Kloster mit dem, der es von uns lernen will, was schön ist«, d.h. der das nicht selbst zu empfinden vermag. – *sonderlich das ganze Stück von (...) bis* (usw.): Das erste Zitat aus Sz. I,2, das zweite aus Sz. V,8, also das Drama im ganzen. – *surpreniert*: überrascht. – *Nickel*: Bösartiges Kind, hier wohl bezogen auf Orsinas Trotz und Hinterlist als verlassene Mätresse.

S. 47 BRIEF AN ANDRES DIE ILLUMINATION BETREFFEND Erstdruck in WB Nr. 98/19. 6. 1772 mit realem Bezug, siehe unten. – *Illumination*: Festbeleuchtung. – *so 'n S. Michael, der nach dem Lindwurm stößt*: Erzengel, der mit dem Drachen kämpft (vgl. Offb. 12,7), beliebtes künstlerisches Motiv, hier als Gartenplastik. – *Potentaten*: Machthaber, regierende Fürsten. – *ist hier ein Prinz gewesen* (usw.): In WB Nr. 97/17. 6. 1772 bringt Claudius als Nachricht aus Hamburg: »Gestern abend kamen der Prinz Karl von Hessen-Kassel Statthalter von Schleswig und seine Frau Gemahlin K[önigliche] Hoheit (...) in die Stadt (...); und morgen werden sie beim Herrn Geheimden-Rat etc. Baron von Schimmelmann in Wandsbeck soupieren, auch wird die Nacht Illumination sein.«

S. 48 BEI DEM GRABE MEINES VATERS Claudius' Vater war 70jährig am 4. 12. 1773 gestorben; das Gedicht zuerst in WB Nr. 199/14. 12. 1773.

S. 50 SERENATA, IM WALDE ZU SINGEN *Vivant*: Sie sollen (hoch-) leben! – *a due [tre] voci*: für zwei [drei] Solostimmen. – *Tutti*: Alle (Chor). – *Tuttissimi*: Ausnahmslos alle. – *puter*: (lat.) faul, schlaff. – *Schweizer*: Wächter; vgl. Schweizer-Garde.

S. 52 AUCH EINE PHILOSOPHIE DER GESCHICHTE ZU BILDUNG DER MENSCHHEIT ETC. 1774 Geschichtsphilosophische Streitschrift Herders. – *Videtur*: Man sieht, erkennt. – *Drapdor*: Franz. drap d'or, mit Goldfäden durchwirktes Seidengewebe. – *als ob unser Geschlecht* (usw.): Das fortschrittsgläubige Geschichtsverständnis der Aufklärung »gegen«über dem Herders von einer (nichtlinearen) organischen Entwicklung.

S. 54 GELEHRTE SACHEN In dieser Fassung nur in WB Nr. 50/1772; hier in Verbindung mit dem folg. Text auch als Beispiel dafür, wie Claudius WB-Fassungen für SW überarbeitet. – *Ein jeder lern* (usw.): Verse Luthers am Schluß der »Haustafel« in »Der kleine Katechismus«

(1531), vgl. WLA 30/1,402. – *er schuf sie ja ein Männlein und ein Fräulein* (usw.): Vgl. 1. Mose 1,27. – *im Schweiß seines Angesichts*: Vgl. 1. Mose 3,19. – *wo man ein Sausen hört* (usw.): Vgl. Joh. 3,8.

S. 56 »ER SCHUF SIE EIN MÄNNLEIN UND FRÄULEIN« Für SW III stark veränderter Auszug aus dem vorigen Text. – *1. B.M.v. 27*: 1. Buch Mose [Kap. 1] Vers 27. – *ceteris paribus*: unter (sonst) gleichen Umständen. – *im Schweiß seines Angesichts (...) wieder zur Erde würde*: Gegenüber dem vorigen Text ergänztes Zitat von 1. Mose 3,19. – *der Feind kam auch hier bei der Nacht*: Vermutlich Anspielung auf Matth. 13,25.

S. 56 EINE KORRESPONDENZ ZWISCHEN MIR UND MEINEM VETTER, DAS STUDIUM DER SCHÖNEN WISSENSCHAFTEN BETREFFEND *Grazias*: (nach den röm. Göttinnen der Anmut) hier Begriff aus der Rhetorik, eine Form ausschmückender Redeweise. – *Batteux*: Charles B. (1713-1780), franz. Ästhetiker mit großem Einfluß auf das Kunstverständnis der deutschen Aufklärung. – *in prima*: oberste (›erste‹) Klasse in der Schule. – *Longin(os)*: griech. Rhetor und Philosoph, schrieb eine Abhandlung über den ›erhabenen Stil‹.

S. 59 ANSELMUCCIO Koseform zu Anselmo; vgl. unten S. 271 zu »Parentation über Anselmo«.

S. 59 GÖRGELIANA NO. 15 (...) *Görgeliana*: In SW III Auswahl einiger Gedichte und Prosatexte, die Claudius unter dem Pseudonym Görgel für die während seiner letzten Darmstädter Zeit (1777) von ihm redigierte »Hessen-Darmstädtische privilegirte Land-Zeitung« schrieb. – *Carmina*: Lieder. – *F.*: Fürstlichen.

S. 61 ANTWORT AN ANDRES AUF SEINEN LETZTEN BRIEF *Astrologia puriore und sublimiore*: Reinere und erhabenere Sternkunde. – *Böhm[i]sche Dörfer*: Sprichwörtlich für unverständliche Dinge. – *entriert*: Anteil nimmt (wörtl.: eintritt). – *Zoroaster*: Zarathustra, Stifter des Parsismus, einer altpersischen Religion, deren Kult vor allem Unreinen bewahren soll.

S. 66 NACH DER KRANKHEIT. 1777 Claudius war gegen Ende seiner Darmstädter Zeit an einer Rippenfellentzündung schwer erkrankt.

S. 68 ÜBER DAS GEBET, AN MEINEN FREUND ANDRES *daß der Priester Eli (...) Dich leicht in bösen Ruf bringen könnte*: Vermutlich Anspielung auf die Episode 1. Sam.1,9-15 ff., in der Eli das Verhalten der Beterin Hanna als Trunkenheit mißdeutet. – *Pastor loci*: Ortspfarrer. – *deliberierte*: hin und her überlegte. – *Komplexion*: (Zusammenfassung), gesammelte Aufmerksamkeit – *blöde*: hier treuherzig, unbedarft. – *Nexus rerum*: Zusammenhang der Dinge. – *an Simson zu denken*: Vgl. Richter 16,3. – *der Hirsch nicht umsonst nach frischem Wasser schreie*: Vgl. Ps. 42,2. – »*Vater Unser*« – Siehe Matth. 6,9-13. – *all Fehd ein Ende*: Anspielung auf den letzten Vers der 1. Strophe in Nicolaus Decius' Kirchenlied »Allein Gott in der Höh sei Ehr«. – *Schalksknecht aus dem Evangelio*: Vgl. Matth. 18,23-35. – *Kalten Brand*: Form der Nekrose, des partiellen Absterbens von Gewebezellen durch Erfrierung.

S. 72 RHEINWEINLIED Im späten 18. und ganzen 19. Jahrhundert Claudius' populärstes Gedicht bzw. Lied. – *Sankt Veit*: Vitus, einer der 14 Nothelfer, zugleich volkstümlich umschreibender Name für den Teufel (Ritter mit dem Pferdefuß) bzw. für jemanden, den man nicht nennen will. – *weiland*: seinerzeit, früher. – *Kreter, faule Bäuche*: Vgl. Tit. 1,12. – *Koboldkuchen*: Schabernack des Grubengeistes (Kobold). – *Lausegold*: Minderwertiges Gold. – *der lange Herr Philister*: Vergleich des Blocksbergs (im Volksglauben großer Berg mit Hexentanzplatz) mit dem riesenhaften und mit seinen großen Sprüchen ›Wind machenden‹ Philister Goliath (vgl. 1. Sam. 17). – *der Kuckuck und sein Küster*: der Teufel und sein Gehilfe; in niederdeutscher Tradition Kuckuck euphemistisch für Teufel, sein ›Küster‹ der Wiedehopf (weil der im Frühjahr kurz vor dem Kuckuck eintrifft), beides von Claudius spielerisch kombiniert (H. Glagla 1996).

S. 74 PARENTATION ÜBER ANSELMO *Parentation*: Leichenrede. – *Anselmo*: Bei Claudius mehrfach fiktiver Name für ein geliebtes Kind (vgl. »Anselmuccio«, oben S. 59); ohne erkennbaren konkreten Anlaß. Mit weiten Wort- und Absatzabständen u. ä. deutet Claudius typographisch rhetorische Ausdrucksmittel an.

S. 77 MOTET *Motet*: Motette, traditionsreiche mehrstimmige, ggf. mehrchörige Gattung der Chormusik. Der zweite, scheinbar ›unlyrische‹ und deshalb in Abdrucken oft verständnislos gestrichene Teil des Gedichts und die Druckanordnung machen deutlich, daß und wie Claudius diesen Text vertont wissen will.

S. 78 ÜBER EIN SPRICHWORT *Schiff Royal Georg (...) mit dem wak-*

kern Admiral Kempenfeldt (usw.): Das von Richard Kempenfelt (1718-1782) befehligte und zum Auslaufen nach Gibraltar beorderte Schiff sank im August 1782 im Hafen von Portsmouth während der Reparatur eines Lecks; dabei kamen 800 Mann Besatzung und Kempenfelt selbst ums Leben. – *a. p.*: anni praeteriti, vorigen Jahres. – *darf*: (hier) muß. – *Alea iacta est*: Sprichwörtlich nach einem Ausspruch Caesars ›Der Würfel [die Entscheidung] ist gefallen‹.

S. 80 SCHLUSSLIED Zuerst in »Freymaurer-Lieder mit Melodien (...)«, anonym hg. von C. G. Telonius, 2. Sammlung, Hamburg 1779, S. 44-45; nicht in SW übernommen; vermutlich schon 1777 entstanden. Claudius wurde 1774 Mitglied der Hamburger Johannisloge »Zu den drei Rosen«, 1777 Mitbegründer der Andreasloge »Fidelis«; nach 1780 scheint er sich von der (aktiven) Freimaurerei zu lösen.

S. 80 PAUL ERDMANNS FEST *Erdmann*: Adam (vgl. 1. Mose 2,7), Urbild des Menschen. – *rekommandiere*: empfehle. – *ist reussiert*: ist gelungen, hatte Erfolg. – *le grand tour*: Kavaliersreise (eigtl. Bildungsreise junger Adliger). – *Schwager*: Bezeichnung für Postillon und Kutscher. – *dependiert*: hängt ab. – *intrikaten*: schwierigen. – *traktiert*: (hier) gefüttert, versorgt. – *bin nicht wert solcher Barmherzigkeit*: Vermutlich Anspielung auf Matth. 8,8 und Luk. 7,6. – *O que non, Madame* (usw.): Aber nicht doch, Madame: Sie täuschen sich eigenartigerweise. Das ist nicht das Aussehen von Musikern. Aber ich will es Ihnen sagen. Sehen Sie, ich verstehe mich darauf, sehen Sie. (Die Übersetzungen folgen meist der von Perfahl/Siebke/Platschek hg. Werke-Ausgabe [5]1984.) – *L'un: tailleur* (usw.): Der eine: Schneider, der andere: Apotheker. – *Kumme*: Schüssel. – *Monsieur l'orateur* (usw.): Der Herr Redner redet Quatsch. Meiner Treu, das ist eine Sache der Vorstellung. – *En France on ne prie* (usw.): In Frankreich betet man niemals zum lieben Gott. – *Tant pis* (usw.): Um so schlimmer für Frankreich. – *Bien dit, ma foi*: Gut gesagt, meiner Treu. – *C'est peu de chose* (usw.): Dazu gehört nicht viel, das schön zu sagen. – *die v. Saalbaders eine sehr alte Familie*: (sprechender Name) Salbader, langweiliger Schwätzer, verkörpert eine »alte« menschliche Untugend. – *Oui Madame, à Venise* (usw.): Ja Madame, in Venedig, in Rom, in Neapel, überall. – *Bragadino* (usw.): Das im folg. über ihn Erzählte ereignete sich 1571. – *Oui Madame, sans doute* (usw.): Ja Madame, ohne Zweifel. Ich liebe diese

Art von Nippes rasend und besitze selbst die Haut einer sehr schönen Schwarzen, die die Zwangsvorstellung gehabt hatte, sich die Gurgel durchschneiden zu müssen. Haben Sie doch die Güte, Madame, Sie und Fräulein Louise, uns diesen Herbst zu besuchen, und ich werde die Ehre haben, Ihnen diese Haut zu zeigen. – *Je serois charmée* (usw.): Es wäre mir eine große Freude, Monsieur, Frau von Saalbader zu besuchen, aber Ihre Haut reizt mich kaum. – *dont le grand Correggio* (usw.): deren Hauptmeister der große Correggio [ein ital. Renaissancemaler] ist. – *von der berühmten Nacht des Correggio*: das Altarbild »Die Heilige Nacht« (um 1530) im Bestand der Dresdner Gemäldegalerie. – *Nuit, la nuit* (usw.): Nacht, die Nacht von Correggio, davon weiß ich nichts, nicht ein Wort. – *C'est donc peut-être* (usw.): Das ist also vielleicht das einzige Gemälde von Wert, das dort fehlt. Man sieht dort ja geradezu eine Unmenge von Meisterwerken, besonders vom großen Tizian, der an der Pest starb und von Kaiser Karl V. zum Ritter und Reichsfürsten ernannt wurde. – *Pourtant ça gêne* (usw.): Doch das stört. Kommen Sie, M. Asmus, wir wollen ein wenig auf die Regierungen schimpfen. – *Ah, cette philosophie* (usw.): Ah, das ist eine Philosophie voller Erhabenheit. – *bonne chère von Fröschen und von Kröten*: gute Kost, (hier) Delikatessen wie Froschschenkel u. ä. – *Alabaster*: Gipsart, in rein weißem Vorkommen auch Material für Kunstwerke. – *sie däu'n sich*: sie lassen sich verdauen. – *Cher ami, prenez garde* (usw.): Bester Freund, achten Sie doch ein wenig auf sich. Sie werden diese Leute allen Respekt verlieren lassen, den sie dem Adel schuldig sind. – *Craignez rien* (usw.): Fürchten Sie nichts, Herr von Saalbader. – *Vous ne m'avez pas* (usw.): Sie haben mich nicht recht verstanden, M. Asmus. – *Mr. Asmus, rappellez* (usw.): M. Asmus, bringen Sie diesen Mann zur Vernunft. – *Mais je ne sais comment*: Aber ich weiß nicht wie. – *Hochzeitbitterstecken*: Stocksteif wie (nach alter Sitte) jemand, der die Gäste förmlich zur Hochzeit einlädt (bittet). – *in Pontificalibus*: Im Festtagskleid (wörtl. im Bischofsornat). – *Mais Monsieur Asmus* (usw.): Aber Herr Asmus, wie ich Sie als großen Beglücker des Menschengeschlechts kenne, nehmen Sie meine Glückwünsche an für die Unterdrückung der religiösen Orden, die gegenwärtig ja fast überall geschieht. Das ist wirklich eine weise Tat. – *Lohe*: Flamme. – *Manufakturen*: Gewerbebetriebe mit Handarbeit. – *Qu'ils jouissent* (usw.):

Sollen sie das Leben genießen, die Süßigkeiten kosten, die uns die Natur überall darbietet, mögen sie trinken, essen, sich dem Liebestaumel hingeben und den anderen schönen Leidenschaften usw.; aber notabene mit Mäßigung, d. h. ohne es sich durch Übertreibung zu verleiden und ohne der Gesundheit zu schaden. So sieht das wahre Glück aus, und es gibt kein anderes! Und das ist auch die Meinung der klügsten Männer in Frankreich. – *Quelle bêtise* (usw.): Welche Dummheit, die schönsten und liebenswertesten Geschöpfe so zu mißhandeln. / Ah, wie gerne würde ich ihrer Schönheit Gerechtigkeit widerfahren lassen! – *Ha ha ha, un gentilhomme* (usw.): Ha ha ha, ein Edelmann, weil er es gerettet hat! Das ist komisch. – *Fontange*: (eigtl. kunstvolle Haartracht) Zierat, Ausstaffierung. – *Echafaud*: Schafott. – *kurrente Münze*: Kurantgeld, offiziell anerkannte Landeswährung, bei der Geldwert und Metallwert der Münze gleich sind. – *Mais – alors* (usw.): Aber – dann wäre es ja am besten, Soldat zu werden. – *Il y a du héroique* (usw.): In dieser Ansicht liegt etwas Heroisches. Aber, beste Mutter, wie urteilen Sie darüber, und dieser Philosoph, wie gefällt er Ihnen? – *J'enrage* (usw.): Ich bin wütend, ich bebe vor Unwillen, und ich verbiete Ihnen, ihm erneut durch Ihre Antwort die Ehre zu geben. Das ist ja ein eingefleischter Talmudist; redet wie ein Betrunkener, wie ein Papagei, wie ein Schwätzer, wie ein –. – *Talmudist*: Kenner des Talmud, einer kommentierten jüdischen Gesetzessammlung, hier ironisch für Wortklauber. – *Appaisez-vous* (usw.): Beruhigen Sie sich, Madame, er verdient Ihren Grimm nicht, was er sagt, ist recht vernünftig. – *En vérité* (usw.): Wirklich, sehr vernünftig. – *Die Musik (...) aus Italien*: Vermutlich jedoch von Claudius selbst. – *Das Bauernlied*: Umgearbeitet und gekürzt populär geworden als Erntedanklied (»Wir pflügen und wir streuen«), dessen Text und Melodie anonym zuerst in: Liederbuch für Volksschulen. 2. gänzlich umgearbeitete Auflage, hg. von A. L. Hoppenstedt. Hannover 1800, S. 62 f. (Text), im zugehörigen Melodienbuch S. 26 f. – *Im Anfang wars auf Erden nur finster, wüst und leer*: Vgl. 1. Mose 1,1 f. – *Alle gute Gabe* (usw.): Vgl. Jak. 1,17. – *Gott gibts seinen Freunden schlafend*: Ps. 127,2.

S. 114 VORREDE DES ÜBERSETZERS. 1782 Zu Claudius' Übersetzung von Louis-Claude de Saint-Martins theosophischem Werk »Des Erreurs et de la Vérité (usw.)« (1775), dt. »Irrtümer und Wahrheit, oder Rückweis für die Menschen auf das allgemeine Prinzipium aller Erkenntnis (usw.)« (Breslau 1782). – *Superiorität*: Überlegenheit. – *Bassa von drei Roßschweifen*: (Pascha) hoher orientalischer Offizier oder Beamter mit seinen Rangabzeichen. – *Chapeaubashut*: Sehr flacher, mit Rücksicht auf die Perücke bzw. Frisur nur unter dem Arm getragener Hut. – *Erfindung der Differential- und Integralrechnung*: Anspielung auf einen Gelehrtenstreit zwischen Leibniz und Newton (Münz). – *fünf Jochochsen*: Vgl. Luk. 14,19. – *Henriade*: Huldigungsgedicht (nach einer Dichtung Voltaires auf den franz. König Henri IV.). – *au fait*: im Bilde, sachverständig. – *Nordwestpassage*: Seit dem 16. Jahrhundert gesuchter Seeweg zwischen Atlantik und Stillem Ozean über die Nordküste Amerikas; erst nach 1850 gefunden, für Claudius also noch Sinnbild vergeblicher Suche. – *Treber*: Wertlose Rückstände beim Keltern. – *hier kein Bleiben, und muß bald davon*: Vgl. Ps. 39,5. – *Elektrisiermaschine*: Apparat zur Trennung und Ansammlung elektrischer Ladungen; hier stellvertretend für menschliche Erfindungen. – *Halbherzigkeit zwischen Gott und dem Mammon*: Vgl. Matth. 6,24 und Luk. 16,13. – *Zeuch deine Schuhe aus* (usw.): Vgl. 2. Mose 3,5. – *des Odems in seiner Nasen*: Vgl. 1. Mose 2,7.

S. 120 ABENDLIED *die goldnen Sternlein prangen* und *laß uns ruhig schlafen*: Fast wörtliche Zitate aus Paul Gerhardts Abendlied »Nun ruhen alle Wälder« (Str. 7 bzw. 9).

S. 122 NEUE ERFINDUNG *wie Gleims Kind vor einem schönen Blumenkorb*: Vgl. J. W. L. Gleims Gedicht »Das Kind« in »Halladat oder Das rote Buch«, Hamburg 1774, S. 92f. (Münz). – *wie Freund Fritz sagt*: Vermutlich Friedrich Heinrich Jacobi; der Ausspruch ist jedoch in seinen Werken und Briefen bislang unauffindbar. – *Präliminarartikel*: Einleitende Bestimmungen. – *conditio sine qua non*: unverzichtbare Bedingung. – *NB*: notabene, übrigens.

S. 127 AUF DEN TOD DER KAISERIN Auf Maria Theresia von Österreich, gestorben am 29. 11. 1780. – *Sie machte Frieden*: Friede von Teschen 1779, der den Bayerischen Erbfolgekrieg zwischen Österreich und Preußen (Anlaß für das folgende Gedicht) beendete. SW IV enthält zum selben Ereignis noch ein Gedicht, »Ein Lied nach dem Frieden in Anno 1779«.

S. 128 DER BESUCH IM ST. HIOB ZU** *Karawantee*: Vielleicht von

Karawanen (reisenden Händlergruppen Asiens) beschaffter Tee; Begriff sonst nicht nachweisbar. – *Naturalienkabinett*: Sammlung präparierter oder konservierter Naturgegenstände. – *Konchilien*: (Konchylien) Schalen von Weichtieren. – *Stundenglas*: große Sanduhr mit einer Stunde Durchlauf. – *Ach Herr, laß dein' lieb' Engelein* (usw.): 3. Strophe von Martin Schallings Kirchenlied »Herzlich lieb hab ich dich, o Herr«.

S. 133 DER MENSCH *gelüstet und begehret*: Vgl. 5. Mose 5,18 (21). – *währet, wenn's hoch kommt, achtzig Jahr*: Vgl. Ps. 90,10.

S. 135 [AUS] BRIEFE AN ANDRES, 1. UND 3. BRIEF *salvo meliori judicio*: (formelhaft) vorbehaltlich besserer Beurteilung. – *Weib, das ihren verlornen Groschen* (usw.): Vgl. Luk. 15,8 f. – *Palliativ*: Schmerzlindernde Arznei. – *die Lahmen gehen* (usw.): Matth. 11,5 und Luk. 7,22. – *dem Wind und Meer gehorsam sind*: Vgl. Matth. 8,27. – *der die Kindlein zu sich kommen ließ*: Vgl. Mark. 10,14 und Luk. 18,16. – *geduldig war bis zum Tode am Kreuz*: Vgl. Phil. 2,8 (dort »gehorsam«). – *der in die Welt kam die Welt selig zu machen*: Vgl. Joh. 3,17. – *Wer ist unter euch, der einen Turm* (usw.): Luk. 14,28-30.33. – *Wo ihr aber in eine Stadt* (usw.): Matth. 10,11.14. – *ein jedes Wort das aus seinem Munde gegangen ist*: Vgl. Matth. 4,4 und Luk. 4,22. – *Friede sei mit euch*: (sagt stets der Auferstandene) Luk. 24,36, Joh. 20,19. 21. 26. – *zu Nain einen Toten erweckt*: Vgl. Luk. 7,11-15; Claudius' Auslegung siehe oben S. 187 ff. – *zu Bethanien einen* (usw.): (Lazarus) vgl. Joh. 11, bes. 11,17. – *Hütten des Friedes*: Vermutlich Anspielung auf Jes. 32,18. – *Anselmo*: Vgl. oben S. 271 zu »Parentation über Ansolmo«. – *daß wer an ihn glaubt* (usw.): Joh. 11,25. – *der Glaube ist nicht jedermanns Ding*: 2. Thess. 3,2. – *sprachen zu dem Herrn: stärke uns den Glauben*: Luk. 17,5. – *sehe an dem Kanaanäischen Weiblein*: Vgl. Matth. 15,21-28. – *wie könnet ihr glauben, die ihr Ehre voneinander nehmet*: Joh. 5,44. – *Menschen von zerrütteten Sinnen* (usw.): 2. Tim. 3,8.

S. 141 ÜBER DIE UNSTERBLICHKEIT DER SEELE *Sire*: Herrscher-Anrede, hier ohne erkennbaren konkreten Bezug. – *Spezies*: Art (von Pflanzen oder Lebewesen), Fachbegriff der Biologie. – *in allen 3 Reichen*: Mineral-, Pflanzen- und Tierreich. – *Ulysses' und Tobias' Hündlein*: (Ulysses = Odysseus) vgl. Homers Odyssee 17,302 bzw. Tob. 6,1 (zum Buch Tobias vgl. oben S. 265 zu »Die Leiden des jungen Werthers«). – *der Kürbis rankte schon vor Ninive*: Vgl. Jona 4,6-11. – *Weil die Natur, wie man spricht, keinen Sprung tut*: Sprichwörtlich seit der Antike; auch von Carl von Linné (Philosophia botanica, 1751) zitiert, dessen traditionelle Lehre von der Unveränderlichkeit der Arten Claudius hier verficht. – *substituieren*: an die Stelle von etwas setzen. – *berühmte Gelehrte, die anders meinen*: Claudius setzt sich hier v. a. mit Herder und dessen »Ideen zur Philosophie der Geschichte der Menschheit« (Teile I-II [von 4] 1784-85), angekündigt im Brief an Herder vom 3. 10. 1785, auseinander, d. h. mit Herders Auffassung von der Organisation der Schöpfung in einer Kette aufsteigender Lebensformen (mit dem Menschen als einem Mittelglied) und dem daraus entwickelten, auf die gesamte Schöpfung und alle in ihr wirkenden Kräfte ausgeweiteten Unsterblichkeitsbegriff. Außer auf Herder bezieht Claudius sich hier kritisch auch auf Kants »Kritik der reinen Vernunft« (1781, ^{2}1787) und »Kritik der praktischen Vernunft« (1788), in denen u. a. dargelegt ist, daß Unsterblichkeit aus dem Wesen der Seele nicht beweisbar, aber ein notwendiges Postulat der praktischen Vernunft sei. – *Docent, ex admirabili nexu illo* (usw.): Sie lehren, daß – aufgrund jenes wunderbaren Zusammenhangs der Dinge und aus der Fortpflanzung, durch die bewirkt wird, daß das Ähnliche immer sich Ähnliches in so beständiger Weise hervorbringt – einleuchtend erwiesen werden könne, daß es irgendein Ta Teu nao, d. h. ein Gehirn des Großen Hauptes, gebe, das alles in diesem so gleichbleibenden Wechsel erhalte, lenke und zu einem jedem angemessenen Ziele führe. (Zur vermutlichen Quelle des Zitats siehe unten zu Konfuzius.) – *Noah (...) hätte sonst viel Raum sparen können*: Vgl. 1. Mose 7,13-16, wo Noah ein Paar jeder Tierart in die vor der Sintflut rettende Arche aufnimmt. – *Aelianus*: Griech. Autor (um 170-235 n.Chr.) eines Werks über die Eigenarten der Tiere. – *Euklides*: Griech. Mathematiker des 4. Jahrhunderts v.Chr. – *Die Krähen hassen schon die Eule im Plinius*: Vgl. Plinius, Naturalis historia 10,203 (Münz). – *kreischen schon das Regenwetter her im Virgil*: Vgl. Vergil, Georgica 1,388, ähnlich Naturalis historia 18,363 (Münz). – *Schwalben (...) schon im Homer*: Bezug ungeklärt. – *die Ameise ist schon fleißig im Sirach*: Sprüche 6,6 (Claudius' Zuweisung zum apokryphen alttestamentlichen Buch Jesus Sirach ist irrig). – *der Pfau trägt* (usw., mit Fußnote): Vgl. Ovid,

Metamorphosen I,723 (Münz). – *Juno*: Altrömische Göttin. – *Inachus*: Sagenhafter König der Argonauten. – *mit dem Rücken am Chaos*: Am Zustand der Welt bei Schöpfungsbeginn. – *exekutiert*: führt aus. – *generieren*: sich fortpflanzen. – »*Erziehung des Menschengeschlechts*«: Anspielung auf Lessings Schrift dieses Titels von 1780, der zufolge die Menschheit im geschichtlichen Prozeß die geoffenbarten Wahrheiten (z.B. auch die Gebote) als Vernunftwahrheiten erkennen lernt. – *vor allen sichtbaren Geschöpfen dazu berufen zu sein*: Vgl. 1. Mose 1,28. – *Einimpfungen*: Veredelungen (bei der Züchtung von Tieren und Pflanzen). – *im Zeremoniell*: im förmlichen Sinn, vordergründig. – *ceteris paribus*: unter (sonst) gleichen Umständen. – *der Sphinx*: Steinerne ägyptische Löwengestalt mit Menschenkopf, hier Sinnbild der Doppelnatur des Menschen; im 18. Jahrhundert noch als maskulines Nomen üblich. – *auf dem Bauche kriechen und Staub essen*: Vgl. 1. Mose 3,14. – *konveniente Disposition*: Passende Zuordnung. – *er steige auf den Begriffen endlicher Dinge, wie auf einer Leiter* (usw.): Dazu vgl. das Gedicht »Till, der Holzhacker«, oben S. 197f. – *Alle Bilder, die in die Sinne fallen* (usw.): Vermutlich kritische Anspielung auf eine zentrale Auffassung J.G. Hamanns (1730-1788), wonach alle Vernunfterkenntnis durch sinnliche Erfahrung und Wahrnehmung vermittelt sei. – *Gott aus der Natur (finden)*: Grundgedanke des Pantheismus, in Anspielung auf Spinozas Formel »Deus sive natura«: Gott oder Natur (sind eins). – *scharfsinniger Philosoph*: F.H. Jacobi, dessen 1785, in »neuer Auflage« 1789 erschienene Schrift Claudius in der zugehörigen Fußnote anführt (dort muß es VII. statt IV. Beilage heißen; das folgende Zitat ebenda S. 155). – *Ideen: von einer höchsten* (usw.): Vermutlich summarische Anspielung auf Vorstellungen Kants (dessen Philosophie Claudius sich von Jacobi erläutern ließ, aber letztlich nicht begreifen konnte). – *Nebukadnezar* (usw.): Dan. 4,30f. – *Konfuzius z.E., der (...) umständlich erzählet* (usw.): Claudius zitiert (und übersetzt) schon hier aus dem am Schluß der nächsten Fußnote angeführten Werk »Konfuzius, Philosoph der Chinesen (usw.)«, Paris 1687. Konfuzius (Kungfutse) lebte um 551-um 479 v.Chr. Ähnlich wie Sokrates (siehe oben S. 263f. zu »Spekulations am Neujahrstage«) gilt er Claudius als frommer Weiser. – *ist für ihn als wäre sie nicht*: 1. Kor. 7,29-30 nachgebildet (ebenso drei Absätze weiter: *sehen sie höchstens als sähen wir sie nicht*). – *gerieren*: sich verhalten. – *So lebte Sokrates. (…) Und so starb er* (usw.): Gleichfalls in SW V bringt Claudius eine eigene Übersetzung der »Apologie des Sokrates«, dort ausführlich zu Sokrates' Prozeß, seinem Todesurteil (Giftbecher) und seinem Sterben. – *Prytaneum*: Sitz der regierenden Behörde. – *Rat von »dreißig Tyrannen«*: Gewaltregime in Athen zu Sokrates' Zeit. – *Senat von Hunderten*: Regierungsgremium in Athen. – *Phädon, Apollodor*: Schüler und enge Vertraute Sokrates'. – *bis zu dem »höchsten Gut« (…) Idee des »Unendlichen«*: Zentrale Begriffe in Kants »Kritik der praktischen Vernunft«. – *das der Rost und die Motten nicht fressen*: Vgl. Matth. 6,20. – *Brüder und gleich*: Anspielung auf zwei (von Claudius umgemünzte) Schlagworte der Französischen Revolution.

S. 157 WIR WANDSBECKER AN DEN KRONPRINZEN *Bis uns*: altertümlich für »sei uns«.

S. 158 EINE KORRESPONDENZ ZWISCHEN MIR UND MEINEM VETTER *daß in den neuen Zeiten die alten Kirchenlieder verändert werden*: Für Schleswig und Holstein (d.h. auch für Wandsbeck) war 1780, für Hamburg 1787 ein neues Gesangbuch erschienen, in denen die Kirchenlieder des 16. und 17. Jahrhunderts unter Aufklärungsaspekten sprachlich und inhaltlich stark (und oft trivial) überarbeitet sind. – *»Befiehl du deine Wege«*: Beginn eines Kirchenlieds von Paul Gerhardt. – *Estim*: Hochachtung (franz. estime).

S. 161 URIANS REISE UM DIE WELT, MIT ANMERKUNGEN *Urian*: Irgendwer. – *Esquimaux*: Eskimo(s), Volk in Labrador; da die eingedeutschte Form zu Claudius' Zeit schon gebräuchlich ist, soll die franz. Schreibweise wohl das Exotische hervorheben. – *Nordwestpassage*: Siehe oben S. 275 zu »Vorrede des Übersetzers«. – *Tubus*: Fernrohr. – *Kieler Sprott*: (Sprotten) Heringsart in zubereiteter Form. – *Mogul*: Orientalischer Herrscher. – *Otaheit*: Die Insel Tahiti, die zu Claudius' Zeit zivilisationskritisch als Inbegriff einer natürlichen, einfachen Lebensform galt. – *Sparren*: Verschrobenheit, Spleen.

S. 164 EINE PARABEL *Osiris*: Ägyptischer Totengott, hier als Sohn des Erdgottes Geb und der Himmelsgöttin Nut eingesetzt.

S. 166 FRAU REBEKKA MIT DEN KINDERN, AN EINEM MAIMORGEN *»seines Kleides Saum«*: Die Herkunft dieser und der folgenden von Claudius als Zitate markierten Wendungen ist ungeklärt.

S. 168 EINE FABEL Claudius' Plädoyer gegen die Pressefreiheit (zuerst 1795 in HNZ gedruckt und vermutlich durch publizistisch ausgetragene Streitigkeiten zwischen Holsteiner Theologen angeregt) hatte heftige Anfeindungen und polemische Reaktionen zur Folge, u. a. eine Claudius verspottende Gegenfabel von J.H. Voß. – *Skribenten*: Schriftsteller. – *Zensor*: Behördlich autorisierter Prüfer von Schriften zwecks Druckgenehmigung. – *supplicando*: auf ein Bittgesuch hin.

S. 169 ALS DER SOHN UNSERS KRONPRINZEN, GLEICH NACH DER GEBURT, GESTORBEN WAR Zuerst in HNZ vom 1. 10. 1791. Zum Tod des ersten Sohnes des späteren Königs Friedrich VI. von Dänemark am 22. 9. 1791 (einen Tag zuvor geboren).

S. 171 EINE KORRESPONDENZ ZWISCHEN MIR UND MEINEM VETTER *jenen Prediger, der am Ufer stand und den Fischen predigte*: Urspr. eine mit dem Heiligen Antonius von Padua verbundene Legende. – *strikte Observanz*: Strenge Beachtung von Regeln (Begriff aus der Freimaurerei). – *enfant raisonneur*: Widersprechendes Kind. – *Fideikommiß*: Unteilbares und unveräußerliches Vermögen einer Familie. – *Alp*: Angstmachendes Gespenst. – *Wechselbalg*: Untergeschobenes mißgebildetes Kind. – *inventiert*: erfunden. – *Sankt Georg*: Ritterlicher Heiliger, der einen Drachen erlegte. – *ob alte Leute nicht Kinder- und Kälbermaß wissen müssen*: Nach einem niederdeutschen Sprichwort sinngemäß, erfahrene ältere Menschen dürften unerfahrenen jungen nur soviel zumuten, wie denen zuträglich sei. – *sans comp[a]raison*: nicht (damit) zu vergleichen. – *schlechtes (Geheimnis)*: schlichtes, simples. – *a priori*: Unabhängig von Erfahrung nur durch Vernunft erkannt; erkenntnistheoretischer Begriff bei Kant. – *»natürliche Religion«*: Allen Menschen mögliche bzw. gemeinsame Gotteserkenntnis aus der Natur (Schöpfung) durch die Vernunft, im Unterschied zur »geoffenbarten Religion« (z.B. Christentum, Islam), die auf besonderen Offenbarungen beruht. – *Gemächt*: Machwerk. – *»kritische Philosophie«*: Sammelbegriff besonders für Kants Erkenntnistheorie. – *Die Leute zu Eleusis* (usw.): Teilnehmer an den Eleusinischen Mysterien, nur Eingeweihten zugänglichen Kultfeiern an dem Ort nahe Athen. – *in abstracto*: im allgemeinen. – *Newton, Baco, Boyle*: Den Philosophen Francis Bacon (Baco de Verulam, 1561-1626) und die Naturwissenschaftler Robert Boyle (1627-1679) und Isaac Newton (1643-1727) schätzt Claudius wegen ihrer Glaubenseinstellung; Auszüge aus Schriften Newtons bringt er in SW VII, Bacons in SW I/II und VII. – *Abschaffung aller Imperative und (...) Verwandlung der Moralität in Heiligkeit*: Kritisch aufgegriffene zentrale Begriffe Kants.

S. 179 AN FRAU REBEKKA; BEI DER SILBERNEN HOCHZEIT Dieses und die drei folgenden Gedichte bilden einen Zyklus und korrespondieren einander paarweise (das erste und vierte, das zweite und dritte) in subjektiver Erfahrung und allgemeingültiger Einsicht; thematisch ergänzend die beiden angeschlossenen außerchristlichen Zeugnisse, in denen Claudius eigene religiöse Überzeugungen wiederfindet. – *Crèvecœur*: Herzeleid.

S. 180 CHRISTIANE Auf den Tod von Claudius' Tochter Christiane, die am 2. 7. 1796 20jährig »an einem bösartigen Nervenfieber« (Eintrag in der Hausbibel) gestorben war.

S. 182 ÜBER DER UNSTERBLICHKEIT DER SEELE *Hastings*: Warren H., erster Generalgouverneur von Indien (1774-85), vermittelte indische Kultur und förderte die Erschließung des Sanskrit für europäische Gelehrte, übersetzte aber nicht selbst. – *Bhagavadgita*: Hinduistisches Lehrgedicht (»Lied des Erhabenen«) in Sanskrit, Zwiegespräch zwischen dem heldenhaften Krieger Arjuna (*Arjoon*) und dem Wagenlenker *Krischna*, einer Menschwerdung des Gottes Wischnu. Erste engl. Übersetzung von Charles Wilkins, London 1785. – *Holwellsche Schasta*: Der Brite John Zephaniah H. wirkte seit 1732 in Kalkutta und war 1760 kurzzeitig Gouverneur von Bengalen, veröffentlichte u.a. 1765-71 »Historische Nachrichten von Hindostan und Bengalen« (dt. 1778 von J.F. Kleuker) auch mit Beiträgen über dortige Religionslehren.

S. 183 ÜBER DIE GLÜCKSELIGKEIT *Brahm*: Brahma, höchster Gott des Hinduismus, Personifizierung des Brahman (Weltseele).

S. 184 BEI IHREM GRABE Wie das Gedicht »Christiane« auf den Tod der Tochter, aber nur in »Überflüssiges Taschenbuch für das Jahr 1800«, hg. von Johann Georg Jacobi (Hamburg 1799) veröffentlicht, nicht in SW übernommen.

S. 185 [AUS] BRIEFE AN ANDRES, 4.UND 5. BRIEF *weil das Weizenkorn* (usw.): Vgl. Joh. 12,24. – *Zeitliches und Örtliches*: Anspielung auf Kants Wahrnehmungskategorien Raum und Zeit. – *rektifizieren*: bestimmen, unterscheiden. – »*Und es begab sich darnach* (usw.)«: Luk.

7,11-15. – *einiger (Sohn)*: einziger. – *die Kranke*: Claudius scheint hier unwillkürlich das Sterben seiner Tochter Christiane (s. o.) vor Augen zu haben. – *Rabbi*: Verehrende Bezeichnung jüdischer Gesetzeslehrer, Anrede Jesu in den Evangelien. – *Lukas sagt: »es kam sie alle* (usw.)«: Luk. 7,16. – *zu dem Gichtbrüchigen sprach* (usw.): Matth. 9,2. – *»auf daß ihr wisset* (usw.)«: Matth. 9,6-7.

S. 192 ÜBER DEN ALLGEMEINEN EIFER DER MENSCHEN FÜR RELIGION UND RELIGIOSE HANDLUNGEN Beispiel für Claudius' schon seit SW III ausgeprägtes Interesse an religionsgeschichtlichen (die Religionen verbindenden) Fragestellungen. – *wie wir in Asien gesehen haben*: Verweis auf Claudius' umfangreiche Abhandlung »Eine Asiatische Vorlesung« zu Beginn von SW VII. – *Sextanten*: In der Seefahrt Winkelmeßinstrument zur Lagebestimmung. – *Dollondschen Tubus*: Ein von dem britischen Optiker John Dollond 1757 erfundenes Spezial-Fernrohr. – *Disposition*: Empfänglichkeit. – *billige und honette Art*: berechtigte und anständige Art. – *die empfindsamen Reisen*: Laurence Sternes Roman »Yoricks empfindsame Reise durch Frankreich und Italien« (1768, dt. 1768 von J. J. Bode) löste in Deutschland zahlreiche Nachahmungen aus. – *Yoricksche Dose*: In Sternes Roman (Kap. »Die Tabaksdose«) tauschen Yorick und der Mönch Lorenzo ihre Schnupftabaksdosen als Versöhnungs- und Freundschaftsgeste aus; von dem Dichter J. G. Jacobi 1769 öffentlich aufgegriffen, entwickelt sich daraus eine Mode und ein regelrechter Handel mit sog. »Lorenzodosen«.

S. 197 TILL, DER HOLZHACKER Kant-Parodie. Zum Namen vgl. die populäre Volksbuchgestalt Till Eulenspiegel; der Gedichtinhalt wird so als Eulenspiegelei, als Streich, mit dem die Leute genarrt werden, qualifiziert. – *der neuen philosophischen Methode: die Reinheit in unsre Willkür aufzunehmen*: Versuch, mit dem (reinen) menschlichen Willen (»Willkür«) zu den Ideen der reinen Vernunft (»Reinheit«) zu kommen, d. h. etwas Unmögliches, was den Rahmen möglicher Erfahrung übersteigt, zu erreichen; damit will Claudius Kants Erkenntnistheorie als unstimmig und irreführend lächerlich machen (nach S. Donovan 1996). – *Ficken*: Tasche, (Hosen-)Sack. – *Fahr*: Gefahr.

S. 199 VORREDE ZU DER ÜBERSETZUNG VON FÉNELONS WERKEN RELIGIOSEN INHALTS François de Salignac de la Mothe Fénelon (1651-1715), franz. katholischer Theologe und Mystiker, Prinzenerzieher und seit 1695 Erzbischof von Combrai. Claudius' Übersetzung (eine von ihm selbst zusammengestellte Auswahl aus Fénelons Werken) erschien in 3 Bdn. 1800-1811, hier die Vorrede zu Band I. – *wo das Alte vergeht und alles neu wird*: Vgl. 2. Kor. 5,17. – *auf ihrem Bauch kriechen und Staub essen*: Vgl. 1. Mose 3,14. – *wer sich des Odems in seiner Nasen bewußt ist*: Vgl. 1. Mose 2,7; Selbstzitat aus »Vorrede des Übersetzers. 1782«, siehe oben S. 120. – *Vater und Mutter verlasse*: Vgl. Matth. 19,5 und Mark. 10,7.

S. 201 AN MEINEN SOHN JOHANNES 1799 Für Claudius' ältesten Sohn verfaßt, als dieser für eine Kaufmannslehre das Elternhaus verläßt, aber sogleich auch zur Veröffentlichung bestimmt; Einzeldruck im selben Jahr. – *Gold und Silber habe ich nicht* (usw.): Apg. 3,6. – *fegen die Tenne*: Sprichwörtlich nach Matth. 3,12. – *wie eine hohe bleibende Wand, an der die Schatten vorübergehen*: Anspielung auf das Höhlengleichnis in Platons Dialog »Politeia«, das dessen Lehre von den Urbildern der Ideen in einer unsichtbaren höheren Welt und ihren Abbildern (Schatten) in der sichtbaren Welt erläutert; alles Seiende, auch der Mensch, habe ein Streben zu den Urbildern hin, vom Sichtbaren zum Unsichtbaren in sich. – *Kannengießer*: Schwätzer (nach einem Lustspiel des Dänen Ludwig Holberg). – *wo Geräusch auf der Gassen ist*: Vermutlich Anspielung auf Matth. 12,19. – *gehe fürbaß*: gehe weiter. – *sondern der ist weise, der seiner Unwissenheit innegeworden ist*: Von Claudius zur eigenen Lebensmaxime (nicht nur hier) angeeigneter Grundgedanke Sokrates'. – *der Sauerteig den ganzen Teig durchsäuere*: Vgl. Matth. 13,33. – *sonst hast du deinen Lohn dahin*: Vgl. Matth. 6,2. – *Trunk kalten Wassers*: Vgl. Matth. 10,42. – *Sitze nicht, wo die Spötter sitzen*: Vgl. Ps. 1,1.

S. 206 EIN GÜLDEN ABC *wie Paulus tut*: Vgl. Gal. 1,16. – *baß*: sehr. – *Wie wird es dann, o dann uns sein* (usw.): Anspielung auf den Beginn von Klopstocks Lied »Der Tod« (Geistliche Lieder I 1758): »Wie wird mir dann, o dann mir sein, / Wenn ich, mich ganz des Herrn zu freun, / In ihm entschlafen werde (...)«.

S. 209 ÜBER DIE NEUE THEOLOGIE, AN ANDRES *»sich so bald abwenden lassen* (usw.)«: Gal. 1,6-7. – *Akkomodation*: Anpassung (an die Umgebung). – *Babylonische Teufel*: Üble Sprachverwirrung. – »O *ihr unverständigen Galater* (usw.)«: Aus Gal. 3,1+3. – *Revolutions-*

schwindel: Seitenhieb gegen die Französische Revolution. – *Ministerialpartei*: Regierungspartei. – *promulgieren*: kundtun. – *ihrem Dispensatorio*: Arzneizubereitungsbuch. – »*Ich tue euch aber kund* (usw.)«: Gal. 1,11-12. – *Das sei ferne*: Häufige Formel in der Bibel. – *nach Moses Rat »in unsre Seelen fassen* (usw.)«: 5. Mose 11,18-19.

S. 214 VALET AN MEINE LESER *Valet*: Abschiedsgruß. – *will ich Feirabend machen*: Claudius hielt SW VII, den dieser Text beschließt, für den letzten Teil seiner »Sämtlichen Werke«, 1812 folgte jedoch ein weiterer. – *Einfassung und kleines Spielewerk*: Selbstzitat aus »Dedikation« in SW I/II, siehe oben S. 16. – »*Becher kaltes Wassers*«: Vgl. Matth. 10,42 (schon in »An meinen Sohn Johannes« zitiert). – *in der Dedikation vor dem ersten Teil*: Siehe oben S. 16f. – *Häckerlinge*: Strohabfall. – *à leur aise*: behaglich, wohlsituiert. – *mit den Kategorien etc. trösten*: Begriff aus Kants Erkenntnistheorie. – *sequestriert*: beschlagnahmt, außer Kraft. – *der verkauft seine Erstgeburt um ein Linsengericht*: Vgl. 1. Mose 25,29-34. – *der Sokratischen Unwissenheit Platz machen*: Vgl. oben S. 283 zu »An meinen Sohn Johannes«. – *wie auch Ulysses erfahren hat; denn* (usw.): Vgl. Homers Odyssee im 19. und 23. Gesang. – *den Pythagorischen Lehrsatz*: Von dem griech. Philosophen Pythagoras entdeckte Gesetzmäßigkeit beim rechtwinkligen Dreieck. – *influieren*: Einfluß nehmen. – *Polyhistor*: Gelehrter in vielen Wissensgebieten. – *Weltbiedermann*: Redlicher, biederer Bürger. – *Gymnosophist*: Indischer Asket. – *a priori* und *in abstracto*: Siehe oben S. 280 zu »Eine Korrespondenz zwischen mir und meinem Vetter«. – *es ist ein köstlich Ding* (usw.): Vgl. Hebr. 13,9. – *Schätze, die der Rost nicht frißt*: Vgl. Matth. 6,20. – *konvenieren*: zusagen, angenehm sein. – *Stiller alles Haders*: Vgl. in Strophe 3 (Stiller unsers Haders) von Luthers Kirchenlied »Allein Gott in der Höh' sei Ehr'«. – *Gradierhaus*: Anlage zur Salzgewinnung durch fortlaufende Konzentration der Sole.

S. 220 DAS HEILIGE ABENDMAHL Einzeldruck 1809, dann in SW VIII. Abweichend von SW VIII sind die Fußnoten fortlaufend gezählt und die biblischen Bücher wie heute üblich abgekürzt. – *Dabei wird jedermann erkennen* (usw.): Joh. 13,35. – *De negotio coenae* (usw.): Aus Melanchthons Brief vom 22. 1. 1525 an Joachim Camerarius (vgl. Corpus Reformatorum 1,722; mit Auslassungen): Ich habe den Eindruck, daß bei der Auseinandersetzung über das Abendmahl bisher noch nichts anderes unternommen worden ist, als daß bei dieser Gelegenheit die auf vertrackte, dunkle und von religiösen Zielen entfernte Fragen und Streit gerichteten Gemüter von der Betrachtung eines notwendigen Glaubenssatzes wie von einem Wirbelwind weggerissen werden. / Ich verstand meine Aufgabe immer so: niemals eines anderen Grundes wegen Theologie zu betreiben als mit dem einzigen Ziel, das Leben zu verbessern. – Philipp *Melanchthon*: (1497-1560), wichtigster reformatorischer Mitstreiter Luthers. – *Wie eine neuere Theologie lehret*: Aufklärungstheologie, die das Abendmahl auf das der Vernunft Begreifliche und der moralischen Besserung Förderliche reduziert. – *Knechtsgestalt, in der er einherging*: Vgl. Phil. 2,7. – *von den drei Evangelisten (...) spricht nur einer (...) von Gedächtnis*: Nur Luk. 22,19, nicht Matth. und Mark. – *durch Erkundigung eingezogen*: Vgl. Luk. 1,3. – »*Das Gesetz kann nichts tun* (usw.)«: Aus Luthers »Vorrede auf das Alte Testament« (1523/1545), dort mit Bezug auf Moses, vgl. WLA Deutsche Bibel 8,21. – *Denn wir finden uns* (usw.): Das Zitat (s. Anm. 19) ist aus der Ich- in die Wirform transponiert. – *Konfuzius*: Siehe oben S. 278 zu »Über die Unsterblichkeit der Seele«. – *Zeno*: Z. der Jüngere (um 350-264 v.Chr.), griech. Philosoph, Stoiker. – *wie kann dieser uns sein Fleisch zu essen geben*: Joh. 6,52. – *Geschichte auf dem Berge Tabor* (Anm. 23): Die Verklärung Christi auf einem »hohen Berg« (Matth. 17,1-9, vgl. Mark. 9,2-9 und Luk. 9,28 36), als der seit altchristlicher Zeit der Berg Tabor gilt. – *Justinus, Gregorius von Nazianz, Hieronymus, Ambrosius, Augustinus, Chrysostomus, Proklus*: Kirchenväter, d.h. Lehrer der altchristlichen Kirche aus dem 2. bis 5. Jahrhundert. – *Konzilium von Nicäa*: Im Jahr 325 erste Kirchenkonferenz zur Festlegung verbindlicher Lehren. – *Ökolampadius*: Schweizer Reformator; im Abendmahlsstreit (s.u.) auf seiten Zwinglis gegen Luther. – *Luther nannte es: unsern höchsten Schatz*: In der in Anm. 37 genannten Schrift so oder ähnlich nicht auffindbar; vermutlich sinngemäß gerafftes Zitat aus der 6. der in Anm. 38 angeführten »sieben Predigten zu Wittenberg«, der sog. Invokavitpredigten vom März 1522, im Sakrament liege »der hohe köstlich überschwängliche Schatz (...)«, vgl. WLA 10/3,50. – »*Christus hat die Macht seines Leidens* (usw.)« (mit Anm. 38): Nicht aus den ›Predigten‹, sondern aus Luthers Schrift »Wider die himmlischen Propheten, von den Bildern und Sakrament« (1525), vgl. WLA 18,200 (demnach sind die Belege in Anm. 37 und 38 vertauscht). Die weiter angeführten Zitate aus dieser Schrift vgl. WLA 18,166 (Zitat in Anm. 40) und 18,206 (Zitat mit Anm. 41). – *den 18. Artikel der Augsburgischen Konfession*: Von Melanchthon für den Augsburger Reichstag 1530 verfaßte, grundlegende lutherische Bekenntnisschrift »Confessio Augustana« (CA). Tatsächlich zitiert Claudius in Anm. 39 jedoch (nach W. Loofs 1915) aus dem 18. Artikel der Confessio Tetrapolitana, einer beim Augsburger Reichstag alternativ zur CA verfaßten Bekenntnisschrift Straßburger Theologen, die zwischen den Positionen Luthers und Zwinglis zu vermitteln suchte. – κατ ἔξοχην: im eigentlichen Sinne, schlechthin. – *Sakramentstreit zur Zeit der Reformation*: V. a. das Marburger Religionsgespräch von 1529 zwischen Wittenberger (u. a. Luther, Melanchthon) und Schweizer bzw. Straßburger Theologen (u. a. Zwingli, Ökolampadius, Bucer), bei dem man sich über die Präsenz Christi im Abendmahl nicht einigen konnte. – *»Ich habe es oftmals erklärt* (usw.)« (Anm. 42): Nicht »ebendaselbst« (»Wider die himmlischen Propheten«), sondern aus Luthers Schrift »Vom Abendmahl Christi. Bekenntnis« (1528), vgl. WLA 26,462. – *»Das bekenne ich, schrieb er 1524* (usw.)«: Vgl. WLA 15,394 (»Ein Brief an die Christen in Straßburg wider den Schwärmergeist«, 1524). – *»Den Trotz sollen sie uns nicht nehmen* (usw.)« (mit Anm. 43): Vgl. WLA 10/2,57 (»Ein Missive [Sendschreiben] allen denen, so von wegen des Wortes Gottes Verfolgung leiden, an Hartmut von Cronberg geschrieben«, 1522). H. v. *Cronberg*: Reichsritter und früher Anhänger der Reformation. – *Zwingli*: Führender reformierter Theologe in Zürich (1484-1531). – Andreas *Karlstadt*: zunächst Anhänger, dann Gegner Luthers, bestritt u. a. die Gegenwart Christi im Abendmahl; als Schwärmer vom Marburger Religionsgespräch (s. o.) ausgeschlossen. – *in einem Brief an Staupitz*: vom 30. 5. 1518, vgl. WLA 1,527 (im Orig. lat.). – Johannes von *Staupitz*: Verständnisvoller Lehrer Luthers in Wittenberg, schloß sich der Reformation jedoch nicht an; ab 1520 in Salzburg. – *»Wir halten, schrieben die Straßburger Theologen an Melanchthon* (usw.)«: Im Brief Martin Bucers und Wolfgang Capitos vom 28. 7. 1530, vgl. Corpus Reformatorum 2,236f (im Orig. lat.). – *»tröstete und entsatzte sich dann keines Dinges«*: Bislang unauffindbares Zitat. – *»Ich, schrieb er* *an Spalatin, bin* (usw.)«: Brief vom 9. 7. 1520, vgl. WLA Briefwechsel 2,135 f. (im Orig. lat.). – Georg *Spalatin*: Theologe und enger Vertrauter Luthers. – *Die Liebe ist langmütig (...) trachtet nicht nach Schaden*: Aus 1. Kor. 13,4-7, mit Auslassungen und einer Umstellung. – *An den christlichen Adel deutscher Nation*: Titel einer epochemachenden Schrift Luthers von 1520; das Zitat (mit Auslassungen) vgl. WLA 6,460. – *Sententias*: Sammlung markanter Stellen aus der Bibel und aus Schriften der Kirchenväter. – *Pareten*: Barett(en), flache Kopfbedeckung, Teil der Amtstracht von Geistlichen und Gelehrten.

S. 236 HOCHZEITLIED Zur Hochzeit einer Tochter des engen Claudius-Freundes Friedrich Leopold zu Stolberg am 27. 5. 1802.

S. 237 AUF O-O R-S GRAB Zum Tod des romantischen Malers Philipp Otto Runge, der mit dem Hause Claudius (insbes. auch der in Hamburg mit Fr. Perthes verheirateten Tochter Caroline) freundschaftlich verbunden und am 2. 12. 1810, erst 33 Jahre alt, gestorben war.

S. 237 AUF EINEN SELBSTMÖRDER *Videre verum* (usw.): Die Wahrheit einsehen und sagen, wie die Sache sich verhält (aus Terenz' Komödie »Heauton timorumenos«, dt. »Der Selbstquäler«, Vers 490).

S. 238 STERBEN UND AUFERSTEHN *Der Löwe liegt und fäult und schwellt / Dann geht vom Fresser Speise*: Vgl. die alttestamentliche Erzählung von Simson, Richter 14, insbes. V. 8 und 14. – *Fest der Maien*: Eigtl. Pfingsten (Maien: grüne Zweige als Festschmuck von Kirchen und Häusern); vgl. auch Ps. 118,(25-)27.

S. 241 [AUS:] VOM GEWISSEN. IN BRIEFEN AN ANDRES, 3. UND 7. BRIEF *Gott (...) über alles zu fürchten, zu lieben und zu vertrauen*: Aus Luthers »Kleinem Katechismus« (1531) zum ersten der Zehn Gebote (WLA 30/1,354). – *er zeugte Söhne und Töchter* (usw.): Vgl. 1. Mose 5,3-4. – *in Gedanken, Worten und Werken*: Alte festgeprägte Trias aus dem »Confiteor« (gesündigt in...), dem allgemeinen Sündenbekenntnis in der Meß- bzw. Gottesdienstordnung. – *er läßt die schnöden Linsengerichte*: Vgl. 1. Mose 25,29-34.

S. 243 PREDIGT EINES LAIENBRUDERS ZU NEUJAHR 1814 Von einem Gelegenheitsgedicht abgesehen Claudius' letzte Publikation (Lübeck 1814); sie nimmt die Aufbruchsstimmung nach Ende der Befreiungskriege gegen Napoleon im Geist der Restauration und speziell der Erweckungsbewegung auf. – Abweichend vom Erstdruck sind die Fußnoten fortlaufend gezählt und die biblischen Bücher wie heute üblich abgekürzt. – *Es war ein wunderlicher Krieg* (usw.): 4. Strophe aus Luthers Osterlied »Christ lag in Todesbanden«. – *einem unternehmenden Nachbar*: Frankreich, Napoleon. – *eine edle Stimme aus Norden*: Zar Alexander I. von Rußland (1777-1825). Ein erst kürzlich veröffentliches Gedicht von Claudius, »An den Zar Alexander. 1813«, beginnt mit den Worten: »Du kamst aus Deinem Norden her / Für Deutschland mitzusprechen« (H. Glagla 1994). Im Februar 1813 hatten Rußland und Preußen ein Bündnis gegen Napoleon geschlossen und ihn im Oktober mit anderen Verbündeten in der Völkerschlacht bei Leipzig entscheidend besiegt. – *ein verborgener Gott*: Vgl. Jes. 45,15; wichtiger Begriff bei Luther, unterschieden von dem gnädigen, sich offenbarenden Gott. – *Glöcklein am Leibrock*: Selbstzitat aus dem 1. Brief an Andres in SW IV, siehe oben S. 135. – *den hieroglyphischen Gottesdienst*: Gottesdienst (im weiteren Sinn), der in Bildern und Zeichen sinnfällig wird, gemäß der Ausstattung der von Moses errichteten Stiftshütte (vgl. 2. Mose 25-40 passim). – *die heiligen Schriften (...) in aller Welt Hände gefördert*: Hinweis auf die damals vielerorts gegründeten Bibelgesellschaften; Claudius nimmt noch im Oktober 1814 Anteil an der Konstituierung der Hamburg-Altonaischen Bibelgesellschaft. – *zeugete Söhne und Töchter* (usw.): Vgl. 1. Mose 5,3-4. – *wie er das Böse, das er hasset* (usw.): Vgl. Röm. 7,19. – *nach dem Ausdruck der Heiligen Schrift, der alte Adam stirbt*: In dieser Form nicht biblisch, sondern nur sprichwörtlich nach Röm. 6,6, Eph. 4,22, Kol. 3,9, wo vom »alten Menschen« die Rede ist. – *Das Licht scheint vergebens* (usw.), *Christus kommt vergebens* (usw.): Vgl. Joh. 1,5 bzw. 1,11, hier negativ gewendet. – *Ihr könnet nicht Gott dienen, und dem Mammon*: Matth. 6,24 und Luk. 16,13. – *Ohne Sterben ist kein Auferstehn, und ohne Tod kein Leben*: Anspielung auf und Selbstzitat aus dem Gedicht »Sterben und Auferstehn«, siehe oben S. 238. – *Zwischen Ägypten und dem Gelobten Lande* (usw.): Anspielung auf die Wüstenwanderung des Volkes Israel mit Mose. – *verseuden*: versieden, zum Sieden bringen. – *Haushalter über Gottes Geheimnis*: Vgl. 1. Kor. 4,1. – *sein Licht leuchten lassen* (usw.): Vgl. Matth. 5,16. – *so wäre dieser Zeit Leiden* (usw.): Vgl. Röm. 8,18. – *Es woll' uns Gott genädig sein* (usw.): 1. Strophe eines Kirchenlieds Luthers.

ALPHABETISCHES REGISTER DER GEDICHTANFÄNGE

INHALT

Lyrik
im insel taschenbuch

Charles Baudelaire: Die Blumen des Bösen. Übertragen von Carlo Schmid. it 120

Bertolt Brecht: Hauspostille. Mit Anleitungen, Gesangsnoten und einem Anhang. Radierungen von Christoph Meckel. it 617

Wilhelm Busch: Kritisch-Allzukritisches. Gedichte. Ausgewählt und mit einem Nachwort von Theo Schlee. Mit Illustrationen von Wilhelm Busch. it 52

Hans Carossa: Gedichte. Der alte Taschenspieler. it 1461

Catull: Sämtliche Gedichte. Lateinisch und deutsch. Aus dem Lateinischen von Carl Fischer. Mit einem Nachwort von Bernhard Kytzler. it 1736

Friedrich Cramer: Spiel der Synapsen. Gedichte und Prosa. it 1657

Annette von Droste-Hülshoff: Geistliches Jahr. Gedichte. it 1885

– Sämtliche Gedichte. Mit einem Nachwort von Ricarda Huch. it 1092

Joseph von Eichendorff: Gedichte. Mit Zeichnungen von Otto Ubbelohde. Herausgegeben von Traude Dienel. it 255

– Gedichte. In chronologischer Folge herausgegeben von Hartwig Schultz. it 1060

Theodor Fontane: Herr von Ribbeck auf Ribbeck. Gedichte und Balladen. Herausgegeben von Gottfried Honnefelder. it 1446

Gedichte berühmter Frauen. Von Hildegard von Bingen bis Ingeborg Bachmann. Herausgegeben von Elisabeth Borchers. it 1790

Johann Wolfgang Goethe: Erotische Gedichte. Gedichte, Skizzen und Fragmente. Herausgegeben von Andreas Ammer. it 1225

– Gedichte. Sämtliche Gedichte in zeitlicher Folge. Herausgegeben von Heinz Nicolai. it 1400

Goethes Liebesgedichte. Herausgegeben von Hans Gerhard Gräf mit einem Nachwort von Emil Staiger. it 275

– Römische Elegien und Venezianische Epigramme. Herausgegeben von Regine Otto. it 1150

– Verweile doch. 111 Gedichte mit Interpretationen. Herausgegeben von Marcel Reich-Ranicki. it 1775

– West-östlicher Divan. Mit Essays zum ›Divan‹ von Hugo von Hofmannsthal, Oskar Loerke und Karl Krolow. Herausgegeben und mit Erläuterungen versehen von Hans-J. Weitz. it 75

Johann Wolfgang Goethe / Friedrich von Schiller: Sämtliche Balladen und Romanzen in zeitlicher Folge. Herausgegeben von Karl Eibl. it 1275

Karoline von Günderode: Gedichte. Herausgegeben von Franz Josef Görtz. it 809

175/1/12.96

Lyrik
im insel taschenbuch

Johann Christian Günther: Die Gedichte. Herausgegeben von Franz-Heinrich Hackel. it 1702

Heidelberg im Gedicht. Die zwölf schönsten Heidelberg-Gedichte mit Interpretationen. Im Auftrag der Literarischen Gesellschaft Palais Boisserée herausgegeben von Helmuth Kiesel. it 1939

Heinrich Heine: Buch der Lieder. Mit zeitgenössischen Illustrationen und einem Nachwort von E. Galley. it 33

– Deutschland. Ein Wintermärchen. Mit einem Nachwort von Joseph Peter Strelka. Anhang mit Bibliographie und einer Zeittafel. it 723

– Gedichte aus Liebe. In einer Auswahl von Thomas Brasch. it 1444

– Neue Gedichte. it 1055

– Romanzero. Mit einem Nachwort von Joseph A. Kruse und zeitgenössischen Illustrationen. it 538

Hermann Hesse: Gedichte des Malers. Zehn Gedichte mit farbigen Zeichnungen. it 893

– Im Garten. Betrachtungen und Gedichte. Zusammengestellt und mit einem Nachwort von Volker Michels. Mit zahlreichen Abbildungen. it 1329 und it 1816

Mit Hermann Hesse reisen. Betrachtungen und Gedichte. Herausgegeben von Volker Michels. it 1242

– Tessin. Betrachtungen, Gedichte und Aquarelle des Autors. Herausgegeben von Volker Michels. it 1494

Friedrich Hölderlin: Gedichte. Herausgegeben und mit Erläuterungen versehen von Jochen Schmidt. it 781

– Die schönsten Gedichte. Ausgewählt und mit einem Nachwort versehen von Jochen Schmidt. it 1508

Christian Morgenstern: Alle Galgenlieder. it 6

Wilhelm Müller: Die Winterreise und andere Gedichte. Herausgegeben von Hans-Rüdiger Schwab. Mit einem Vorwort von Christian Elsner. it 901

Friedrich Nietzsche: Gedichte. Herausgegeben von Karl Riha. it 1622

Novalis: Gedichte. Die Lehrlinge zu Sais – Dialogen und Monolog. Mit einem Nachwort von Jochen Hörisch. it 1010

August von Platen: Wer wußte je das Leben? Ausgewählte Gedichte. Herausgegeben und mit einem Nachwort von Rüdiger Görner. it 1713

Rainer Maria Rilke: Ausgesetzt auf den Bergen des Herzens. Gedichte aus den Jahren 1906 bis 1926. it 98

75/2/12.96

Lyrik
im insel taschenbuch

Rainer Maria Rilke: Das Buch der Bilder. Des ersten Buches erster Teil. Des ersten Buches zweiter Teil. Des zweiten Buches erster Teil. Des zweiten Buches zweiter Teil. it 26
– Duineser Elegien. Die Sonette an Orpheus. it 80
– Erste Gedichte. Larenopfer. Traumgekrönt. Advent. it 1090
– Frühe Gedichte. it 878
– Gedichte. Aus den Jahren 1902 bis 1917. Taschenbuchausgabe der 1931 als Privatdruck erschienenen Edition der Handschrift Rainer Maria Rilkes. Illustriert von Max Slevogt. it 701
– Gedichte aus den späten Jahren. Herausgegeben von Franz-Heinrich Hackel. it 1178
– In einem fremden Park. Gartengedichte. Zusammengetragen von Marianne Beuchert. Mit zwölf farbigen Bildern von Marion Nickig. it 1820
– Die Letzten. Im Gespräch. Der Liebende. it 935
– Die Liebenden. Die Liebe der Magdalena. Portugiesische Briefe. Die 24 Sonette der Louïze Labé. it 355
– Neue Gedichte. Der Neuen Gedichte anderer Teil. it 49
– Das Stunden-Buch, enthaltend die drei Bücher: Vom mönchischen Leben. Von der Pilgerschaft. Von der Armut und vom Tode. it 2
– Vom Alleinsein. Geschichten, Gedanken, Gedichte. Herausgegeben von Franz-Heinrich Hackel. it 1216
Friedrich Rückert: Kindertodtenlieder. Mit einer Einleitung neu herausgegeben von Hans Wollschläger. it 1545
Sappho: Strophen und Verse. Übersetzt und herausgegeben von Joachim Schickel. it 309
Die schönsten Liebesgedichte. Herausgegeben von Sigrid Damm. it 1872
Sternbild des Herkules. Antike Bilder in moderner Lyrik. Herausgegeben, erläutert und mit einem Nachwort von Bernd Seidensticker. it 1789
Theodor Storm: Gedichte. it 731
Georg Trakl: Die Dichtungen. it 1156
Über die Liebe. Gedichte und Interpretationen aus der ›Frankfurter Anthologie‹. Herausgegeben von Marcel Reich-Ranicki. it 794
François Villon: Sämtliche Dichtungen. Zweisprachige Ausgabe. Aus dem Französischen von Walther Küchler. it 1039
Vom Abschied. Eine Gedichtsammlung. Herausgegeben von Margot Litten. Originalausgabe. it 694
Oscar Wilde: Gedichte. Herausgegeben von Norbert Kohl. it 1455

175/3/12.96

Klassische deutsche Literatur im insel taschenbuch

Bettine von Arnim: Goethes Briefwechsel mit einem Kinde. Herausgegeben und eingeleitet von Waldemar Oehlke. Mit zeitgenössischen Abbildungen. it 767

– Die Günderode. Mit einem Essay von Christa Wolf. it 702

Ludwig Börne: Spiegelbild des Lebens. Aufsätze zur Literatur. Erweiterte Neuausgabe. Ausgewählt und eingeleitet von Marcel Reich-Ranicki. it 1578

Hermann Bote: Till Eulenspiegel. Ein kurzweiliges Buch aus dem Lande Braunschweig. Wie er sein Leben vollbracht hat. Sechsundneunzig seiner Geschichten. Herausgegeben, in die Sprache unserer Zeit übertragen und mit Anmerkungen versehen von Siegfried H. Sichtermann. Mit zeitgenössischen Illustrationen. it 336

Clemens Brentano: Rheinmärchen. In der von Guido Görres herausgegebenen Ausgabe von 1846. Mit Illustrationen von Edward Steinle. it 804

– Gedichte. Erzählungen. Briefe. Herausgegeben von Hans Magnus Enzensberger. it 557

Die Briefe von Goethes Mutter. Gesammelt und herausgegeben von Albert Körner. Mit einem Nachwort von Karl Riha. it 1550

Georg Büchner: Lenz. Erzählung. Mit Oberlins Aufzeichnungen ›Der Dichter Lenz, im Steinthale‹, ausgewählten Briefen von J. M. R. Lenz und einem Nachwort von Jürgen Schröder. it 429

– Leonce und Lena. Ein Lustspiel. Mit farbigen Illustrationen von Karl Walser und einem Nachwort von Jürgen Schröder. it 594

– Woyzeck. Nach den Handschriften neu herausgegeben und kommentiert von Henri Poschmann. it 846

Gottfried August Bürger: Wunderbare Reisen zu Wasser und zu Lande. Feldzüge und lustige Abenteuer des Freiherrn von Münchhausen, wie er dieselben bei der Flasche im Zirkel seiner Freunde selbst zu erzählen pflegt. Mit den Holzschnitten von Gustave Doré. it 207

Wilhelm Busch: Kritisch-Allzukritisches. Gedichte. Ausgewählt und mit einem Nachwort von Theo Schlee. Mit Illustrationen von Wilhelm Busch. it 52

Adelbert von Chamisso: Peter Schlemihls wundersame Geschichte. Nachwort von Thomas Mann. Illustriert von Emil Preetorius. it 27

Matthias Claudius: Der Wandsbecker Bote. Mit einem Vorwort von Peter Suhrkamp und einem Nachwort von Hermann Hesse. it 130

Annette von Droste-Hülshoff: Geistliches Jahr. Gedichte. it 1885

– Die Judenbuche. Ein Sittengemälde aus dem gebirgichten Westfalen. Mit Illustrationen von Max Unold. it 399

161/1/12.96

Klassische deutsche Literatur im insel taschenbuch

Annette von Droste-Hülshoff: Sämtliche Erzählungen. Herausgegeben von Manfred Häckel. it 1521
– Sämtliche Gedichte. Mit einem Nachwort von Ricarda Huch. it 1092
Marie von Ebner-Eschenbach: Dorf- und Schloßgeschichten. Mit einem Nachwort von Joseph Peter Strelka. it 1272
Johann Peter Eckermann: Gespräche mit Goethe in den letzten Jahren seines Lebens. 2 Bde. Herausgegeben von Fritz Bergemann. it 500
Joseph von Eichendorff: Aus dem Leben eines Taugenichts. Mit Illustrationen von Adolf Schrödter und einem Nachwort von Ansgar Hillach. it 202
– Gedichte. Mit Zeichnungen von Otto Ubbelohde. Herausgegeben von Traude Dienel. it 255
– Gedichte. In chronologischer Folge herausgegeben von Hartwig Schultz. it 1060
– Novellen und Gedichte. Ausgewählt und eingeleitet von Hermann Hesse. it 360
Theodor Fontane: Briefe an Georg Friedlaender. Herausgegeben und mit einem Nachwort versehen von Walter Hettche. it 1565
– Cécile. Mit einem Nachwort von Walter Müller-Seidel. it 689
– Effi Briest. Mit 21 Lithographien von Max Liebermann. it 138 und Großdruck. it 2340
– Frau Jenny Treibel oder ›Wo sich Herz zum Herzen findt‹. Roman. Mit einem Nachwort von Richard Brinkmann. it 746
– Grete Minde. Mit einem Nachwort von Peter Demetz. it 1157
– Herr von Ribbeck auf Ribbeck. Gedichte und Balladen. Herausgegeben von Gottfried Honnefelder. it 1446
– Irrungen, Wirrungen. Mit einem Nachwort von Walther Killy. it 771
– Jenseit des Tweed. Bilder und Briefe aus Schottland. Mit zahlreichen Abbildungen und einem Nachwort herausgegeben von Otto Drude. it 1066
– Kriegsgefangen. Erlebnisse 1870. Herausgegeben von Otto Drude. Mit zahlreichen Abbildungen. it 1437
– Mathilde Möhring. Mit einem Nachwort von Peter Demetz. it 1107
– Meine Kinderjahre. Autobiographischer Roman. Mit einem Nachwort von Otto Drude. it 705
– Die Poggenpuhls. Roman. it 1271
– Schach von Wuthenow. Erzählung aus der Zeit des Regiments Gendarmes. Mit einem Nachwort von Benno von Wiese. it 816
– Ein Sommer in London. Mit einem Nachwort von Harald Raykowski. it 1723

161/2/12.96

Klassische deutsche Literatur im insel taschenbuch

Theodor Fontane: Ein Sommer in London. Mit einem Nachwort von Harald Raykowski. it 1723
– Der Stechlin. Mit einem Nachwort von Walter Müller-Seidel. it 152
– Stine. Roman. Mit einem Nachwort von Peter Demetz. it 899
– Unwiederbringlich. Roman. it 1593
– Vor dem Sturm. Roman, aus dem Winter 1812 auf 13. Mit einem Nachwort von Hugo Aust. it 583

Georg Forster: Reise um die Welt. Herausgegeben und mit einem Nachwort von Gerhard Steiner. it 757

Johann Wolfgang Goethe: Erotische Gedichte. Gedichte, Skizzen und Fragmente. Herausgegeben von Andreas Ammer. it 1225
– Faust. Erster Teil. Nachwort von Jörn Göres. Illustrationen von Eugène Delacroix. it 50
– Faust. Zweiter Teil. Mit Federzeichnungen von Max Beckmann. Mit einem Nachwort zum Text von Jörn Göres und zu den Zeichnungen von Friedhelm Fischer. it 100
– Gedichte. Sämtliche Gedichte in zeitlicher Folge. Herausgegeben von Heinz Nicolai. it 1400
– Hermann und Dorothea. Mit Aufsätzen von August Wilhelm Schlegel, Wilhelm von Humboldt, Georg Wilhelm Friedrich Hegel und Hermann Hettner. Mit zehn Kupfern von Catel. it 225
– Italienische Reise. Mit vierzig Zeichnungen des Autors. Herausgegeben und mit einem Nachwort versehen von Christoph Michel. it 175
– Tagebuch der Italienischen Reise 1786. Notizen und Briefe aus Italien. Mit Skizzen und Zeichnungen des Autors. Herausgegeben und erläutert von Christoph Michel. it 176
– Die Leiden des jungen Werther. Mit einem Essay von Georg Lukács und einem Nachwort von Jörn Göres. Mit zeitgenössischen Illustrationen von Daniel Nikolaus Chodowiecki und anderen. it 25
– Märchen. Der neue Paris. Die neue Melusine. Das Märchen. Herausgegeben und erläutert von Katharina Mommsen. it 825
– Der Mann von funfzig Jahren. Mit einem Nachwort von Adolf Muschg. it 850
– Maximen und Reflexionen. Text der Ausgabe von 1907 mit den Erläuterungen und der Einleitung Max Heckers. Nachwort von Isabella Kuhn. it 200
– Novellen. Herausgegeben und mit einem Nachwort versehen von Katharina Mommsen. Mit Federzeichnungen von Max Liebermann. it 425

161/3/12.96

Klassische deutsche Literatur im insel taschenbuch

Johann Wolfgang Goethe: Rameaus Neffe. Ein Dialog von Denis Diderot. Übersetzt von Goethe. Zweisprachige Ausgabe. Mit Zeichnungen von Antoine Watteau und einem Nachwort von Horst Günther. it 1675

– Reineke Fuchs. Mit Stahlstichen nach Zeichnungen von Wilhelm Kaulbach. it 125

– Römische Elegien und Venezianische Epigramme. Herausgegeben von Regine Otto. it 1150

– Sollst mir ewig Suleika heißen. Briefwechsel mit Marianne und Johann Jakob Willemer. Herausgegeben von Hans-J. Weitz. it 1475

– Verweile doch. 111 Gedichte mit Interpretationen. Herausgegeben von Marcel Reich-Ranicki. it 1775

– Die Wahlverwandtschaften. Ein Roman. Erläuterungen von Hans-J. Weitz. Mit einem Essay von Walter Benjamin. it 1 und it 1639

– West-östlicher Divan. Mit Essays zum ›Divan‹ von Hugo von Hofmannsthal, Oskar Loerke und Karl Krolow. Herausgegeben und mit Erläuterungen versehen von Hans-J. Weitz. it 75

– Wilhelm Meisters Lehrjahre. Herausgegeben von Erich Schmitt. Mit sechs Kupferstichen von Catel, sieben Musikbeispielen und Anmerkungen. it 475

– Wilhelm Meisters Wanderjahre oder die Entsagenden. Mit einem Nachwort von Adolf Muschg. it 575

Goethe für junge Leser. Mit einem Vorwort und allerlei Kommentaren und Zwischenreden des Herausgebers Jörg Drews. it 1825

Goethes Briefe an Charlotte von Stein. 3 Bde. in Kassette. Herausgegeben von Julius Petersen. it 1125

Goethes Gedanken über Musik. Eine Sammlung aus seinen Werken, Briefen, Gesprächen und Tagebüchern. Herausgegeben von Hedwig Walwei-Wiegelmann. Mit achtundvierzig Abbildungen, erläutert von Hartmut Schmidt. it 800

Goethes Liebesgedichte. Herausgegeben von Hans Gerhard Gräf mit einem Nachwort von Emil Staiger. it 275

Der Briefwechsel zwischen Schiller und Goethe. 2 Bde. Herausgegeben von Emil Staiger. Mit Illustrationen. Bildkommentar von Hans-Georg Dewitz. it 250

Johann Wolfgang Goethe / Friedrich von Schiller: Sämtliche Balladen und Romanzen in zeitlicher Folge. Herausgegeben von Karl Eibl. it 1275

161/4/12.96

Klassische deutsche Literatur im insel taschenbuch

Manfred Wenzel: Goethe und die Medizin. Selbstzeugnisse und Dokumente. Herausgegeben von Manfred Wenzel. Mit zahlreichen Abbildungen. it 1350

Jeremias Gotthelf: Die schwarze Spinne. Mit Illustrationen von Renate Sendler-Peters. it 991

Hans Jakob Christoffel von Grimmelshausen: Der abenteuerliche Simplicissimus. Mit Zeichnungen von Fritz Kredel. it 739

Grimms Märchen, wie sie nicht im Buche stehen. Herausgegeben und erläutert von Heinz Rölleke. it 1551

Karoline von Günderode: Gedichte. Herausgegeben von Franz Josef Görtz. it 809

Johann Christian Günther: Die Gedichte. Herausgegeben von Franz-Heinrich Hackel. it 1702

Wilhelm Hauff: Märchen. Erster Band. Herausgegeben von Bernhard Zeller. Mit Illustrationen von Theodor Weber, Theodor Hosemann und Ludwig Burger. it 216

Johann Peter Hebel: Kalendergeschichten. Ausgewählt und mit einem Nachwort von Ernst Bloch. Mit neunzehn Holzschnitten von Ludwig Richter. it 17

– Schatzkästlein des rheinischen Hausfreundes. Nachdruck der Ausgabe von 1811 sowie sämtliche Kalendergeschichten aus dem »Rheinländischen Hausfreund« der Jahre 1808-1819. Herausgegeben und mit einem Nachwort versehen von Jan Knopf. it 719

Heinrich Heine: Buch der Lieder. Mit zeitgenössischen Illustrationen und einem Nachwort von E. Galley. it 33

– Deutschland. Ein Wintermärchen. Mit einem Nachwort von Joseph Peter Strelka. Anhang mit Bibliographie und einer Zeittafel. it 723

– Gedichte aus Liebe. In einer Auswahl von Thomas Brasch. it 1444

– Italien. Mit farbigen Illustrationen von Paul Scheurich. it 1072

– Neue Gedichte. it 1055

– Der Rabbi von Bacherach. Ein Fragment. Mit Illustrationen von Max Liebermann und einem Nachwort von Joseph A. Kruse. it 811

– Reisebilder. Mit einem Nachwort von Joseph A. Kruse und zeitgenössischen Illustrationen. it 444

– Romanzero. Mit einem Nachwort von Joseph A. Kruse und zeitgenössischen Illustrationen. it 538

Johann Gottfried Herder: Lesebuch. Zum 250. Geburtstag. Herausgegeben von Siegfried Hartmut Sunnus. Mit zahlreichen Abbildungen. it 1609

161/5/12.96